"CACTUS"
série dirigée par Martina Wachendorff

ON PENSE SI PEU A L'AMOUR

DU MÊME AUTEUR

ANGES DÉCHUS, Le Seuil, 1995.
UN LIEU SÛR, Actes Sud, 2000 ; Babel, 2002.

Titre original :
We so seldom look on love
Editeur original :
Somerville House Publishing, Toronto
Publié avec l'accord de Westwood Creative Artists Ltd.
© Barbara Gowdy, 1992

© ACTES SUD, 2002
pour la traduction française
ISBN 2-7427-3841-X

Illustration de couverture :
Martial Raysse, *Tableau simple et doux* (détail), 1965
© ADAGP, Paris, 2002

Barbara Gowdy

ON PENSE SI PEU A L'AMOUR

nouvelles traduites de l'anglais (Canada)
par Isabelle Reinharez

ACTES SUD
HUBERT
NYSSEN
EDITEUR

Well,
    it is better
        that
            OMEON
           S love them E
    and we
        So seldom look on love
                that it seems heinous.

FRANK O'HARA, *Ode on Necrophilia.*

(Voyons, il vaut mieux que quelqu'un les aime et l'on pense si peu à l'amour que cela semble odieux.)

à ma sœur, Beth

CORPS ET ÂME

*pour Annie Dillard
et Marius von Senden*

Dans l'immeuble d'en face, à six étages au-dessus du sol, un chat marche sur la rambarde d'un balcon.

"Chat", annonce Julie, puis elle étire les lèvres dans une imitation de sa mère hurlant le jour où il y avait un chat dans leurs toilettes.

"De quelle couleur est-il ? demande Terry.

— Noir et blanc.

— Ah, noir et *blanc*."

Le mépris de Terry est celui de sa seconde mère adoptive pour les films en noir et blanc.

"Noir et blanc et noir et blanc et noir et blanc, hurle Julie, en frappant le rebord de la fenêtre avec sa poupée.

— J'ai entendu", lance Terry d'un air pincé. Au moment où elle se détourne de la fenêtre, un son parvient de l'extérieur, on dirait une sirène qui se met en marche. Elle est sur le point de demander : C'était quoi ça ? mais elle crie : "Tante Béa !" parce qu'avec sa gorge Julie s'est mise à faire un bruit d'évier qui se vide.

"Tante Béa !

— Me voilà", dit tante Béa, qui arrive dans un claquement de sandales.

Terry est projetée sur le côté par sa vaste hanche, tandis que Julie, qui ne fait pas de crise d'épilepsie, repousse son bras.

11

"Allons, allons", gronde tante Béa, mais d'un revers de main Julie fait voltiger le crayon qu'elle tient entre ses doigts, puis se tait brusquement, offrant là un moment de silence onirique qui signale à tante Béa la présence du Seigneur. Elle sent sa tension artérielle se retirer de ses tempes comme le mercure d'un thermomètre. Elle sourit aux yeux couleur perle de Julie et déclare :

"Je crois que c'était une fausse alerte."

Les traits de Julie se déforment en une expression de chagrin affreux, inconsolable, intérieur et sans bornes.

"Ça va maintenant ?" demande tante Béa. Elle n'en est jamais sûre, mais elle suppose que Julie lui sourit à son tour.

"Penny…"

Julie pointe sa poupée vers la fenêtre.

"Oui ?" dit Terry.

"Penny", c'est le nom que Julie donne à Terry, personne ne sait pourquoi.

Julie oublie ce qu'elle allait dire. Elle se met à frapper la vitre avec sa poupée.

"Du calme, je regarde", dit tante Béa, en glissant une main entre la poupée de Julie et la fenêtre. Elle empoigne la tête bulbeuse de la poupée.

"Mon Dieu.

— Quoi ?" crie Terry.

Tante Béa pique du menton pour voir par le haut de ses doubles foyers.

"Bon, dit-elle, on dirait qu'il y a un chat allongé sur le parking.

— Tombé, dit Julie d'une voix angoissée.

— Oh, tu crois, dit tante Béa. Mince alors.

— Mort, dit Julie.

— Non, non, je ne crois pas, assure tante Béa, bien que d'après la mare de sang et l'angle anormal de la tête du chat elle soit en train de penser : Raide mort.

— Est-ce qu'il souffre ?" hurle Terry.

Tante Béa entend : "Est-ce qu'il *souffle* ?" et son cœur se serre. L'idée que cette petite fille aveugle pense que tout le monde a un regard d'aigle ne manque jamais de lui serrer le cœur.

"Oui, dit-elle avec lenteur, en feignant de scruter la scène du regard, oui, tu sais, je crois que sa poitrine se soulève.

— Est-ce qu'il *souffre* ?" répète Terry.

Elle tend la main en avant.

"Mais *non*, elle ne se soulève pas", lance Julie d'une voix lourde de reproches.

Tante Béa jurerait que Julie ne s'exprime par phrases entières que pour la prendre en flagrant délit de mensonge.

"C'est difficile à dire, évidemment, reconnaît-elle.

— Mais est-ce qu'il *souffre* ?" hurle Terry.

La faible émanation de chaleur qu'elle ressent dans sa main tendue, c'est la tension artérielle de tante Béa qui remonte.

"On dirait que personne ne va voir, remarque tante Béa pour changer de sujet.

— Tu ferais mieux de téléphoner à la SPA, hurle Terry.

— Sans doute", reconnaît tante Béa.

Elle attrape la main de Terry et la serre pour calmer l'enfant.

"D'accord, je vais appeler", annonce-t-elle, et elle quitte la pièce.

"Est-ce qu'il souffre ?" demande Terry à Julie.

La souffrance et surtout le sang la préoccupent. Les yeux, a-t-elle été ébranlée d'apprendre, peuvent saigner.

"Mort, dit Julie.

— *Mais est-ce qu'il souffre ? j'ai demandé.*"

Terry est au bord des larmes. Elle veut une réponse à cette question, même si elle ne se fie jamais à ce que raconte Julie. Chaque fois que Julie répond au téléphone et que c'est une femme, elle annonce immanquablement : "C'est ma maman."

"Noir et blanc et noir et blanc", dit Julie.

Terry soupire.

"*Ça* je le sais", dit-elle, abandonnant la partie.

Julie, pourtant, parle de la robe à carreaux d'une femme qui a traversé le parking en courant et s'est agenouillée près du chat. Maman ! pense Julie, extasiée, et puis elle reconnaît que ce n'est pas sa mère et, songeuse, mordille le pied de sa poupée.

"Souffrir ne veut pas dire qu'on meurt", reprend Terry, en s'avançant vers sa coiffeuse. De la paume de la main, elle tapote les poils de sa brosse à cheveux pour sentir le picotement qui lui rappelle le Coca. Terry croit que le Coca *a l'air* hérissé de poils. Le lait, qui est lisse, elle le croit rond. La seule chose qu'elle ne puisse pas imaginer, la seule chose qui l'étonnera, pressent-elle, c'est la couleur.

Terry est née il y a neuf ans d'une mère travailleuse saisonnière de dix-huit ans, une écimeuse de maïs, qui avait fait traîner l'avortement, en grande partie par curiosité quant à l'identité du père. D'après la couleur des cheveux du bébé, elle saurait. Mais Terry vint au monde chauve, aveugle, avec une tache de vin couvrant presque tout le côté gauche de son visage, et sa mère quitta l'hôpital le soir même. A l'infirmière qui tentait de l'arrêter, elle brailla :

"Hé, j'aurais pu l'avoir à la maison et aller la foutre à la poubelle !"

Les infirmières adoraient Terry. Elle pleurait rarement. En fait, elle souriait presque tout le

14

temps. (Certaines des infirmières y voyaient une preuve qu'un sourire de bébé dénotait des gaz ; pour d'autres cela prouvait que le sourire était inné et non appris.) Pendant la journée elles la gardaient dans leur salle, dans un berceau posé sur une table à côté de la photocopieuse, dont on découvrit que la cellule, avec son va-et-vient, l'endormait. Quand elle fit ses dents, la surveillante donna des instructions écrites pour qu'on laisse la photocopieuse en marche tant que Terry s'agitait. La surveillante, qui collectionnait et exposait des poupées en costumes folkloriques, confectionnait des tenues pour Terry pendant ses loisirs. De longues tuniques au crochet minutieusement volantées, des petites robes brodées avec tabliers et nœuds assortis doublés de ruban adhésif pour pouvoir les fixer à son crâne chauve. Les autres infirmières lui achetaient des jouets et des pantoufles. Quand un bureau d'adoption venait la photographier, elles la mettaient sur son trente et un et maquillaient sa tache de vin pour lui donner une petite chance.

Pourtant, pas un couple n'en voulait. Il fallut deux ans à l'Aide à l'enfance pour trouver une simple mère adoptive, et même *elle* était manifestement sans enthousiasme. Elle s'appelait Mrs Stubbs.

"Terry n'aura pas droit à un régime de faveur, signala-t-elle aux infirmières. Mon propre fils est asthmatique, et je le traite exactement comme ma fille." Elle refusa d'emporter les robes parce qu'il fallait les laver à la main et les repasser. "J'ai mieux à faire", assura-t-elle.

Le ménage, par exemple. Chez Mrs Stubbs le plastique recouvrait toujours les abat-jour, et Terry apprit à manger les biscuits avec une main en coupe sous le menton pour rattraper les miettes. Il y avait deux autres enfants – la fille de cette femme, qui fila avec un type quand Terry avait six ans, et le fils asthmatique, fervent amateur de poissons rouges. Un jour, il laissa Terry plonger sa main dans l'aquarium pour sentir nager les poissons. Elle fut ahurie qu'ils soient aussi doux et visqueux ; elle s'était attendue à la dureté glacée de l'alliance de sa mère adoptive. Celle-ci admirait les escargots lave-vitres, mais était dégoûtée par les poissons rouges qui allaient aux toilettes dans la même eau qui leur passait par les ouïes. La salle de bains, chez elle, sentait la pomme de pin. Terry recevait des gifles quand elle n'avait pas rebouché le dentifrice, quand elle gardait ses chaussures dans la maison, quand elle renversait quoi que ce soit – c'étaient là les pires délits. A vivre avec cette mère adoptive, elle devint une enfant toujours tendue, aux doigts pareils à des antennes. Elle avançait la main et sentait s'il y avait quelqu'un d'autre dans la pièce. Aux courants d'air qui passaient entre ses doigts, elle était capable de dire si quelqu'un respirait dans sa direction.

Terry pleura toutes les larmes de son corps quand elle dut quitter ce foyer pour un autre plus proche de l'école pour les aveugles, mais en l'espace de quelques jours elle était dingue de sa seconde mère adoptive. Toutes deux passaient le plus clair de leur temps sur le canapé, devant la télé. La mère adoptive, un bras passé autour de Terry, la télécommande dans l'autre main, zappait toutes les deux minutes parce qu'elle refusait de regarder les publicités, et qu'*Andy of Mayberry* était la seule émission qui ne la rendait pas zinzin.

"Oh ça va, lâche-nous un peu, lançait-elle au présentateur, avant de le faire disparaître. Doux

Jésus, disait-elle, en tapotant de ses ongles longs le bras du fauteuil à côté de Terry, qui peut bien nous concocter une merde pareille ?"

Les gros mots donnaient un haut-le-corps à Terry, mais le "nous" la flattait et l'ensorcelait.

Le mari de sa seconde mère adoptive était un routier jovial. Il ne rentrait qu'une fois par semaine, puis repartait tôt dès le lendemain matin, avant que Terry soit réveillée. Sa mère adoptive poussait un gémissement en entendant le semi s'arrêter dans l'allée. Elle préparait à son mari du porc aux haricots, et s'asseyait en fumant et en soupirant à la table du dîner, pendant que la bouche pleine il rapportait tous les trucs tordants que lui et ses potes s'étaient racontés sur leur CB. Terry comprenait rarement la plaisanterie, mais elle riait parce qu'il avait un rire communicatif, puis il lui ébouriffait les cheveux et lançait :

"Ça t'amuse, hein, la Petite Annie ?"

Quand il cessa tout à fait de rentrer à la maison, elle ne fut pas étonnée. S'il avait été un homme dans leur poste de télé, il n'aurait pas tenu cinq secondes.

Mais elle *fut* étonnée – et tellement bouleversée qu'elle se mit à arracher ses fins cheveux de bébé durant son sommeil ; des nids entiers dans son poing serré chaque matin – quand elle apprit que la disparition du mari signifiait qu'il lui faudrait partir.

Sa troisième mère adoptive vivait à deux rues de là. D'un ton que Terry connaissait fort bien, elle déclara :

"Mrs Brodie, c'est trop guindé. Je ne veux pas que tu m'appelles comme ça. Et si tu m'appelais tout simplement tante Joyce ?

— Et si je t'appelais tante Béa ? demanda Terry.

— Tante Béa ?"

La défunte sœur de Mrs Brodie s'appelait Béa, elle était donc interloquée.

"Comme dans *Andy of Mayberry*."

Mrs Brodie sourit.

"Eh bien, vois-tu, je dois reconnaître qu'il existe une certaine ressemblance. Mais si je me souviens bien, elle a un chignon. Moi j'ai des lunettes, et elle non, il me semble. Et puis j'ai vingt-cinq kilos de plus. Mais nos visages sont assez semblables, tu sais, assez…"

Elle se tâta le visage.

"Vieux", suggéra Terry.

Pour elle, il allait de soi que tout le monde avait le même visage.

"Vieux !" Mrs Brodie éclata de rire. "Exactement ! Vieux ! Ça te plairait de m'aider à préparer un gâteau ?"

Le seul truc moche dans la vie avec tante Béa, c'était quand Marcy, sa petite-fille, venait la voir. La première fois qu'elle était venue, elle n'avait pas parlé avant que Terry et elle soient dehors sur le terrain de jeux, et puis elle avait dit : "Tout le monde te déteste" et lui avait pincé le bras.

Jusque-là, Terry avait cru que Marcy était muette. Il y avait une muette qui jouait avec le fils de sa première mère adoptive. L'haleine de Marcy avait eu beau atteindre Terry en pleine face, elle avait imaginé une gentille petite muette que l'on pouvait tenir dans sa main. Le pinçon fit exploser Marcy en un cri hérissé de pointes.

"Va-t'en ! hurla Terry.

— C'est *ma* grand-mère ! cria Marcy. C'est toi qui ferais mieux de t'en aller avant que je te tue !"

18

Terry se mit à courir. Mais comme elle avait un piètre sens de l'orientation et pas de représentation de l'espace, "loin" signifiant simplement qu'il fallait davantage de temps pour y arriver que "près", elle courut en un large cercle et ne se rendit compte qu'une fraction de seconde avant que Marcy lui hurle à l'oreille qu'elle était revenue à son point de départ.

"Elles s'entendent comme larrons en foire", nota tante Béa.

Elle et sa fille, la mère de Marcy, les surveillaient depuis l'appartement. La fille essayait d'ouvrir la fenêtre. Elle jeta un coup d'œil à tante Béa et pensa : Doux Jésus, elle est sourde comme un pot. Quand elle réussit à ouvrir la fenêtre, elle passa la tête dehors et hurla :

"Marcy ! Ne la poursuis pas jusque sur la route ! Marcy ! Tu m'entends ?

— Oui !" brailla Marcy sans lever la tête.

Elle fonçait chercher un bâton qu'elle avait repéré dans le bac à sable. Terry se tenait tout à fait immobile, l'esprit ailleurs, comme quelqu'un qui attend le bus.

Avec un soupir, la fille de tante Béa referma la fenêtre. Elle avait du mal à en vouloir à Marcy. Du jour au lendemain, il y avait cette enfant perdue qui habitait chez sa mamie, dormait dans le lit qui jusque-là *lui* était réservé, jouait avec sa poupée Barbie.

"J'aurais préféré que tu en discutes d'abord avec moi, remarqua-t-elle.

— Inutile de hurler", dit tante Béa avec douceur.

Marcy pointa le bâton droit sur Terry, la rata d'un cheveu.

"Oh, mon Dieu", s'écria la fille de tante Béa. Elle jeta un coup d'œil au visage placide de sa

19

mère. "On dit qu'il ne faudrait pas prendre de grande décision avant au moins un an, signala-t-elle. Te voilà de nouveau avec un fil à la patte."

Dieu merci, pensa tante Béa.

"Ne t'attache pas trop à elle, voilà tout. On peut te la reprendre du jour au lendemain."

Tante Béa croisa les bras devant sa vaste poitrine et déclara :

"Hier j'ai préparé des meringues, et quand je lui en ai donné une, tu sais ce qu'elle a dit ?

— Pas la moindre idée."

Tante Béa gloussa.

"Elle a dit : «Il est bon ce polystyrène.»

— Je n'arrive pas à m'ôter de la tête le jour où je suis venue et où tu avais oublié le gaz allumé, dit sa fille. Je vais me faire un sang d'encre quand nous habiterons à Saskatoon."

L'idée était de trouver une enfant qui pétait le feu comme Marcy, mais un peu plus vieille, âgée de dix ou onze ans peut-être, une enfant qui pourrait jouer avec Terry, l'accompagner et aller la chercher à l'école pour les aveugles. C'était ce trajet à pied qui éreintait tante Béa. L'école n'était pas loin, à deux rues de là, mais le matin, tant qu'elle n'était pas debout à traficoter depuis un bon moment, ses chevilles étaient si enflées qu'elles entraient à peine dans ses chaussures.

Par on ne sait quel malentendu, pourtant, l'assistante sociale avait amené Julie. C'était un après-midi de semaine, Terry était en classe. Sur les recommandations de l'assistante sociale, tante Béa attendait qu'elle et la nouvelle – Esther, lui avait-on dit qu'elle s'appelait – se soient rencontrées avant d'annoncer quoi que ce soit à

Terry. La visite était un essai. Si tante Béa ne plaisait pas du tout à Esther (ou vice versa, bien que tante Béa ne puisse pas imaginer qu'un enfant ne lui plaise pas), alors l'Aide à l'enfance lui trouverait quelqu'un d'autre.

Assise à la fenêtre du salon pour surveiller l'arrivée de la vieille Chevy bleue de l'assistante sociale, tante Béa s'occupait à tricoter un gros pull qui, petit à petit dans sa tête, passait de Terry à Esther. Quand elle aperçut la voiture, elle plia le tricot à la hâte et le glissa dans le tiroir du buffet, puis se tourna de nouveau vers la fenêtre. L'assistante sociale marchait à grandes enjambées pour aller ouvrir la portière du passager, semblait-il, mais celle-ci s'ouvrit avant qu'elle y parvienne. Tante Béa ajusta ses doubles foyers pour ne rien perdre de la scène.

"Mince, alors", fit-elle tout haut.

C'était le nom, Esther, qui l'avait induite en erreur. Elle s'était imaginé une petite juive – brune, sous-alimentée… des yeux hagards à la Anne Frank. Elle s'était imaginé un gilet plusieurs tailles trop petit. La fille qui sortait de la voiture était grosse – Seigneur, aussi grosse qu'elle – et ses cheveux blond cendré étaient taillés en une sorte de coupe en brosse farfelue. Elle fila droit vers le mauvais immeuble. Quand l'assistante sociale la rappela, elle tourna les talons et fila de nouveau tout droit. A la manière d'une voiture radioguidée, pensa tante Béa. Il y avait pourtant autre chose de bizarre dans cette démarche… un manque de précision dans les jambes et le torse, un effort de coordination qui ne semblait pas du tout au point.

"Pauvre petite", se dit tante Béa. Ce n'était pas tant de la compassion qu'une exhortation résolue à la compassion. "Pauvre petite sans mère."

Elle avait à peine ouvert la porte que la fille s'écria : "Bonjour." De but en blanc, d'une voix forte, pour faire peur à tante Béa, aurait-on dit. Puis elle roula des yeux comme si elle allait s'évanouir.

"Bonjour ! Entrez ! Entrez !" lança tante Béa avec enthousiasme, mais elle pensait : Une demeurée, et puis elle en resta comme deux ronds de flan. "Martyr, c'est pourrir un peu", lut-elle sur le sweat-shirt de la fille.

"Croyez-moi, dit l'assistante sociale. Ce n'est pas *moi* qui l'ai poussée à le mettre."

Elle prit la fille par le bras et lui fit exécuter un demi-tour.

"Partir, c'est mourir un peu", lut tante Béa.

Elle ne saisissait pas.

"Il appartenait à sa mère, précisa l'assistante sociale, avec un regard entendu à l'intention de tante Béa.

— Ah ? fit celle-ci.

— Allons, Julie, arrête", ordonna l'assistante sociale.

La fille retroussait et bouchonnait le vêtement dans ses poings, découvrant un ventre pareil à un monticule de neige fraîche.

Julie ? pensa tante Béa.

"Devrions-nous ôter nos chaussures ? s'enquit l'assistante sociale.

— Non, non, dit tante Béa, en battant des paupières pour se relancer dans l'action. Asseyez-vous où vous voulez. Il y a des sablés et du lait chocolaté, et du café tout prêt. Voudrais-tu du lait chocolaté ?" demanda-t-elle. Elle regarda la fille et ajouta : "Julie ?

— Du café, dit Julie d'une voix forte.

— Julie boit du café depuis des années, expliqua l'assistante sociale, en se laissant tomber

22

dans un fauteuil. *Et* de la bière, *et* je frémis rien qu'en pensant à tout le reste." L'assistante sociale était une femme sans charme aux cheveux crépus, en salopette et chaussures de sécurité. "En fait, moi je ne dirais pas non à un verre de lait chocolaté", ajouta-t-elle.

Martyr, c'est pourrir un peu, se répétait tante Béa en servant le café. Partir, c'est mourir un peu. A propos de mourir, c'était de chaleur qu'elle mourait. "Tout se passe bien, se disait-elle. Tout se passe à merveille."

Elle fredonna un cantique.

> *J'ai charge d'âme,*
> *Un Dieu à glorifier,*
> *Mon âme éternelle à sauver*
> *Et à préparer pour le ciel.*

La première chose qu'elle ferait subir à cette chevelure farfelue de gibier de potence serait une permanente.

En sortant de la cuisine, elle demanda son âge à Julie. Elle aurait dit quinze ans.

"Cinq ans, répondit Julie.

— Cinq ans ?"

Tante Béa se tourna vers l'assistante sociale.

"Onze", dit l'assistante sociale avec une pointe d'exaspération.

Tante Béa hocha la tête. Au moins l'Aide à l'enfance ne s'était pas trompée sur ce point-là. Elle tendit son café à Julie, qui d'une lampée en avala la moitié.

"Il y a pas de sucre là-dedans", protesta Julie, en tendant sa tasse.

Tante Béa sursauta. Elle revint un instant en arrière.

"Si, il y a du sucre.

— C'est pas du sucre, dit Julie, l'air furieuse.

— Oh !" Tante Béa éclata de rire. "Oui, tu as raison ! Ce sont des sucrettes !" Elle tourna vers l'assistante sociale un visage épanoui. "Je suis incapable de dire la différence.

— Bois-le", ordonna l'assistante sociale.

— Non, non. J'ai du sucre."

Tante Béa se précipita pour ôter la tasse des mains de Julie. Elle sourit à une Julie aux yeux soudain vides. De pâles, pâles pupilles, presque blanches. Tante Béa n'avait jamais vu des yeux pareils.

L'assistante sociale semblait présumer que tout était réglé.

"Je la ramènerai lundi matin", annonça-t-elle quand tante Béa eut terminé de faire visiter l'appartement à Julie, lui eut montré le lit qu'elle partagerait avec Terry, les tiroirs vides de la commode où ranger ses vêtements, la chaise qui serait la sienne à table. Julie montrait son ventre et roulait des yeux.

A la porte, l'assistante sociale tendit un dossier en disant :

"Autant que vous le gardiez.

— Bon, bon", fit tante Béa, comme si le contenu lui en était familier mais qu'il valait mieux qu'elle le garde, au cas où.

Quand elle fut seule, elle s'installa sur le canapé avec une tasse de café, le reste des biscuits et le dossier. Pour expliquer Julie aux gens (à sa fille), elle dirait qu'elle avait été sidérée par les coïncidences, surtout la coïncidence du nom de famille de Julie – Norman.

"Ç'a été l'argument massue", dirait tante Béa.

Voir ou entendre le nom de son mari continuait à lui fendre le cœur, mais voir le nom de ce dernier écrit à côté de celui de cette pauvre fille abandonnée embua ses lunettes. Elle se tâta sous un œil, mais oui elle pleurait. Avant que Norman meure, elle n'aurait jamais cru qu'on puisse pleurer sans le savoir. Avant que Norman meure, elle n'aurait pas dit que ses lunettes s'embuaient de larmes, même si elle n'en doutait pas et ne se le rappelait tout simplement pas. La nouvelle la plus ahurissante et déprimante dans sa vie, ces temps-ci, c'était qu'elle était capable d'oublier. Eh bien, elle n'oublierait pas le nom de famille de cette fille, elle pouvait le garantir. Elle ôta ses lunettes, les essuya sur son corsage et posa les pieds sur la table basse.

Le rapport était manuscrit, difficile à déchiffrer. Sous "Mère" on lisait "Sally" ou "Sandy" et puis "38". Suivait une courte et tragique biographie. Sally ou Sandy avait obtenu une licence de lettres avec mention, mais c'était aussi une droguée avec un lourd passé d'arrestations pour détention ou trafic. Pour le moment elle purgeait une peine de prison de cinq ou huit ans. Son seul autre enfant était né avec une accoutumance à l'héroïne et n'avait vécu qu'une journée.

Tout en lisant, tante Béa secouait la tête, partagée entre pitié et stupéfaction. Il se trouvait qu'elle avait une cousine nommée Sally, qui était maîtresse d'école mais avait perdu mari et travail par suite de problèmes d'alcoolisme. Elle était morte à quarante ans, vieille et brisée.

"Que le ciel lui vienne en aide."

Tante Béa pria pour la mère de Julie.

Sous "Père", on ne lisait rien d'autre que "Michael, CHUT".

"Mon Dieu !" s'exclama tante Béa. Il doit s'agir d'un beau-père, pensa-t-elle. Ou peut-être était-il le père de la mère. Mais quand même… CHUT. Et puis elle laissa échapper un éclat de rire en se rendant compte que "CHUT" n'était rien d'autre que "Centre hospitalier universitaire Toronto". Elle rit à perdre haleine et dut ôter ses lunettes et les essuyer de nouveau. Quand elle se calma, elle fut un peu agacée. Et pourquoi "CHUT" ? Le père était-il fou ? Mourant ? Mourant du sida, ce qu'on ne tenait pas à préciser au cas où les gens craindraient de prendre Julie ? Tante Béa claqua de la langue à l'idée de tant d'ignorance.

Elle tourna la page et tomba sur une autre coïncidence – Julie était sujette à des crises d'épilepsie. La sœur cadette de tante Béa, morte depuis trente-quatre ans, avait été sujette à des crises d'épilepsie. Tante Béa savait donc s'y prendre avec un crayon. D'abord dégager la langue, renverser la tête en arrière. Pas de quoi s'affoler, tant qu'il y avait des crayons épointés dans toute la maison.

"Prédisposée aux crises de colère, lut tante Béa. Autoritaire." Elle pensa à sa fille et se sentit bien préparée. "Age mental et comportemental, lut-elle, entre cinq et six ans. Oh…", fit-elle, incrédule. Elle avait été très impressionnée par le talent de Julie pour détecter les sucrettes.

L'après-midi, en rentrant de l'école, elle annonça la nouvelle à Terry. Ce ne fut qu'en lui décrivant Julie qu'elle reconnut quel fardeau elle lui demandait de partager. C'était loin d'être ce qu'elle avait prévu. La fille au cerveau dérangé à laquelle elle se retrouva préparant Terry n'avait pas grand-chose à voir avec la grande sœur serviable et dynamique qu'elle avait eue en tête. Elle essaya d'enjoliver le tableau.

"Mais tu sais, on va s'amuser comme des folles, toutes les trois.

— En faisant quoi ? demanda Terry.

— Oh, je ne sais pas…" Tante Béa repensa à l'époque où sa fille était petite. "On prendra le ferry pour aller dans l'île", proposa-t-elle, alors que prendre le bateau lui donnait des palpitations.

Terry balançait sa canne en arcs consciencieux.

"Et nous irons au zoo, ajouta tante Béa, alors que le zoo était au moins à quatre-vingts kilomètres et qu'elle ne conduisait plus.

— Où est-ce qu'elle va dormir ? s'informa Terry.

— Avec toi. Si ça te va. Le lit est assez grand.

— Et si elle fait pipi dans sa culotte ? A l'école, il y a un garçon qui a cinq ans et qui fait pipi dans sa culotte.

— Dans ce domaine-là, je suis sûre qu'elle a onze ans", assura tante Béa, tout en pensant : Bien vu, et en se demandant si elle ne devrait pas glisser des sacs-poubelles en plastique sous le drap.

— Elle ira à l'école ?

— Elle y va déjà. A l'école de Bleeker Street. Tu sais, là où le trottoir est tout fendillé.

— Elle ira toute seule ?

— Non, je ne crois pas. Nous l'accompagnerons toutes les deux, et ensuite je t'emmènerai à l'école."

Terry s'arrêta brusquement et leva son visage mince vers tante Béa.

"Tes pieds vont te faire un mal de chien ! s'écria-t-elle, comme si c'était la chute de l'histoire.

— Seigneur, fit tante Béa. Seigneur, c'est que tu as raison."

Julie tient la main gauche de tante Béa. Terry lui tient la main droite. Toutes les trois occupent la totalité du trottoir, et les gens qui les croisent sont obligés de descendre sur la chaussée. Julie, qui croit dur comme fer que c'est parce qu'elle ne sent pas la peur, s'en réjouit.

"Les salopards et les chiens sentent quand tu as peur", lui avait expliqué sa mère.

Alors Julie marche la tête basse, prête à donner un coup de boule. Dès que quelqu'un quitte le trottoir, elle murmure : "Salopard."

Tante Béa finit par préciser : "Y a pas le feu." Elle croit que Julie dit : "En retard."

"Chien", annonce Julie d'un ton paisible – cette fois-ci c'est un chien qui est parti en trottinant sur la chaussée. Elle rit et retrousse sa robe.

"Non ! lance tante Béa.

— Non ! fait Terry en écho, reconnaissant le bruit familier de tante Béa qui rabat les vêtements de Julie.

— Oh-kay, oh-kay, fait Julie.

— Pas maintenant", dit Terry.

Il leur arrive de jouer à un jeu que Julie a inventé, où elle chantonne "oh-kay, oh-kay" pendant que toutes les deux se tiennent par la main et balancent les bras d'avant en arrière, d'abord un petit peu, et puis de plus en plus haut jusqu'à les faire passer par-dessus leurs têtes. Terry n'est pas emballée par ce jeu, mais elle y joue pour calmer Julie. A son avis, Julie doit être bleue avec des rayures. Tante Béa est verte. Le sang est rouge.

Tante Béa leur donne à chacune un bonbon Life Saver en forme de bouée de sauvetage, puis les prend par la main. Les évolutions de la canne blanche au long du trottoir donnent à tante Béa l'impression d'une bénédiction, d'une continuelle sanctification de leur route.

"Je veux que vous soyez des anges à l'église, annonce-t-elle. Ce n'est pas un jour comme les autres.

— Je sais", répond Terry d'un air important.

Julie suce son bonbon et frotte le poignet de tante Béa contre sa joue.

"Tu sais ? demande Terry.

— Quoi ? dit tante Béa.

— Julie a arraché les yeux de sa poupée."

Le trou dans son bonbon le lui a rappelé.

"Oui, j'ai vu", dit tante Béa.

Julie pense à autre chose. Elle se souvient du coup de téléphone de sa mère, et rêve d'elle en train de chanter *Les Six Canetons*. Julie sourit à sa mère, incitant tante Béa, qui au bout d'un an confond encore les sourires et les grimaces de Julie, à conclure :

"Ecoute, je m'en contrefiche. C'est *ta* poupée. Si tu tiens à l'esquinter, ça te regarde.

— Mais ne t'attends pas à en recevoir une autre ! s'écrie Terry.

— Exact, confirme tante Béa.

— Maman est sortie de prison, lance Julie.

— Quoi ?"

Tante Béa s'arrête net.

"Elle a téléphoné hier. Elle l'a dit à Penny.

— C'est pas vrai !" crie Terry.

Son rire perçant vrille les yeux de tante Béa.

"Si, c'est vrai, dit Julie d'une voix lente et féroce.

— Ah c'est vraiment rigolo !" crie Terry. D'une saccade, elle retire sa main de celle de tante Béa et tapote l'air avec excitation. Elle porte des gants en feutre blancs. "Tu sais qu'elle raconte toujours que c'est sa mère au téléphone ? Bon, tu sais ? Hier le téléphone a sonné quand tu étais à la buanderie, j'ai répondu, c'était une dame, et elle a dit : «Allô c'est Sally, est-ce que Marge...» ou je ne sais qui... oui, c'était Marge. Elle a dit : «Allô c'est Sally, est-ce que Marge est là ?» Et j'ai répondu qu'elle s'était trompée de numéro, et puis je l'ai raconté à Julie, et elle a dit que sa mère s'appelle Sally.

— Oui, dit tante Béa. C'est vrai.

— C'est vrai, dit Julie, avec un regard mauvais pour Terry.

— Mais c'est vraiment rigolo !" crie Terry. La bandoulière de son sac en plastique blanc glisse de son épaule. Elle tend la main pour la rattraper et lâche sa canne. "Non !" hurle-t-elle, en imaginant que le chien que Julie a signalé il y a un instant va se précipiter pour s'en emparer.

Tante Béa ramasse la canne.

"Ma chérie, c'était une *autre* dame qui s'appelle Sally", explique-t-elle à Julie.

Julie retrousse sa jupe, la bouchonne et roule des yeux.

"C'est bien ce que je lui ai dit, assure Terry.

— Mais ta mère finira par sortir de prison, promet tante Béa, en tirant sur la jupe de Julie. Et en attendant, Penny et moi on veut que tu habites avec nous."

Le visage de Julie se fige. La voilà tout à coup abasourdie par un souvenir de la dame qui s'est agenouillée près du chat tombé du balcon, par un souvenir de la robe blanc et noir de la dame, la même que celle de sa mère, exactement. Elle se dit qu'avant la dame était en prison, et que maintenant elle en est sortie.

"D'acc ?" demande tante Béa.

Julie plaque ses deux mains sur sa bouche, comme l'a fait la dame.

"D'acc", répond tante Béa pour elle.

Au beau milieu du sermon, tante Béa songe brusquement que si Julie appelle Terry "Penny", c'est peut-être parce que quelqu'un, sa mère qui avait de la culture par exemple, lui a parlé des pièces d'un penny qu'on posait sur les yeux des morts qui, évidemment, ne peuvent plus voir.

Elle pose sur Julie un regard pensif. Julie la considère, l'œil vide, et se met à trembler. Avant que tante Béa comprenne ce qui se passe, Julie bourre de coups de pied le banc d'église. Elle fait des moulinets du bras et envoie valser les lunettes de la vieille dame.

"Arrête !" ordonne Terry à Julie. Les lunettes de tante Béa ont atterri sur ses genoux. Elle les lui tend par-dessus la tête de Julie, qui s'est raidie et glisse au pied du banc. D'un geste vif, tante Béa récupère ses lunettes. "Elle fait semblant ! assure Terry. Elle est jalouse.

— Chut !" lance tante Béa d'un ton sec.

Julie se remet à trembler. Tante Béa vide entièrement son sac mais n'arrive pas à trouver le crayon. Finalement, elle lui fourre un livre de cantiques dans la bouche, puis soulève une jambe qu'elle pose sur celles de Julie pour qu'elle cesse de bourrer le banc de coups de pied, et là elle aperçoit Hazel Gordimer guidant Terry dans l'allée centrale et entend Tom Alcorn, le pasteur, demander s'il y a un médecin dans l'assemblée.

"Ce n'est rien, crie tante Béa. Ça lui arrive tout le temps ! Ce sera fini en moins de deux !"

Elle sourit aux visages affligés tournés vers elle. Elle sait que c'est moins grave qu'il n'y paraît. Par chance, la crise est de courte durée. Dans un puissant effort, Julie se détend, et tante Béa crie à Tom Alcorn :

"C'est fini ! Vous pouvez continuer !"

Elle regarde autour d'elle à la recherche de Terry, mais ne la trouve pas – Hazel a dû l'emmener dehors. Elle range donc toutes ses affaires dans son sac, ôte le livre de cantiques de la bouche de Julie et la cajole pour qu'elle se mette debout.

"Pardon, dit-elle aux gens tout au long du banc. Merci beaucoup", ajoute-t-elle, à propos de leurs prières pour Terry.

Le dernier dans l'allée, un gros monsieur d'à peu près son âge, lui prend le bras et les conduit, Julie et elle, à l'arrière de l'église. Dans le silence on entend, avec la clarté d'une cloche, les enfants du catéchisme qui chantent au sous-sol *All Things Bright and Beautiful*. En temps normal Terry et Julie seraient en bas, mais le sujet de ce service dominical, "Souffrez petits enfants", était dédié à Terry, et tante Béa voulait qu'elle l'entende. Bon, elle en a entendu la majeure partie. Elle a entendu son nom mentionné dans deux prières. Tante Béa passe une main sur son front qui palpite, et l'homme, dont elle aimerait bien se rappeler le nom, lui presse gentiment le bras. Oh, la consolation des hommes forts et pieux ! Tante Béa s'autorise à se laisser un peu aller contre lui. Julie se laisse aller contre elle. Tante Béa baisse les yeux et voit ce qu'elle devine être un sourire.

A la porte, l'homme retire son bras et tous trois sortent et descendent les marches en direction d'Hazel Gordimer et de Terry. Les paupières de Terry sont roses à force de pleurer. Brusquement, tante Béa ne peut pas supporter l'idée que ces tendres paupières connaîtront le scalpel. Elle lâche une enfant et s'avance vers l'autre pour la serrer dans ses bras.

"Elle n'a pas fait le bruit d'évier qui se vide, signale Terry d'un ton glacé. Elle le fait toujours, avant."

Tante Béa est incapable de se souvenir si Julie a fait ce bruit ou non.

"Le moment était mal choisi, je te l'accorde", reconnaît-elle. Terry se dégage de son étreinte et se met à balayer le trottoir de sa canne. "Où vas-tu ?" demande tante Béa.

Terry s'approche de l'homme, qui s'efface, et puis de Julie, qui ne bouge pas. Terry s'y attendait, elle passe sur le gazon juste avant que son dernier coup de canne atteigne la chaussure de Julie.

"Salopard, murmure Julie.

— J'ai entendu !" dit Terry.

Au pied des marches menant à l'église, elle s'arrête, déroutée — elle croyait aller dans l'autre sens.

"Tu y retournes ?" demande tante Béa.

Terry ne sait pas. Elle se remet à pleurer — avec des gémissements aigus de chiot qui affligent Julie et la font pleurer à son tour.

"Et c'est parti, soupire tante Béa, en rejoignant Terry.

— Julie est bête, lâche Terry.

— Allons, allons, la réprimande Hazel Gordimer.

— Julie, elle a des cailloux dans la tête", dit Terry.

Deux jours plus tard, Terry entre à l'hôpital. Elle est totalement confiante. Aux admissions, elle demande si quelqu'un connaît une fillette aveugle qui aurait besoin d'une canne presque neuve.

Tante Béa elle aussi est confiante. Le même médecin suit Terry depuis sa naissance, et il assure qu'elle est à l'âge optimum pour l'opération. Il qualifie celle-ci de procédure délicate mais de routine, avec un taux de réussite extrêmement élevé.

"Ma seule véritable préoccupation, avoue-t-il, c'est de savoir comment Terry réagira quand brusquement elle y verra. Il y a toujours des problèmes d'adaptation.

— Vous voulez parler de la tache de vin", dit tante Béa, pour en venir aux choses sérieuses. Le docteur a eu beau expliquer à Terry que l'année prochaine un chirurgien esthétique effacera la tache de vin avec un rayon laser ("effacer" – c'est le terme qu'il a employé, comme si quelqu'un lui avait renversé de l'encre violette sur la joue), tante Béa ne s'attend pas exactement à ce que Terry saute de joie la première fois qu'elle regardera dans une glace.

Mais le docteur précise :

"Des problèmes de spatialisation. Une incapacité, du moins au début, à juger de la profondeur et des distances.

— Ah, bon", dit tante Béa.

Elle a elle-même des problèmes de spatialisation, si c'est de cela qu'il s'agit. Quand elle conduisait, elle avait un mal fou à s'engager dans la circulation.

L'église a réservé une chambre d'hôpital particulière, et des membres de la congrégation l'ont déjà remplie de fleurs. Terry est euphorique. Tante Béa est touchée, mais quand elle doit rentrer à la maison et que Terry, au lit, attend son plateau-repas, tous ces bouquets entourant ce petit corps la mettent mal à l'aise. Tout de suite après le dîner, laissant les assiettes sales sur la table, elle est revenue à la hâte. Elle amène Julie cette fois-ci, et un grand sac de biscuits aux pépites de chocolat, que, malgré les fleurs, Terry sent aussitôt.

"Je ne peux pas en manger ! crie-t-elle.

— Non ?" demande tante Béa.

Terry fait de la tête un unique hochement qui, pour elle, signifie "surtout pas".

"Je ne peux rien manger jusqu'à l'opération. Je dois avoir le ventre vide.

— Ah, c'est vrai", reconnaît tante Béa, fâchée contre elle-même. On aurait pu croire qu'après toutes les opérations de Norman, elle s'en serait souvenue.

Julie est toujours sur le seuil. Bien qu'elle n'ait encore rien dit, Terry est consciente de sa présence.

"Pourquoi tu restes là sans bouger ? demande-t-elle.

— Allez, ma chérie, viens ici et aide-moi à en dévorer quelques-uns, lance tante Béa, qui se laisse tomber sur un fauteuil et plonge la main dans le sac de biscuits.

— Est-ce que Penny y voit ? demande Julie de sa voix tonitruante.

— Bien sûr que non ! crie Terry. Je n'ai pas encore subi l'opération !

— Dans une semaine, Penny y verra", assure tante Béa.

Elle hisse ses pieds douloureux sur le radiateur.

Julie grimace et se colle un doigt dans l'oreille. Elle pousse si fort qu'elle en gémit.

"Qu'y a-t-il ? demande tante Béa. Viens par ici."

Julie ne bouge pas. Elle parcourt mentalement l'appartement de tante Béa. Elle voit le marteau et les clous dans un panier en osier par terre dans le placard à balais. Elle voit les deux tournevis dans une boîte de jus de fruits.

Elle passe dans la chambre et voit les cintres dans le placard, et elle s'y attarde tout en se souvenant de sa mère, un jour, redressant un cintre et le fourrant dans une pipe à hasch.

Malgré son pansement, Terry est convaincue qu'elle discerne déjà la couleur rouge.

"Elle est très vive, dit-elle. Elle pourrait même vous blesser."

Les couleurs, elle ne parle que de cela. Pour la première fois de sa vie, elle se demande de quelle couleur est l'écriture.

"Noire, dit tante Béa. Neuf fois sur dix."

Terry n'arrive pas à comprendre comment, dans ce cas, elle est visible – elle n'arrive pas à appréhender l'idée du noir sur du blanc, et tante Béa finit par abandonner ses tentatives pour le lui expliquer.

"Tu verras, assure-t-elle.

— *Je vais* voir !"

Terry adore le dire. Elle pense qu'il n'y a rien de plus drôle. *Elle va* voir – tout deviendra clair pour elle dans quelques jours. Elle saura lire dès qu'elle ouvrira un livre, cela va de soi.

Cela va de soi aussi que les gens voudront l'adopter, puisqu'elle sera "normale". Tante Béa est blessée par l'impatience de sa voix. D'un ton prudemment optimiste, elle dit :

"Peut-être bien."

Tante Béa se rend compte, bien sûr, que davantage de couples seront intéressés, mais demeurent les problèmes d'adaptation qu'a signalés le docteur. Et il y a la tache de vin, pas simplement sa première vision, alarmante, mais l'obligation d'assumer l'opération au laser et ses suites – les lotions hors de prix, les infections, allez savoir quoi. D'après son expérience, il y a toujours des complications. Elle ne peut pas s'empêcher de ressentir une infime pointe de soulagement quand elle songe à la tache de vin. Elle serre Julie dans ses bras et dit :

"Ne t'en fais pas. Penny sera de retour à la maison avant que tu aies eu le temps de faire ouf."

Julie demande :

"Est-ce que Penny y voit déjà ?"

Elle pose la question toutes les dix minutes. Et puis brutalement, la voilà obsédée par la mère de Terry. Dès qu'elles croisent une femme dans le hall de leur immeuble – même une femme qu'elle connaît –, elle demande :

"Est-ce que c'est la maman de Penny ?

— Combien de fois te l'ai-je répété ?" répond tante Béa, en proie à un nouveau souci, non pas les questions de Julie (qui peut espérer percer le mystère de ce qui se passe dans la tête endommagée de cette enfant ?) mais son agacement à leur égard. Pour se donner des forces, elle chante : "En avant, soldats de la foi." Une nuit, elle patauge dans un tel bourbier de commisération à l'idée de l'enfance de Julie qu'elle sort de son lit et lui confectionne une robe avec le velours vert et la soie blanche qu'elle réservait à une robe pour Terry. Mais quand le lendemain matin elle présente la robe à Julie, celle-ci, les poings sur les hanches, lance :

"Jette-la à la poubelle."

Alors tante Béa coupe les fils et en fait une robe pour Terry, finalement. Elle l'emporte à l'hôpital, son intention depuis le début étant que Terry, au moment où on lui ôtera le pansement, voie la couleur dont elle a décrété qu'elle sera sa préférée.

Le docteur guide Terry vers une chaise et lui demande de s'asseoir. Tante Béa se pose sur le bord du divan.

"J'espère bien que les fenêtres sont aveuglées, dit Terry.

— Mais oui."

Le docteur rit.

"Elle n'en rate pas une, celle-ci", remarque tante Béa, qui se penche en avant pour lisser la robe de Terry. Elle regrette la large ceinture à nœud et le biais blancs – ils donnent l'impression que Terry a eu des pansements au cerveau, pense-t-elle. Elle se surprend à laisser échapper un sanglot retentissant.

"C'est tellement lugubre ici, remarque l'infirmière, compatissante.

— Tu pleures ? demande Terry. Pourquoi tu pleures ?"

Tante Béa extrait une pile de kleenex de la manche de son pull.

"Les miracles me font toujours pleurer", explique-t-elle.

Elle presse le genou osseux de Terry. Terry est si contractée que ses jambes sont tendues droit devant elle, comme celles d'une poupée. Elle les replie à toute vitesse, pourtant, quand le docteur lui demande si elle est prête. Il avance un tabouret face à elle, s'assoit, puis fait signe à l'infirmière, qui tourne un cadran fixé au mur.

La pièce s'obscurcit. Tout ce qui est blanc semble jaillir de l'ombre – la blouse du docteur, la soie, le pansement, les lunules de ses doigts sur le pansement. Tante Béa regarde ses propres lunules, le kleenex. Elle lève les yeux vers la lampe, en se demandant s'il s'agit d'une ampoule spéciale. Sur le mur opposé, les intervalles entre les stores vénitiens dessinent des portées de lumière.

"Oh", fait Terry.

On lui ôte le pansement.

Le blanc de ses yeux est si blanc.

"Tu as mal aux yeux ?" demande le docteur.

Terry bat des paupières.

"Non", murmure-t-elle.

Le docteur attend un instant, puis lève à peine la main et l'infirmière tourne le cadran.

"Des anges", dit Terry.

Elle ne voit que des balafres et des taches éblouissantes.

Tante Béa est saisie.

"Oh, doux Seigneur, sanglote-t-elle.

— La lumière, c'est ça, précise le docteur.

— Je sais", dit Terry.

A présent les balafres et les taches ne sont plus si brillantes, et Terry commence à distinguer des formes remplies de ce qui doit être de la couleur. Entre les formes colorées, il y a du noir.

"Que vois-tu d'autre ? demande le docteur.

— Vous, murmure-t-elle – mais c'est une supposition.

— Qu'a-t-elle dit ? demande tante Béa, en essuyant ses lunettes embuées.

— Elle me voit.

— Je vous vois", dit Terry, et maintenant c'est vrai.

Voici le visage du docteur. Il grandit, s'approche. Le docteur fixe un des yeux de Terry, puis l'autre. Il tire sur ses paupières inférieures. A son tour, elle le regarde dans les yeux.

"Un œil, c'est gras", remarque-t-elle.

Quand le docteur écarte la main, elle regarde sa robe, puis lève les yeux vers tante Béa, qui n'est pas verte. Plus stupéfiant encore, le visage de tante Béa est différent de celui du docteur. Les hommes doivent avoir des visages différents de ceux des femmes, pense-t-elle, mais quand elle regarde l'infirmière, *son* visage aussi est différent. L'infirmière est toute petite, elle ne fait que deux ou trois centimètres. Terry revient à tante Béa et examine les traits miroitants reliant ses yeux à sa bouche.

"Je vois tes larmes, dit-elle.

— Oh, ma chérie", soupire tante Béa.

Terry tend la main, et bien qu'elle semble toucher tante Béa, il n'en est rien. Elle agite sa main, qui frôle le visage du docteur.

"Mais…, dit-elle, déroutée.

— Voilà ce dont je vous parlais, annonce le docteur à tante Béa. Il va lui falloir un moment pour juger des distances." Il se tourne vers l'infirmière. "Ouvrons les stores."

L'infirmière s'avance vers la fenêtre. Terry l'observe. Elle se dilate au fur et à mesure qu'elle s'approche, rétrécit à mesure qu'elle s'en va à l'autre bout de la pièce. Ce n'est pas une surprise – Terry s'est toujours imaginé que certaines personnes sont grandes de près et petites de loin. Mais elle n'avait jamais pensé qu'on pouvait voir derrière soi, que ce qui était derrière soi restait visible. Elle se tortille pour essayer d'entrevoir l'espace noyé d'ombre dans son dos.

"Lève-toi, tu veux", dit le docteur.

Terry se met debout et fait face à la fenêtre.

"Dans la partie du haut, ce sont le ciel et les nuages, annonce le docteur. Ciel bleu, nuages blancs, et des arbres au-dessous, les feuilles vertes des arbres. Ces vitres sont teintées, tout est donc un peu plus sombre qu'en réalité."

Terry fait un pas en avant. Elle s'arrête, convaincue qu'elle a atteint la fenêtre. Elle tend la main, et tante Béa bondit sur ses pieds et l'attrape.

"Oh, ma chérie", s'exclame-t-elle.

C'est tout ce qu'elle sait dire.

"Non", lance Terry d'un ton sec, en se débarrassant d'une saccade de tante Béa. Elle se sent plus à l'aise une main tendue devant elle. Elle fait encore deux pas en avant, mais elle n'est toujours pas arrivée à la fenêtre. Encore deux pas, puis deux autres. L'infirmière s'écarte. Deux pas encore, et les doigts de Terry heurtent la vitre.

C'est sa main, aplatie contre le carreau, qui l'arrête.

"C'est quoi ces fentes ?" demande-t-elle, en parlant des rides sur ses jointures.

Tante Béa est à côté d'elle. Elle scrute la vue au-dehors.

"Sur l'immeuble ? dit-elle, en se demandant si Terry veut parler des traits entre les briques. Là-bas ?

— Non !" Terry gifle la fenêtre. La voilà soudain paniquée. "Où est Julie ? demande-t-elle.

— A l'école, répond tante Béa, en la prenant par les épaules. Tu le sais bien, ma chérie. Tu la verras à la maison.

— Où est mon visage ? demande Terry, qui fond en larmes.

— Bon, d'accord, dit le docteur. C'est un peu accablant, tu ne trouves pas, Terry ?"

Il lui demande de s'asseoir et de fermer les yeux. Dès qu'elle se sent accablée, conseille-t-il, elle devrait fermer les yeux quelques instants.

Terry vise le canapé. Elle agite les mains pour empêcher tante Béa de l'aider. Elle a l'impression d'entrer dans une image de formes plates, et que la chaleur qu'elle sent rayonner du corps de tante Béa fait petit à petit fondre et disparaître ces formes.

La main de Terry est posée sur son reflet dans la glace de la salle de bains.

"Ça partira, n'oublie pas, dit tante Béa. Ce sera de la même couleur que le reste de ta peau."

La main de Terry passe du miroir au côté clair de son visage. Du bout des doigts elle le tapote, exécutant au petit bonheur ce qui paraît à tante Béa d'étranges bonds de la pommette à la mâchoire, au sourcil, au nez, à la bouche et puis vers l'autre côté de son visage – sa joue – où elle s'arrête un moment.

Elle se met à lisser la peau à cet endroit – elle essaie de voir si la tache de vin s'efface.

"Tu sais ? demande-t-elle.

— Quoi ?

— J'adore le violet, avoue-t-elle avec mélancolie.

— Moi aussi ! s'écrie tante Béa.

— Mais je pensais que le violet serait vert", ajoute Terry.

Elle tourne la tête comme si ses yeux risquaient de tomber. Ils n'ont plus du tout la même allure depuis l'opération. Ils paraissent plus petits... et plus vieux – ils ont la vague intensité qui rappelle à tante Béa les vieillards écoutant quelque chose de difficile et de nouveau.

"Voudrais-tu voir davantage de violet ?" s'informe tante Béa.

Les yeux de Terry se posent sur la main gauche de tante Béa.

"Tu sais ? dit-elle. Je pensais que les veines seraient rouges."

Dans le bus qui les ramenait à la maison, abritée de la lumière derrière d'énormes lunettes, Terry a examiné les veines sur les mains de tante Béa. Toutes les deux, trois minutes, elle a levé la tête pour regarder les autres passagers et les publicités au-dessus des vitres, mais elle n'a pas regardé *par* la vitre, bien qu'elle y ait aperçu une ou deux fois son pâle reflet. Elle y a reconnu le mouvement de sa tête, et la première fois que c'est arrivé elle s'est exclamée, affolée :

"C'est une glace !"

Entre ces investigations, elle est revenue à son véritable sujet d'intérêt – examiner le dos des mains de tante Béa. Après qu'elles sont descendues du bus, tante Béa lui a montré comment, lorsqu'elle garde les mains en l'air quelques instants, toutes les veines disparaissent, puis quand elle les ramène vers le bas, celles-ci émergent de nouveau et donnent l'impression qu'elle vieillit de cinquante ans en cinq secondes. Terry a adoré.

"Encore, a-t-elle demandé. Encore."

Dès qu'elles sont entrées dans l'appartement, pourtant, elle a repoussé la main de tante Béa avec impatience, jeté un regard au bout du couloir et demandé :

"La glace au-dessus de l'évier, c'est une vraie, non ?

— Oui", a répondu tante Béa, prudente. A l'hôpital, bien qu'elle ait demandé où était son visage, Terry avait fermé les yeux dès que le docteur lui avait présenté une glace. "Oui, a dit tante Béa. C'est une vraie glace.

— Tu veux bien me les tenir ?" a demandé Terry, en ôtant ses lunettes de soleil.

Puis elle s'est dirigée vers la salle de bains.

43

A présent elle s'engage dans le couloir, s'arrête et ferme les yeux. C'est sa façon de marcher – en s'arrêtant tous les cinq ou six pas pour fermer les yeux et adopter une expression d'implorante concentration. Tante Béa tente de lui faire remettre les lunettes de soleil, mais elle répond qu'elles éteignent la lumière. Partout elle voit des lumières. Dans le ficus, dans les cheveux de tante Béa, des bandes de lumière sur un vase, des carrés et des éclaboussures de lumière que tante Béa ne réussit à discerner qu'à force de temps et d'entêtement à avoir des hallucinations.

Terry allume la télévision. On y voit un visage assez semblable à celui du docteur. Elle est contrariée quand tante Béa assure que ce n'est pas lui. Chaque fois que l'image change elle hurle : "Qu'est-ce que c'est ?" bien que le plus souvent, le temps que tante Béa lui réponde, elle ait déjà compris. Au bout d'un quart d'heure, elle éteint la télévision en déclarant : "Il y a trop de monde." Elle veut voir Julie, qu'une voisine ira chercher à l'école.

"Elle sera là à quatre heures", assure tante Béa.

Alors elle veut voir la pendule de la cuisine. Tante Béa la décroche du mur et lui permet de la prendre en main.

"Mais où est l'heure ?" crie-t-elle, bouleversée.

Même chose avec la Bible.

"Mais je ne vois pas ce que ça dit", crie-t-elle.

Elles sont assises sur le lit de tante Béa, la Bible ouverte sur les genoux de Terry à une page de mots tout rouges, où c'est Jésus qui parle.

Tante Béa dit :

"Bien sûr que non, ma chérie."

Terry ferme la Bible. Avec un air de rejet respectueux mais total elle la pose sur la table de chevet. Elle baisse les yeux vers les mains de tante Béa.

"Montre-moi tes veines", demande-t-elle.

Elles sont toujours dans la chambre quand s'ouvre la porte de l'appartement.

"Par ici !" crie tante Béa, et soudain Julie se tient dans l'encadrement de la porte, avec derrière elle Ann Forbes, qui habite au bout du couloir.

"Bonjour !" lance Terry d'une voix rêveuse.

Elle sait laquelle des deux est Julie, et Julie la fascine tellement qu'Ann Forbes, une grande femme au visage chevalin avec de larges anneaux d'or aux oreilles et deux peignes verts dans ses cheveux roux, n'est rien d'autre qu'une masse de couleurs floues.

"Est-ce que Penny y voit déjà ? demande Julie.

— Je te vois, dit Terry. Tu es en bleu.

— Bon", soupire Julie. Elle jette un regard rapide à Ann Forbes. "Ta maman est là.

— Bonté divine ! roucoule Ann Forbes.

— C'est Mrs Forbes", dit Terry.

Elle reconnaît sa voix.

"Oh-kay, oh-kay, lance Julie d'une voix forte.

— Pour l'amour du ciel, Julie, tu sais que c'est Mrs Forbes."

Tante Béa s'accroche au rebord de la commode pour se mettre debout.

Bouche bée, Julie rejette la tête en arrière pour regarder Ann Forbes.

"Oh-kay, oh-kay, hurle-t-elle en roulant des yeux.

— C'est une crise ? demande Ann Forbes, qui recule, en riant nerveusement.

— Non, non, assure tante Béa, elle est juste un peu tourneboulée."

Elle s'apprête à rejoindre Julie, mais Terry se lève et se dirige vers elle, alors tante Béa s'immobilise.

Terry traverse la pièce sans s'arrêter. Ses doigts heurtent l'épaule de Julie, et celle-ci, qui paraissait l'ignorer, la regarde et dit, doucement pour Julie :

"Oh-kay, oh-kay."

Toutes les deux s'attrapent par les mains et se mettent à balancer les bras d'avant en arrière, la mine très absorbée, très consciencieuse.

Impossible de convaincre Julie que la spécialiste qui rend visite à Terry deux fois par semaine pour l'aider à s'adapter – une Noire, pas moins – n'est pas sa maman. Elle semble aussi avoir des difficultés à se fourrer dans la tête que Terry n'a plus besoin qu'elle lui rapporte ce qui se passe sur le parking et le terrain de jeux voisins.

"Voiture rouge", annonce-t-elle, et Terry jette un coup d'œil dehors et dit :

"Je sais, je la vois."

En fait, Terry, qui fait ce que la spécialiste appelle des progrès stupéfiants, ajoute :

"Elle a un hayon.

— Hayon ! Hayon !" braille Julie, qui continue à brailler le mot et à montrer son ventre et sa poitrine jusqu'à ce que Terry fonde en larmes.

"Julie se sent abandonnée, explique tante Béa à la dame du journal qui assiste par hasard à l'une des colères de la fillette. Evidemment, ajoute-t-elle, Terry est très tendue.

— Je vois ça", dit la dame.

Mais dans sa chronique "Les enfants de tous", qui fait chaque jour de la publicité pour un nouvel enfant à adopter, elle décide qu'elle n'a rien vu d'autre en Terry qu'une "charmeuse indépendante, à l'esprit vif… un moulin à paroles chaleureux et plein d'entrain". Après une matinée à peser le pour et le contre, tante Béa téléphone à la chroniqueuse et lui livre le fond de sa pensée.

"Il serait plus honnête de brosser un tableau complet, déclare-t-elle. Voyons, ce n'est pas comme s'il y avait une garantie satisfait ou remboursé.

— Au tout début, répond la chroniqueuse, la stratégie consiste à éveiller l'intérêt."

L'intérêt de trois couples se trouve éveillé. Pour une raison ou pour une autre, pourtant, ils changent tous d'avis avant même de rendre visite à Terry. Ces fausses joies brisent le cœur de tante Béa, et pourtant elle a également l'impression qu'on lui a accordé un sursis de la onzième heure, et la voilà dévorée de culpabilité, une culpabilité si profonde qu'elle écrit à Ann Landers, au *Chicago Tribune*, une lettre signée "Possessive à Port Credit". Dans la mesure où elle demande une réponse confidentielle, elle ne s'attend pas franchement à une réponse – il s'agissait simplement de soulager un peu son cœur. N'empêche, elle surveille le journal tous les jours et, un mois plus tard, voilà qu'il y a une réponse de deux lignes pour "Possessive à P. C.", dont tante Béa se dit que ce doit être elle bien que le message ne colle pas tout à fait. Il dit :

"Hé péquenaude, ne sois pas débile. Rends-toi un petit service et fais-toi aider rapido."

Ce que choisit plutôt de faire tante Béa – ce qu'elle a toujours fait depuis le début –, c'est de s'agenouiller et de prier, trois ou quatre fois par jour, imprimant sur ses avant-bras les ondulations du couvre-lit qu'elle n'a pas lavé depuis la mort de Norman parce qu'elle croit encore y deviner son odeur. Elle s'inflige aussi une pénitence – dévouement sincère à Julie. Quand Terry est rivée à la télévision ou qu'elle feuillette les piles de magazines que lui apporte la spécialiste, tante Béa et Julie descendent aux balançoires. Tante Béa ne peut que rire du spectacle de ces deux grosses dondons agitant les jambes comme des scarabées sur le dos, et courant le risque que tout le fourbi leur tombe sur la tête. Au bout de quelques minutes, pourtant, Julie descend de sa balançoire en se tortillant pour pousser tante Béa. Elle préfère pousser plutôt qu'être poussée, et Dieu sait qu'elle est forte comme un bœuf, et tout aussi tenace. Si elle pouvait, elle resterait là à pousser tante Béa toute la journée. Elle l'envoie si haut que les chaînes s'entortillent et que tante Béa hurle.

C'est toujours une surprise pour Julie chaque fois que la spécialiste s'en va sans emmener Terry. Et puis elle se souvient qu'il y a un vilain monsieur chez la maman de Terry, et que c'est pour ça. C'est le même monsieur qui a frappé sa maman à elle et noyé le chat dans les toilettes.

"Quand le monsieur ira en prison, promet-elle à Terry, ta maman viendra te chercher.

— Je n'ai pas de maman ! crie Terry.

— Quand le monsieur...", dit Julie, en hochant la tête.

Sa foi à ce propos est invincible.

Elle attend que sa maman à elle se manifeste. Elle se précipite pour répondre au téléphone et à l'interphone, se persuadant souvent que c'*est* sa mère dans le hall, si bien que lorsque c'est simplement Ann Forbes, ou la spécialiste, ou encore quelqu'un d'autre, elle reste incrédule. Elle file à la fenêtre, espérant entrevoir sa mère qui s'éloigne. Elle pense que sa mère a dû changer d'avis. Elle pique une colère. Elle tape sur tante Béa. Un jour, pendant que tante Béa bavarde avec quelqu'un dans le couloir, elle attrape le pull bleu de celle-ci sur le dos de son fauteuil et le jette par la fenêtre. Une minute plus tard Terry sort de la salle de bains, se penche par la fenêtre et crie :

"Il y a un petit lac, en bas !

— Lac ! Lac !"

Julie se moque de Terry. Elle est furieuse quand elle commet ce genre d'erreurs. Un pull n'est pas un lac ! La maman de Terry sera furieuse ! Sa chemise autour du cou, Julie se pavane au salon, écumante et de plus en plus hardie. Avant que tante Béa ait réussi à se libérer, Julie est allée à la cuisine, a pris une baguette dans le tiroir à couverts et l'a plantée dans un set de table en plastique.

"Non !" hurle Terry.

Julie brandit le set de table.

"Oh-kay, oh-kay", dit-elle, déçue.

Le trou est si petit qu'elle ne peut même pas y fourrer son doigt.

Terry voit des choses que tante Béa n'a jamais vues auparavant, ou a oublié d'avoir vues. Quand le métro quitte la station, Terry pense que c'est le quai et non le métro qui bouge. Elle voit les rayons des roues de bicyclette tourner à l'envers et non dans le sens réel. Elle voit des visages dans le tronc d'un arbre. L'écorce d'un arbre, elle la compare au dos de la main de tante Béa. Elle dit : "Le ciel descend jusque par terre" – elles sont au bord d'un lac ce jour-là – et tante Béa pense : C'est vrai, le ciel n'est pas du tout là-haut. Il est tout autour de nous. Nous sommes *dans* le ciel.

"Tu es la petite visionnaire de Notre-Seigneur", confie-t-elle à Terry.

Parfois, elle se réjouit tout simplement d'être en vie et témoin des événements. Parfois, elle veut s'enfuir avec les deux filles sur une île déserte.

"Pourquoi ne suis-je pas encore adoptée ?" demande Terry de temps à autre, moins blessée que perplexe.

"Cela demande du temps" est la piètre réponse de tante Béa, mais au fur et à mesure que passent les semaines sans qu'un seul couple se renseigne, elle commence à supposer qu'il faut vraiment du temps. Un peu de ses affreux sentiments de culpabilité et de son angoisse l'abandonnent.

Les jours s'installent autour d'elle, chacun béni, durement gagné. Elle croit qu'elle récolte le fruit de la prière – elle sent le Seigneur dans l'appartement, qui a l'œil sur sa tension artérielle. Elle baisse la chemise de Julie, rabat d'une tape les mains de celle-ci qui la frappent, et ne s'en préoccupe pas plus que si elle suspendait la lessive, par un jour de grand vent, et que les draps lui fouettaient la tête. Elle se souvient des colères de sa fille au même âge, de sa langue de vipère, et elle dit à Terry :

"Ce n'est rien. Ça ne te fera pas de mal."

Un jour, pourtant, alors que Julie arpente le salon à pas lourds, le tableau au-dessus du canapé – une peinture à l'huile de deux scottish-terriers

50

ressemblant comme deux gouttes d'eau à Angus et Haggis, les chiots de la même portée que Norman et elle avaient eus – dégringole, arrachant un bout de plâtre et ratant d'un quart de poil Terry qui, par terre, regarde un magazine.

Après les premières secondes de silence suivant le hurlement de Terry, tante Béa se tourne vers Julie et lance :

"Vilaine."

Elle est tellement en colère que sa mâchoire en tremble.

Julie se jette par terre et se met à se bourrer la tête de coups de poing.

"Vilaine", dit tante Béa.

Un sanglot lui monte brusquement à la gorge.

Terry est agenouillée au-dessus du tableau. Il a atterri à l'envers et on dirait qu'elle essaie d'enfoncer ses doigts sous le cadre.

"Arrête ! ordonne tante Béa d'un ton sec.

— Mais où est leur dos ? hurle Terry. Il est où, leur dos ?"

Tante Béa n'a pas d'autre solution que d'appeler Fred, le gardien, pour réparer le plâtre. Elle a horreur de ça, Fred joue toujours les gens débordés, et la première fois que Terry l'a vu après l'opération, elle s'est écriée : "Je croyais que vous auriez des cheveux."

Mais Fred dit :

"Ben merde alors, je suppose que je ferais mieux de venir voir ça", et il arrive avec du plâtre fin, qu'il gâche dans le saladier en cristal taillé de tante Béa. Quand il a terminé, il fait sortir tante Béa de la salle de bains pour lui fourrer le clou sous le nez. "Vous voulez dire que vous aviez planté ça ?" demande-t-il.

Tante Béa ne saisit pas.

"On ne peut pas suspendre un tableau de cette taille à un clou d'un centimètre. Il faut une vis. Percer un trou, mettre une cheville.

— Ah, oui." Tante Béa se tapote le cœur. "Pourriez-vous me rendre ce service, Fred ?"

Elle n'a pas de perceuse. Elle a des palpitations et des flatulences. Elle vient de se souvenir que c'est son anniversaire de mariage. Elle ne parvient pas à ce que Julie, toujours allongée par terre à faire des grimaces terribles, lui jette le moindre coup d'œil.

"Le plâtre est humide, lâche Fred, comme si elle était une demeurée.

— Eh bien, quand il sera sec, dit tante Béa.

— Je n'ai pas toute la journée. Je vais le faire tout de suite, à quelques centimètres de là où il était. De toute façon, il ne m'avait pas l'air centré sur le mur."

Il revient avec une perceuse. Terry se couvre les oreilles quand il la met en marche, mais Julie se hisse sur ses pieds et se plante juste à côté de lui, si près qu'il soulève le coude et lui ordonne de reculer. Quelques secondes plus tard, il lance :

"Et merde, regarde ce que tu m'as fait faire."

Il a percé un trou trop gros pour les chevilles qu'il a dans sa poche.

Il redescend à la cave. Terry l'accompagne à l'ascenseur pour appuyer sur le bouton. Tante Béa retourne à la salle de bains prendre un comprimé contre les aigreurs d'estomac.

Julie empoigne la perceuse.

Elle ne hurle pas, elle ne piaule pas. Quand tante Béa entend le vrombissement, elle pense simplement : Il a fait vite. Elle sort de la salle de bains à l'instant même où Terry disparaît au salon.

Le hurlement de Terry est aussi aigu et net qu'une aiguille.

"Oh mon Dieu", s'écrie tante Béa, parce qu'elle ne sait pas encore ce qu'elle voit. La tête de Julie tressaute, on dirait qu'elle éternue. De la peinture rouge dégouline de son front. Elle tient la perceuse à deux mains. La perceuse de Fred – c'est ça qui embête tante Béa. La peinture de Fred.

Terry hurle de nouveau. Le cri pénètre droit dans la tête de Julie, droit dans le trou où son doigt s'enfonce. Dans sa chute, tante Béa entraîne le vide-poche.

Tout le monde rassure tante Béa. Le docteur plante des baguettes dans un cerveau en plastique pour montrer le trajet sans danger que la mèche a emprunté, et la dizaine d'autres trajets sans danger qu'elle aurait pu prendre. Le psychologue pour enfants dit que rien sinon percer un trou et fourrer son doigt dedans n'aurait réussi à persuader Julie qu'elle n'a pas de cailloux dans la tête. L'assistante sociale dit que le choc a fait comprendre à la mère de Julie que ses responsabilités parentales ne s'arrêtaient pas devant la porte d'une cellule. Une autre assistante sociale, celle qui emmène Julie au foyer d'accueil, dit que Julie aurait dû depuis toujours vivre avec des enfants handicapés mentaux.

Mais tante Béa ne se laisse pas en paix. Dès que Terry part pour l'école, elle commence à se souvenir des actes et des paroles de Julie. Chaque geste, chaque mot semble un indice. Tante Béa est atterrée par la multitude d'indices.

Elle se résigne à ce qu'on lui retire également Terry. Elle s'en réjouit presque. Sa fille a raison

– elle est trop vieille, et elle a frôlé le pire. Quand une assistante sociale qu'elle ne connaît pas téléphone pour demander si elle est intéressée par une autre fille, elle soupçonne qu'il y a erreur et commence à expliquer qui elle est et ce qui est arrivé. Mais l'assistante sociale connaît toute l'histoire et rejette la faute sur l'Aide à l'enfance.

"Cette fille-ci est intelligente, promet l'assistante sociale. La seule chose, c'est qu'il lui manque les deux bras jusqu'au-dessus du coude. On est en train de l'équiper de nouveaux bras artificiels, remarquez, et de mains mécaniques très sophistiquées."

Au dîner, ce soir-là, tante Béa en parle à Terry.

"On n'est pas obligées de la prendre. Je suis tout à fait heureuse avec toi toute seule.

— Ça me plairait drôlement de voir une fille sans bras ! s'écrie Terry.

— Si elle habitait ici, dit tante Béa, il faudrait voir plus que ses bras.

— Est-ce que ses bras artificiels se démonteraient ?

— Je suppose."

Tante Béa caresse le côté violet du visage de Terry.

Dans un mois, on "effacera" la tache de vin.

Terry prend la main de Béa et la soulève.

"Montre-moi tes veines", demande-t-elle.

Tante Béa garde la main au-dessus de sa tête pendant une minute, puis la pose sur la table. Les petits ruisseaux bleus émergent comme si la main était victime d'un mauvais sort transformant une jeune fille en vieille bique.

"Dommage que je ne puisse pas me balader avec les mains en l'air tout le temps, remarque tante Béa.

— Tu sais ?" crie Terry.

Son regard fiévreux de vieille femme continue à surprendre tante Béa quand il se pose
sur elle.

"Quoi ?

— Dommage que tu ne puisses pas te balader avec ton corps tout entier en l'air !"

La fille s'appelle Angela ; elle a douze ans.
Elle est gaie, jolie (longs cheveux noirs, yeux
bruns charmeurs), et elle fait un numéro de
claquettes sur *Singing in the Rain*, qu'elle a sur
une cassette audio.

Terry est enchantée. Tante Béa aussi, mais
pas tant par la danse – sa fille a pris des cours
de claquettes. Ce qui va droit au cœur de tante
Béa, c'est le spectacle des deux petits bras pareils
à des ailes battant face à l'un des deux bras
artificiels (Angela insiste pour les attacher toute
seule), battant sans parvenir à l'attraper, battant
sans y parvenir, puis se plaçant enfin dans l'ali-
gnement, glissant le moignon dans la cavité et
le fixant avec un déclic.

SYLVIE

Bien que Sylvie fasse chou blanc quand il s'agit des événements qui ont précédé son premier jour d'école, son souvenir sans faille de certains moments qui ont *suivi* ce jour est une merveille médicale reconnue. Elle ne se souvient pas simplement des conversations mot pour mot, elle se souvient de l'odeur de l'air, et s'il y avait du vent. Elle se souvient que pendant que sa mère attendait la réponse de son père, un train avait sifflé au loin et que des souris grattaient dans les murs. S'il y avait trois mouches mortes sur le rebord de la fenêtre et qu'elle les avait remarquées dix ans plus tôt, elle les remarquait de nouveau dans son souvenir.

"C'est comme de rêver quand on sait que c'est un rêve, explique-t-elle à la grosse dame, Marie Mutine. On vit deux vies à la fois.

— Comme si, remarque Marie Mutine, ce n'était *pas* de toute façon ton cas."

Marie Mutine fait référence à Sue, la sœur siamoise de Sylvie, qui est rattachée à elle. Sue n'est pourtant rien d'autre qu'une paire de jambes. De parfaites petites jambes avec des pieds, des genoux, des cuisses, des hanches et un ventre, le ventre sortant du ventre de Sylvie juste sous son nombril, les pieds pendant à quelques centimètres de ses propres genoux et orientés vers l'extérieur, c'est-à-dire orientés dans la même direction que ses propres pieds. Elle n'a pas plus de pouvoir sur ces petites jambes qu'elle n'en a sur ses oreilles, mais elle les sent, sent les crampes qui les saisissent de temps en temps, leurs soubresauts, tout ce qui les touche. A intervalles, pendant la journée, Sylvie les attrape par les pieds, les fléchit et les étire, une habitude que lui a inculquée sa mère, qui prétendait qu'autrement elles risquaient de pourrir et de tomber.

En fin de compte, l'infirmière de l'école a détrompé Sylvie. "Ce serait trop beau", voilà quelle a été la formule de l'infirmière. En dépit de quoi elle a encouragé les exercices pour calmer les crampes. Et puis elle a remis les pendules à l'heure à propos de cette certitude qu'avait la mère de Sylvie : que si elle n'avait pas été constipée tout au long de sa grossesse, il y aurait eu suffisamment de place pour que ses deux bébés se développent.

"Une ânerie, a assuré l'infirmière.

— Il me semblait bien", a murmuré Sylvie.

Mais elle n'en a pas moins continué à se sentir coupable d'être vivante.

Sylvie n'a jamais eu de raison de penser que sa mère a été attristée d'avoir une fille dotée d'une deuxième paire de jambes. Si sa mère soupirait face à la chance des autres et lançait des remarques sarcastiques sur leurs prétendus problèmes, c'était parce qu'elle avait une fille tout en jambes. Elle tricotait des bas bleu et blanc ou rouge et blanc pour Sue (Sylvie devait en porter des blancs tout simples), et lui achetait des chaussures neuves (celles de Sylvie, déjà usées, étaient achetées à la vente de charité de l'église). Comme si Sylvie n'était pas là, comme si ce n'était pas elle qui ressentait ce que ressentait Sue, sa mère pressait les pieds de cette dernière, lui massait les mollets et roucoulait :

"Comment va mon bébé ? Mon bébé joli a-t-il passé une bonne journée ?"

Aux genoux ronds de Sue, sa mère devinait qu'elle aurait ressemblé à *son* côté de la famille, le côté écossais, blond et potelé.

"Ceux-là, disait sa mère, en tapant sur les genoux osseux de Sylvie, sont portugais."

Le favoritisme évident de sa mère blessait Sylvie, mais elle n'en éprouvait pas moins de la peine pour sa sœur et appréciait sa chance d'avoir un corps entier, plus, aux dépens de sa sœur, une deuxième paire de jambes qui, même si elle ne fonctionnait pas, n'existait chez personne d'autre. Vu le comportement de sa mère, Sylvie était bien loin de soupçonner que ces jambes étaient inquiétantes. Il n'y avait personne pour le lui révéler. Elle n'était qu'une enfant, et son père, qui travaillait par équipe de longues heures dans une usine d'ampoules électriques et n'était presque jamais à la maison, ne parlait pas assez bien l'anglais pour raconter grand-chose. Ils vivaient au bout d'un chemin de terre profondément creusé d'ornières, sur un pauvre lopin de terre où rôdaient en liberté des bergers allemands. Sylvie était peut-être allée quelques fois en ville avant de commencer l'école, elle n'en a aucun souvenir. Une année pouvait s'écouler sans la moindre visite.

L'inspecteur d'académie avait dû passer. Ils n'avaient pas le téléphone, les gens devaient se déplacer pour le moindre message. La mère de Sylvie parlait donc de l'inspecteur comme de Cet Homme-Là, et quand, un an plus tard, il était mort, elle déclara que si on croyait qu'elle cirerait le cercueil de Cet Homme-Là, on allait voir ce qu'on allait voir.

Sa mère faisait le ménage aux pompes funèbres deux jours par semaine, pour vingt dollars par mois plus les couronnes de fleurs fanées. Pour son premier jour d'école, les rubans rouges qui retenaient les nattes de Sylvie venaient d'un bandeau "Paix à son âme", tout comme le liseré blanc que sa mère avait cousu à la dernière minute le long de l'ourlet de sa jupe, pour s'assurer que ses petites jambes ne dépassaient pas.

Le premier jour, sa mère l'accompagna à l'école dans la charrette à cheval. Ils avaient parfois un camion, mais pas cette année-là. Quand l'école apparut au bout de la rue, sa mère recommanda :

"Tu gardes Sue sous ta jupe. Ne la montre à personne. Ne lui fais pas faire d'exercices avant d'être rentrée à la maison."

Sylvie était debout dans la charrette pour voir par-dessus l'épaule de sa mère.

"Est-ce qu'ils jouent à chat ?" demanda-t-elle avec ravissement, alors que les enfants s'arrêtaient de jouer, hurlaient : "La voilà !" et : "C'est elle !" et se précipitaient sur la route.

"Assieds-toi", ordonna sa mère.

La charrette grinçait et cahotait bruyamment en montant vers l'école. Avec un coup au cœur, Sylvie remarqua que les jupes de toutes les autres filles étaient plus courtes que la sienne, et qu'aucune des filles ne portait de nattes. Sa mère dépassa les enfants d'une bonne vingtaine de mètres avant de s'arrêter.

"Entre tout de suite", ordonna-t-elle.

Ses yeux étaient posés sur un garçon qui se tenait à l'écart, tout seul, fumant une cigarette.

Sylvie prit sa gamelle et descendit. Quand elle atteignit les enfants, ils s'écartèrent pour la laisser passer. La mine de certains d'entre eux l'incita instinctivement à se protéger derrière sa gamelle, et pourtant elle ne faisait pas le rapport entre ses petites jambes et ces mines-là. Les recommandations de sa mère de garder Sue sous sa jupe signifiaient, avait-elle cru, "ne sois pas prétentieuse, ne crâne pas".

Elle était maintenant sur les marches de l'école. Sa gamelle serrée contre ses petites jambes, elle se retourna et agita la main pour dire au revoir à sa mère. Celle-ci fit claquer les rênes, un son que Sylvie entendit dans son oreille gauche, tandis que dans son oreille droite elle entendait une voix dans le même ton que la sienne – sa première expérience d'une autre petite fille qui s'adressait à elle.

"On peut les voir ? demanda la fillette.

— Voir quoi ?

— Tes jambes.

— Ma mère a dit que je n'avais pas le droit.

— C'est là qu'elles sont ?" s'enquit une deuxième fillette, en désignant l'endroit où Sylvie tenait sa gamelle.

Cette fillette avait des yeux méchants et de longues dents.

"Je suis censée entrer directement", murmura Sylvie, et elle se mit à contourner les enfants.

Quelqu'un essaya de soulever sa jupe. Quand elle pivota pour voir qui, une main jaillit devant elle, sous sa gamelle, et frappa une de ses petites jambes au genou.

"Je les ai touchées !" hurla la fille aux yeux méchants.

Un garçon tira les cheveux de Sylvie. Elle lâcha sa gamelle, et aussitôt le devant de sa jupe se trouva assailli.

"Non !" cria-t-elle.

Quelqu'un la poussa et elle tomba par terre. On retroussa sa jupe au-dessus des genoux. On lui cloua les bras au sol, une main se colla sur sa bouche. La main sentait le tabac. Les enfants qui pouvaient voir en eurent le souffle coupé et se turent.

"Je vais rendre", gémit une fillette, et Sylvie pensa que c'était parce qu'on voyait sa culotte, la sienne et celle de Sue, mais à ce moment-là un garçon effleura le tibia de sa petite jambe, une pression rapide et hésitante du bout des doigts, et Sylvie pigea – ses petites jambes étaient les limaces blanches qu'on trouve sous une pierre.

Quand tous eurent vu ce qu'il y avait à voir, certaines des filles plus âgées l'aidèrent à se relever. Elles époussetèrent sa jupe, en prenant soin d'éviter le devant. Elles examinèrent la coupure à son bras. Elle ne nécessitait pas de pansement, convinrent-elles. Une fille qui portait des lunettes ramassa la gamelle de Sylvie et admira les fraises peintes dessus.

"Ne pleure pas, dit-elle. Moi, j'ai trouvé qu'elles avaient l'air de jambes normales.

— C'est ta faute, lui dit à l'oreille la méchante, d'une voix grinçante. Tu aurais dû nous les faire voir quand on te l'a demandé gentiment."

Jamais Sylvie n'avait reçu de meilleur conseil. A partir de ce jour-là, dès qu'on lui demandait, gentiment ou non, à voir ses jambes, elle retroussait sa jupe. Pour la voir, les gamins amenaient leurs grands frères, leurs grandes sœurs et leurs parents dans la cour de l'école. Un garçon amena une tante aveugle qui, après avoir empoigné chacune des cuisses de Sue, déclara :

"Bien ce que je pensais. Du bidon. Du caout-chouc."

Il ne fallut pas longtemps aux parents de Sylvie pour découvrir ce qui se passait. La complaisance de Sylvie, voilà ce que sa mère ne put accepter. Elle traita sa fille de vieux torchon sale. Elle soutint qu'une distribution régulière de griffures et de doigts dans l'œil aurait vite fait de servir de leçon aux enfants.

"Mais si je ne leur montre pas, c'est *moi* qui aurai droit aux griffures et aux doigts dans l'œil, protesta Sylvie.

— Bon, alors c'est ton destin ! hurla sa mère. C'est ta croix à porter ! Pense à ce que Sue a supporté ! Pense à ce que *moi* j'ai supporté !"

A ce moment-là, son père surgit d'une autre pièce.

"Pourquoi qu'elle reste pas ici ? demanda-t-il.

— Quoi ?"

Sa mère paraissait stupéfiée par cette intervention exceptionnelle.

"Toi tu lui fais les cours, suggéra-t-il.

— Quoi ? dit sa mère plus fort.

— Comme avant."

Il haussa les épaules.

"Qu'est-ce que je t'ai dit ? lui hurla au nez sa mère. Et Cet Homme-Là, qu'est-ce qu'il a dit ? Manquer la classe est une infraction à la loi ! Une infraction à la loi ! Tu veux qu'on nous fiche tous en taule ?"

A la fin de la classe, l'après-midi suivant, sa mère débula et passa un savon à Miss Moote, l'institutrice, en l'accusant de ne pas être à la hauteur. Dès lors, Miss Moote garda Sylvie à l'intérieur pendant les récréations, et attendit avec elle devant le portail que sa mère arrive dans la charrette. Les mardis et vendredis, les jours où sa mère nettoyait l'établissement de pompes funèbres, son père était censé venir la chercher, mais la plupart du temps il était retenu à l'usine, et finalement Miss Moote contournait l'école et annonçait timidement que tous les enfants étaient partis depuis longtemps, qu'elle était certaine que Sylvie pouvait rentrer chez elle sans anicroches.

Ce n'était jamais sans anicroches. Les garçons lui tendaient des embuscades, donnaient des coups à ses petites jambes et les chatouillaient pour les voir s'agiter. Un jour, le garçon qui fumait comme un pompier fourra son doigt entre les deux paires de jambes, les petites et les siennes, et elle dut courir chez elle pour laver le sang qui dégoulinait dans sa culotte.

Elle la mit à sécher dans le four tiède, mais celle de Sue, d'une qualité de coton supérieure à la sienne, était encore humide quand elle entendit sa mère ouvrir la porte d'entrée. Elle dut les enfiler quand même (Sue et elle n'en avaient qu'une chacune) et espérer simplement que sa mère ne remarquerait rien.

Non seulement sa mère ne remarqua rien, mais elle rapportait un cadeau de l'établissement de pompes funèbres. Après avoir caressé et massé Sue puis l'avoir questionnée sur sa journée, elle se leva, plongea la main dans la poche de son manteau et en tira un morceau de papier plié.

"J'l'ai trouvée sur le marbre à côté de Mr Arnett, annonça-t-elle, en dépliant la serviette en papier pour dévoiler une mante religieuse morte. Juste à côté de son oreille, comme si elle priait pour son âme de vieux radin et puis qu'elle était tombée dans les pommes à cause du formol. Mais ne me demande pas comment elle est arrivée là."

Au moment où Sylvie saisissait prudemment l'insecte, le doigt du garçon les transperçant, Sue et elle, devint l'obscurité d'avant l'aube, l'épreuve atroce qui lui avait valu ce bienfait autrement inexplicable. Le bienfait n'était pas simplement que Sylvie n'avait jamais vu une vraie mante religieuse, c'était que sa mère essayait depuis des mois de trouver un acheteur pour le microscope. Son père, prétendant l'avoir obtenu pour une bouchée de pain dans une vente après incendie, l'avait offert à Sylvie pour son anniversaire. Dix dollars, avait-il fini par avouer, et pendant toute une journée la mère de Sylvie avait marmonné et s'était déchaînée contre cette somme, et puis elle avait fixé des papillons "A vendre" sur les poteaux téléphoniques en ville. Mais il n'y avait pas d'amateurs, et en attendant Sylvie se servait de l'appareil pour examiner des insectes.

Avec la mante religieuse, elle commença une collection. D'abord elle étudiait l'insecte sous tous les angles possibles et imaginables, puis, après l'avoir aplati avec un caillou ou en roulant un crayon dessus, elle le nettoyait avec de l'eau vinaigrée. Une fois sec, elle le repassait sous des morceaux de papier sulfurisé et le collait dans un album.

Elle remplit trois albums en trois ans. Dans son quatrième album, elle étendit ses activités pour inclure larves et vers. Elle identifiait désormais ses proies à l'aide d'un livre de bibliothèque, et composait des étiquettes avec des lettres découpées dans le catalogue Montgomery Ward. Sur la page d'en face, elle inscrivait un aspect ou un autre qu'elle avait lu ou observé. "Pour se défendre, le *Catocala* dissimule ses ailes colorées sous des ailes ternes qui se confondent avec l'environnement." "Un trait noir sous ses ailes postérieures est l'unique différence entre le papillon *Basilarchia* et le papillon monarque."

Quelques jours après son quatorzième anniversaire, elle abandonna cette activité. Un beau jour, elle n'eut pas le courage d'aplatir un insecte de plus. Et puis elle ne découvrait presque plus rien qu'elle n'ait déjà, ce qui la frustrait, surtout qu'elle savait qu'il y avait des centaines, peut-être des milliers d'espèces d'insectes différents rien que sur sa propriété.

L'excitation de la chasse ne s'arrêta pas pour autant. En fait, par le biais de ses poussées de souvenirs, elle lui revenait au moins une fois par semaine, de façon aussi vivante que dans la réalité. D'autres moments lui revenaient aussi (elle n'avait aucun contrôle sur ce qui pénétrait dans son esprit à ces moments-là), mais d'habitude, dans son souvenir, elle poursuivait ou conservait un de ses insectes.

Les poussées s'étaient déclarées un an auparavant, et toujours quand elle était tendue ou contrariée. Sa mère la grondait, et Sylvie entendait chacun des mots qu'elle prononçait, elle la voyait posant violemment une casserole, et pourtant si elle clignait des yeux, c'était à cause du soleil de la fin d'après-midi passant par-dessus le toit de la grange, et si elle ressentait le besoin de lever la main, c'était parce que sa main se levait vraiment pour détacher un puceron des roses du treillage. Elle entendait sa mère dans la cuisine, et entendait sa mère deux ans auparavant, l'appelant sur le seuil de la grange.

Même en dehors de ses poussées, Sylvie avait une excellente mémoire. Elle mémorisait ses livres de classe et obtenait des notes parfaites et des récompenses. Pendant les moments de liberté et les cours d'éducation physique (dont elle était dispensée), elle travaillait en bibliothèque ou dans une classe vide. Tous ceux qui le désiraient ayant vu ses jambes au moins une fois, on la laissait tranquille.

Mais pendant sa troisième, une base militaire vint s'installer au bout de la rue, et des élèves officiers se mirent à l'attendre, à deux ou trois chaque jour, au-delà du portail de l'école. Ils prenaient des photos pour envoyer à leur famille et pour garder sur eux – comme porte-bonheur, disaient-ils, quand ils embarqueraient pour faire la guerre en Europe.

Cela ne gênait pas Sylvie. En vérité, elle avait un faible pour les élèves officiers, qui lui apportaient des chocolats et lui disaient qu'elle ressemblait à la star de cinéma Vivien Leigh. Ils lançaient des plaisanteries et la taquinaient, mais pas derrière son dos, ils ne faisaient pas hypocritement semblant de ménager ses sentiments.

Un jour une fête foraine arriva en ville, et pas un, à l'école, n'eut le cran de lui signaler la présentation de monstres, mais les élèves officiers s'en chargèrent, sans tourner autour du pot, et lui parlèrent carrément des fœtus de sœurs siamoises dans un bocal.

"Comme toi, mais avec quatre bras et une autre tête, signala l'un des élèves officiers. Et mortes, évidemment. Elles ne t'arrivent pas à la cheville."

Sylvie tourna les talons et s'en fut à la ferme des Brown, où s'était installée la fête foraine. Elle trouva la tente des attractions en suivant les flèches rouges qui indiquaient : "Par ici pour le frisson de votre vie !" et : "Avancez, amateurs de frissons !" A côté de la tente, une grande pancarte signalait :

M. T. BEAN DE NEW YORK PRÉSENTE L'ATTRAC-
TION DE LA DÉCENNIE. CE QU'IL Y A DE PLUS
GRAND, DE PLUS PETIT, DE PLUS MAIGRE, DE
PLUS GROS, DE PLUS ÉTRANGE, DE PLUS RARE,
A AVOIR JAMAIS FOULÉ CETTE PLANÈTE.

Au-dessous étaient peints un homme maigre en smoking, une grosse dame coiffée d'une couronne et assise sur un trône, une grande dame avec des mains énormes portant une assiette sur laquelle se tenait un lilliputien. Les fœtus n'apparaissaient pas sur le tableau.

"Prochaine séance dans une demi-heure, annonça un garçon. Vous pouvez acheter votre billet tout de suite. Cinquante cents."

Sylvie n'avait pas un sou, elle n'avait pas songé qu'il faudrait payer l'entrée.

"Je vais revenir", promit-elle.

Elle était convaincue que ses parents, tout autant qu'elle, auraient envie de voir les fœtus. Elle se trompait. Un air sombre et étrange passa sur le visage de son père. Sa mère traita M. T. Bean de vautour.

"Mais, maman, protesta Sylvie. Des sœurs siamoises. Comme Sue et moi.

— *Pas* comme Sue et toi ! hurla sa mère, en lui agitant une louche sous le nez. Nues ! De la viande à l'étalage ! Voilà de quoi je t'ai sauvée !"

Le lendemain, Sylvie quitta la maison. Elle ne l'avait pas prémédité, mais quand elle arriva sur le terrain de la fête et découvrit que les tentes avaient disparu, elle se mit en route pour New York. Elle se souvenait que Mr Bean était de New York. Elle supposait qu'en allant vers l'est et en suivant les panneaux routiers, elle finirait par y arriver. Dans sa tête, elle prévoyait de s'exhiber dans de petits restaurants en échange d'un repas et d'un endroit où dormir.

Trois heures plus tard, elle tomba sur la fête foraine dans un pré, pas installée mais les roulottes éparpillées et les gens allongés çà et là à boire de la bière. Un Nègre albinos la siffla, admiratif.

"Est-ce que Mr Bean est là ? lui demanda-t-elle.

— Ma jolie, me dis pas que tu veux voir le Bean. On a deux roulottes cassées, et aujourd'hui le Bean abomine.

— Il voudra me voir", assura Sylvie.

Evidemment. Il lui offrit son fauteuil et une bouteille de Coca. Il dit qu'il connaissait sa mère.

"Ma mère est morte, lui dit Sylvie. Et mon père aussi."

Mr Bean plissa les paupières.

"Quel âge as-tu ?

— Presque dix-huit ans.

— Peux-tu le prouver ?

— Quand je suis née, c'est passé dans le journal."

Il sourit.

"Exact, dit-il. Montre voir."

C'était un gros homme chauve en tricot de corps et bretelles, avec l'accent anglais. Il lui fit ôter les chaussures et les bas de Sue, puis il tâta chaque jambe nue sur toute sa longueur.

"T'peux les remuer ? demanda-t-il. Les intestins, y marchent ?"

Elle signa un contrat l'après-midi même. Cinq ans, quarante dollars par semaine, le gîte et le couvert, cinquante-cinquante pour les frais de costumes et d'accessoires. On peindrait un deuxième panneau, où on la verrait seule sous le nom de l'"incroyable fille-garçon". Sue deviendrait Bill, et Sylvie raconterait des histoires drôles sur les heurs et malheurs d'être attachée à un garçon.

Sylvie et Marie Mutine partagent une roulotte. Cela fait six ans qu'elles la partagent, depuis le tout premier jour de Sylvie, leur seule période de séparation ayant eu lieu lorsque Marie a eu une aventure avec l'homme-léopard, et que Sylvie a emménagé avec l'une des bonimenteuses.

Un enfant naquit de l'aventure de Marie, un bébé-surprise, puisque Marie n'avait pas la moindre idée qu'elle était enceinte jusqu'à ce qu'elle se mette à accoucher, sur ses toilettes fabriquées sur mesure. Sylvie se trouvait dans la roulotte, et elle aida le bébé à sortir pendant que Marie grognait, un peu incommodée, et empoignait les barres de soutien des toilettes. C'était une fille. Toute petite, normale. Parfaite.

"Ben ça alors !" s'esclaffa Marie, qui aussitôt l'appela Sue, du nom des jambes de Sylvie. Mr Bean se retrouva survolté, prévoyant un mariage, imprimant des prospectus. Mais avant qu'on les ait envoyés, Sue devint toute bleue et mourut.

"La grosse dame ne pleure pas", répondit Marie, quand, deux heures après que Sue avait cessé de respirer et alors qu'elle la tenait toujours dans ses bras, Mr Bean lui conseilla de se laisser aller. Elle ne la lâcha que lorsque arriva le dîner. Après avoir mangé, elle coiffa sa couronne pour son numéro et conclut : "Ça va, ça vient", pour consoler Sylvie qui pleurait dans une pile de couches lavées et repassées, en même temps que lui revenait le souvenir d'un zigzag qu'elle avait collé dans un album.

Il lui fallut des semaines pour cesser de pleurer. Elle n'arrivait pas à comprendre pourquoi elle, Marie et les autres monstres étaient vivants, et un bébé parfaitement formé était mort. Dès l'instant où elle avait posé les yeux sur l'enfant, elle avait pensé que ce n'était pas grave d'être difforme si la difformité devait exister pour qu'il y ait une telle perfection. La mort de Sue la laissa détraquée.

"Cela n'a aucun sens", ne cessait-elle de répéter.

Et Marie disait : "Non, aucun", et : "C'est la vie", et puis elle ajoutait : "Qui dit que cela doit avoir un sens ?" et puis elle finit par conseiller à Sylvie de se secouer.

Marie ne versa pas une larme. Elle jura qu'elle n'en verserait pas une seule, et tint parole. Au lieu de cela elle prit quarante kilos de plus, principalement dans sa partie inférieure.

A présent, c'est à peine si Marie peut faire dix pas, et plus que jamais elle harcèle Sylvie pour qu'elle visite les villes où elles se rendent, qu'elle observe et lui raconte tout.

"Profites-en", dit-elle, en faisant référence à la capacité qu'a Sylvie de passer pour une personne normale. L'idée que le monstre que les foules se pressent pour voir est le seul qui puisse se balader sans être vu réjouit Marie.

A un moment ou un autre, tous les monstres ont demandé à Sylvie quel effet cela fait de passer inaperçu. Ce que cela fait, *en vrai*. Elle sait qu'ils veulent l'entendre dire que c'est merveilleux, parce que passer inaperçu est leur rêve, mais ils veulent aussi l'entendre dire combien c'est étrange, et même désagréable, parce que c'est un rêve qu'ils ne réaliseront jamais. En vérité, c'est les deux. D'une part, Sylvie adore la sensation d'être comme tout le monde, ou plutôt comme personne en particulier. D'autre part, c'est quand elle passe pour ne pas en être un que son sentiment d'être un monstre est le plus fort.

D'abord parce qu'on la remarque davantage que les autres monstres ne veulent bien le croire. A part le spectacle de la jupe longue démodée qu'elle porte pour couvrir ses jambes, il y a sa ressemblance avec Vivien Leigh. Où qu'elle aille, les hommes la regardent. Evidemment, elle décourage les avances des inconnus, mais un jour, alors qu'elle déjeune dans un restaurant, un homme à la table voisine ne se laisse pas le moins du monde dissuader par sa fausse alliance ni par les regards agacés qu'elle lui lance. Il continue à lui sourire, d'un étrange sourire de conspirateur, et dans son agitation Sylvie verse, quatorze ans plus tôt, un mélange de moutarde forte et d'eau dans des trous de vers de terre, tout en renversant son Coca à l'instant même.

Dans la seconde l'homme est à sa table, il lui offre sa serviette de table et se présente. Dr John Wilcox.

Sylvie est coincée, il lui bloque le passage. Coincée par son corps d'homme, ses yeux remplis d'adoration et toutes ses questions. Elle donne son nom et se surprend à reconnaître que la bague n'est pas véritablement une alliance. Une partie de son esprit rince les vers à la peau cuisante dans un bocal d'eau, et l'autre partie raconte au Dr John Wilcox qu'elle travaille dans le tourisme. Vu les kilomètres qu'elle a à son actif, ce n'est pas tout à fait un mensonge.

"Il faut que je parte", ne cesse-t-elle de répéter, mais sans conviction.

Elle se sent fondue sur son siège. Entre ses petites jambes elle ressent une douce souffrance, et elle n'arrive pas à détacher son regard de la bouche de cet homme. Il a une belle bouche, un bouton de rose, une bouche de chérubin. Il a des cheveux blonds et bouclés. Sept ans dans le métier du spectacle, et combien d'homme a-t-elle regardés en train de la regarder ? Suffisamment pour savoir que des hommes comme lui, on n'en trouve pas à la pelle.

Soudain, le voilà silencieux. Il prend la main de Sylvie posée sur la table, la soulève et la tient quelques minutes, la retourne, l'examine. Quand peut-il la revoir ? Il ne peut pas, répond-elle, elle n'est pas ce qu'il pense. Non, pas amoureuse de quelqu'un d'autre, mais pas libre... pas ce qu'il pense. Serrant son sac à main contre ses petites jambes pour qu'elles se tiennent tranquilles, elle se lève et s'éloigne.

Quelques heures plus tard, elle est sur scène. Comme d'habitude, elle est plongée dans un souvenir et réussit quand même à dire son texte, à jeter des coups d'œil au public, à tout voir, tout enregistrer et tout absorber comme par des orifices doublés de plomb qui enserrent veines, artères et organes.

"Quand Bill a besoin de soulager la nature, qu'est-ce que je fais ? Je vais aux toilettes hommes ou femmes ?"

Elle attend les rires, les obtient, attend qu'ils s'éteignent, continue. Quinze ans plus tôt, sa mère traîne dans la boue une dénommée Velma Hodge. "Grosse truie qui louche", lance sa mère. Par hasard, il y a une femme dans le public qui pourrait être la jumelle de Velma. Sur le visage de cette femme s'affiche le mélange de répulsion et d'attirance qui est sur chaque visage, et dans l'air enfumé entre Sylvie et les visages il y a cet échange, elle qui les regarde la regarder.

Tout va d'avant en arrière, du dedans vers le dehors comme quand on respire.

Et puis elle aperçoit des cheveux blonds et bouclés, et c'est à croire qu'un hypnotiseur a claqué des doigts. La voix de sa mère disparaît de sa tête. Tout ce qu'entend Sylvie, c'est sa propre voix débitant son baratin.

"J'ai essayé d'enfiler une paire de bas à Bill, mais il a fait un tel barouf que je n'ai pas pu les remonter."

Elle sent un abandon qui la laisse perplexe, les maillons qui lâchent.

En coulisses, elle s'assoit sur une caisse tandis que le choc se dissipe et qu'une vieille angoisse s'abat sur elle.

"Je peux vous aider", dit une voix.

C'est lui. Le Dr John Wilcox. Le souvenir des vers de terre revient. Elle les tue en les écrasant avec le bout tronqué d'un vieux manche à balai.

Le Dr Wilcox s'agenouille et prend sa main droite dans la sienne. Il dit qu'elle quittera cet endroit dès ce soir. Elle viendra chez lui. Elle n'aura plus jamais à travailler dans un spectacle d'attractions. Il consultera des chirurgiens, il l'emmènera au bout du monde pour subir une opération. Il l'aime. Il l'a su dès l'instant où il l'a vue, et maintenant il ne l'en aime que davantage. Il veut l'épouser.

C'est un miracle trop grand pour le remettre en cause. Ce que Sylvie met en cause, ce sont les détails. Ne vous en faites pas, assure-t-il. Ne vous en faites plus jamais. Son contrat, il le rachètera. Ses amis, elle pourra les voir. Alors, pendant qu'il s'en va parler à Mr Bean, elle court apprendre la nouvelle à Marie Mutine.

"Bon sang de bois", c'est tout ce que Marie est capable de dire. "Bon sang de bois."

John a une gouvernante et une cuisinière, toutes deux des femmes d'un âge certain, polies, et que ne déconcerte pas l'arrivée de Sylvie. Leurs chambres à coucher sont voisines, et ce soir-là, après l'avoir embrassée sur le front, il lui dit de frapper au mur si elle a besoin de quoi que ce soit.

"Vos domestiques savent-elles qui je suis ? s'informe-t-elle.

— Je le leur expliquerai demain matin", promet-il, ce que, de toute évidence, il fait sans attendre.

L'air ébahi et agité de la gouvernante qui sert le petit-déjeuner est un air que Sylvie reconnaît. Territoire familier, un soulagement d'une certaine façon. Toute la nuit, Sylvie l'a passée à essayer de se convaincre que cet homme, cette maison et le tour des événements, tous aussi incroyables les uns que les autres, étaient possibles.

"Il m'aime, n'a-t-elle cessé de se répéter. Le Dr John Wilcox m'aime."

Après le déjeuner, John l'emmène dans son bureau et lui demande de boire un thé au goût amer pour calmer ses nerfs. Quand il lui tend la tasse, sa main tremble, et elle en est très émue et rassurée aussi. Il s'assoit à côté d'elle sur le canapé, passe un bras autour de ses épaules et annonce qu'elle n'a pas besoin de lui expliquer que ses petites jambes sont féminines ; il est médecin après tout. Tout le reste, pourtant, il veut l'entendre – tout ce qui la concerne.

Il la presse de gentilles questions, il avance des réponses si proches de la réalité qu'elle devine une sainteté en lui. Elle laisse tomber sa tête sur son épaule. Elle se sent délicieusement calme et confiante. Rien de ce qu'elle dit ne semble l'étonner ou l'impressionner, pas jusqu'à ce qu'elle signale ses poussées de souvenirs.

"Remarquable, dit-il, et elle le sent qui se raidit. Fantastique."

Finalement, elle se tait. John lui caresse le bras et demande :

"Puis-je voir les jambes ?"

Elle note combien l'expression est guindée – "les jambes" –, comme si elle les transportait dans son sac, comme s'il ne l'avait pas entendue les appeler Sue. Ce n'est pas que ça l'embête. Elle est très paisible. Elle relève sa jupe jusqu'à la taille.

Elle a les yeux rivés sur lui. Elle est tellement sensibilisée à la répulsion qu'elle est capable de la détecter dans un simple clignement de paupière. Mais l'expression de John est celle de Mr Bean. Concentrée et professionnelle, rien à voir avec elle.

"Puis-je les toucher ?" demande-t-il.

Elle hoche la tête.

Il s'accroupit devant elle et commence par la jambe droite. La tâtant comme à la recherche d'une fracture, pinçant légèrement la peau, demandant si elle sent quelque chose là. Là ?

"Oui, murmure-t-elle.

— Là ?

— Oui."

Il lui tape sur le genou et la jambe se soulève. Il continue à tâter et à pincer jusqu'à l'endroit où le bas blanc se termine, jusqu'à la cuisse nue, et encore plus haut jusqu'aux petites hanches dans leur sous-vêtement de bébé. Elle ferme les yeux. Il rabat aussitôt la jupe.

Ce jour-là, ils ne reparlent pas de ses jambes. Du moins, ils n'en reparlent pas de façon directe. Pour passer chaque minute avec elle, John a annulé tous ses rendez-vous. Ils vont se promener dans le parc. Ils se tiennent par la main. Il lui apprend qu'il est l'unique enfant de parents décédés. Son père a inventé les ondulations de la pince à cheveux, de là vient sa fortune. Après un déjeuner dans un restaurant chic, ils entrent dans une boutique de mariage et John choisit une robe blanche et ajustée qu'il tient absolument à acheter. "Certainement pas", proteste-t-elle, car il lui faut quelques secondes pour se rappeler qu'arrivée la date du mariage, elle pourra porter des robes ajustées.

Il rit à ce qu'il pense être son épouvante devant l'étiquette de prix. Au lit, ce soir-là, elle se dit : "Je vais être une personne normale", mais elle n'arrive pas à saisir ce qu'être une personne normale signifie, sinon qu'elle pourra porter la robe de mariage blanche et ajustée, et dormir sur le ventre.

Le lendemain, John voit des patients jusqu'à l'heure du déjeuner, puis il lui fait boire deux tasses du thé calmant pour les nerfs avant de traverser la ville afin d'aller consulter un spécialiste renommé en malformations congénitales.

"Je ne peux pas pratiquer l'opération moi-même, explique John. Je ne suis pas chirurgien. Mais je prêterai mon concours. Je serai juste à côté de toi."

Le chirurgien explique à Sylvie qu'elle est un autosite-parasite.

"Vous êtes l'autosite, dit-il. Elles – il désigne son giron – sont le parasite."

77

Il lui montre des photos d'autres autosites-parasites : un garçon coiffé d'un turban avec un corps sans tête lui sortant du ventre, et le dessin d'un homme avec un pied qui lui sort de la bouche. Il demande ensuite à Sylvie de retirer ses deux petites culottes et de s'allonger sur la table d'examen, genoux fléchis et recouverts d'un drap. John, debout à côté du chirurgien, signale à ce dernier que les deux intestins fonctionnent normalement, que les deux cycles menstruels sont réguliers et pas nécessairement simultanés, et que bien que les deux vagins aient été pénétrés, elle est, à proprement parler, toujours vierge.

Hier, il l'a assurée de sa virginité, après qu'elle lui a raconté l'épisode du garçon qui avait fourré ses doigts en elle. Les doigts du chirurgien se glissent dans des gants lubrifiés en plastique transparent. Ce doit être le thé, songe Sylvie, en s'émerveillant de ne se sentir nullement intimidée. Pourquoi n'a-t-elle pas l'une de ses poussées de souvenirs ? Elle est si détendue, en fait, qu'elle pourrait s'endormir. Elle ferme les yeux et son esprit dérive vers la veille au soir, quand John l'a embrassée à la porte de sa chambre, un long baiser sur la bouche qui a laissé une sensation de picotement dans ses petites jambes.

Le chirurgien est optimiste : non seulement il pourra détacher ses jambes et ses hanches, mais il réussira également à la débarrasser de ce qu'il appelle sa tuyauterie en trop. Au cours des quelques semaines suivantes, Sylvie et John se rendent encore deux fois à son cabinet, puis ils prennent tous les trois l'avion pour consulter un autre spécialiste à New York. Par hasard, le spectacle d'attractions passe dans le New Jersey, et après sa consultation, tandis que

John et les médecins s'entretiennent, Sylvie prend un taxi pour le champ de foire.

Elle pleure tandis que les autres la serrent dans leurs bras et la félicitent. Elle n'avait pas idée de combien elle s'ennuyait d'eux. Mr Bean avoue avoir commis la plus grosse erreur de sa vie, en laissant John racheter le contrat. Mi-figue, mi-raisin, il essaie de la dissuader de se faire opérer.

"Pourquoi un trèfle à quatre feuilles voudrait-il être un trèfle à trois feuilles ordinaire ?" demande-t-il.

Il est ennuyé parce que la fréquentation a baissé. Quand Sylvie et Marie Mutine sont seules dans leur vieille roulotte, Marie remarque qu'elle ferait mieux de s'habituer à cette idée, les spectacles d'attractions sont en passe de devenir de l'histoire ancienne.

"Je songe à me mettre au régime, annonce-t-elle.

— Je suppose que je m'en suis sortie juste à temps", remarque Sylvie.

Elle parle à Marie de la bibliothèque de John, où elle passe ses journées à lire. Elle décrit la robe de mariée blanche et ajustée.

"Oh mais dis-moi, tu as décroché le gros lot, s'écrie Marie.

— J'aime John de tout mon cœur", déclare Sylvie avec sincérité.

Marie remonte sa jupe pour s'aérer les cuisses. Les monts roses de ses genoux ont toujours frappé Sylvie par leur aspect vulnérable, lui rappelant les crânes chauves des vieillards. Dans son numéro, Marie informe le public que chacune de ses cuisses a la circonférence du torse d'un homme fort. Sylvie pense avec un frisson de plaisir au torse mince de John, et qu'il ne pourrait pas rivaliser avec la cuisse de Marie.

"Je suis tellement heureuse", lui confie-t-elle.
Marie s'évente avec le bas de sa jupe.

"Et que devient Sue dans tout ça ? demande-t-elle.

— Comment donc ?

— Après l'opération. Que va en faire le toubib ?"

Sylvie a la tête qui tourne.

"Tu sais, reprend Marie, si je pose cette question, c'est que j'ai acheté quatre emplacements dans le cimetière où est enterrée la petite. Un pour elle, deux pour moi, et on en proposait un quatrième à moitié prix, alors j'en ai un en rab. Sue sera la bienvenue s'il te faut un endroit."

L'énorme face de lune de Marie recouvre mais n'éclipse pas le visage du chirurgien, deux semaines plus tôt, qui lui écoute le cœur et raconte : "A Francfort, j'ai excisé une tumeur abdominale qui s'est avérée contenir une dent, des cheveux et une colonne vertébrale atrophiée."

"Gratuitement, bien sûr, ajoute Marie. Sans frais."

Sylvie est incapable de regarder Marie. Elle regarde sa montre neuve en or incrustée de diamants, et elle est affolée de voir qu'il est si tard.

"Cinq heures !" s'exclame-t-elle.

La montre de son souvenir, au poignet du chirurgien, marque quatre heures et demie, à peu près l'heure à laquelle elle aurait dû quitter le champ de foire. Cinq minutes plus tard elle est dans la rue, grimpant dans un taxi.

La route est longue jusqu'à l'hôtel, le taxi est coincé dans les embouteillages des heures de pointe.

"Deux jambes ne font pas un être humain", se dit-elle.

Le soir précédent, John avait recommandé : "Répète-le-toi sans arrêt. Sue n'existe pas."

Ils étaient dans un restaurant, et buvaient du champagne pour fêter celle qu'elle serait bientôt. Quand elle répéta : "Sue n'existe pas", il l'embrassa sur le bout de chacun de ses doigts, puis lui donna la montre en or incrustée de diamants. Ensuite, en traversant le parking, il s'arrêta et la colla contre un mur, colla ses hanches contre ses petites jambes, et l'embrassa sur la bouche.

Sur le chemin du retour, dans la voiture, les petites jambes de Sylvie commencèrent à s'agiter, mais au bout d'une minute elles optèrent pour des battements lents et rythmés sous sa jupe. Elle se sentit languissante à retenir ainsi ses petits genoux. John et elle ne parlèrent pas, sauf une fois quand elle s'écria : "Oh, regarde !" devant les ovations des lucioles scintillant le long de son côté de la route. Elle pensa aux lucioles qu'elle avait attrapées et conservées dans son premier album – toute une page. Jusqu'à ce que sa mère dise : "Il faut qu'elles soient vivantes, idiote", elle l'avait ouvert à cette page chaque soir, en se demandant où étaient les lumières.

John était tendu. Il lui tenait la main trop serrée sur le trajet entre la voiture et la porte de son domicile. Sylvie, elle, n'était pas tendue et ignorait pourquoi. Elle essaya de s'affoler en pensant : Dans quelques minutes je serai dans sa chambre, mais quand ils furent entrés dans la maison, John ne l'emmena pas à l'étage, il l'emmena dans son cabinet. Il jeta les coussins loin du canapé et le déplia pour en faire un lit. Puis il se tourna vers elle et se mit à l'embrasser sur la bouche tout en lui déboutonnant son corsage. Ses mains tremblaient, rappelant à Sylvie le moment où il lui avait offert le thé, et aussi qu'il n'était pas chirurgien. Comme il y avait une quantité de boutons (elle portait un corsage à col haut de style victorien), elle lui vint en aide. Elle voulait qu'il sache qu'elle était consentante. Il se mit à labourer ses propres vêtements comme s'ils étaient en feu.

Dès qu'il fut nu, il recommença à aider Sylvie, faisant passer ses bas par-dessus ses chevilles, tirant sur sa jupe avant qu'elle soit dégrafée. Faisant sauter un bouton. Toujours sans un mot. Il était hors d'haleine. Il retira les peignes de ses cheveux et les laissa tomber par terre.

Et puis il s'arrêta. A genoux devant elle, les mains sur les genoux, il s'arrêta.

Sylvie ferma les yeux.

"Dix dollars, tu appelles ça une affaire ? hurla sa mère.

— Ben oui, dit son père avec un haussement d'épaules, en reculant, une affaire.

— Dix dollars ? hurla sa mère. Dix dollars ?"

"Mon Dieu."

Là, c'était en dehors de sa tête, c'était John. Il tirait violemment sur la petite culotte de Sue, lui ôtant en même temps ses bas et ses chaussures.

Un grand frisson parcourut les petites jambes de Sylvie, qui se mirent alors à se refermer sur celles de John et à envoyer de grands coups de pied, à se refermer et envoyer de grands coups de pied. Le moment de douleur ne fut rien en comparaison d'un spectaculaire soulagement. Sylvie eut l'impression que son petit vagin était un tuyau aspirateur d'un mètre de long, et que John sortait directement à l'autre bout et entrait dans son vagin à elle, puis elle eut la sensation qu'il était un paratonnerre conduisant chaleur et plaisir de Sue à elle.

Quand il commença à éjaculer, il plongea ses mains sous les hanches de Sylvie et la souleva, écrasant son petit pubis contre le sien et provoquant son premier orgasme. Les vagues de l'orgasme roulaient le long du pénis paratonnerre de John jusque dans le vagin de Sylvie et vers son clitoris, où elle ressentit un autre et plus somptueux orgasme.

Pendant quelques secondes encore, ses petites jambes continuèrent à lancer des coups de pied. John semblait patienter. Puis il se retira et roula sur le dos. Elle fit aller sa main sur la chair de poule couvrant sa petite cuisse.

"Mon Dieu, dit-il. Oh, mon Dieu, Sylvie."

Il paraissait accablé.

La main de Sylvie s'arrêta.

"Quoi ? demanda-t-elle.

— Nous nous sommes laissé emporter.

— Oui, reconnut-elle, hésitante.

— Je ne me rendais pas compte."

Elle attendit, effrayée.

"Evidemment, ajouta-t-il, comme s'il trouvait là un nouveau réconfort, il s'agit d'un angle tout nouveau."

Des portes claquèrent dans la tête de Sylvie. Il ne voulait pas l'épouser. Il ne pouvait pas lui faire subir l'opération, plus maintenant, et sans opération, il ne l'épouserait pas.

"Un territoire nouveau, poursuivit-il. Des données nouvelles."

Les pieds de Sylvie étaient glacés, enfoncés dans la boue au bord de la mare aux canards. Ses petits pieds étaient cachés dans les plis de sa chemise de nuit en flanelle. On entendait des grillons.

"Mais peut-être suis-je présomptueux", reprit-il. Il se tut. "Dis-moi, est-ce que… est-ce qu'il s'est passé ce que je crois ?"

Elle tourna la tête pour le regarder.

"Que s'est-il passé ?"

Il resta les yeux fixés au plafond.

"As-tu eu un orgasme avec ton…"

Elle baissa les yeux vers la main gauche de John. Il frottait si fort son pouce contre son index qu'il produisait le bruit que, l'espace d'un instant, elle avait cru entendre dans sa poussée de souvenir, un bruit à la mare.

"Deux, dit-elle avec calme. J'en ai eu deux, je crois. Enfin, si, j'en suis sûre.

— Deux.

— Un de chaque côté."

Il tendit le bras pour lui prendre la main, la serra, mais il garda les yeux fixés au plafond. Au bout d'un moment, il dit :

"Tu sais, nous pouvons prétendre que ce n'est jamais arrivé. Bon, techniquement parlant, tu n'as pas eu de relation sexuelle. Quand je dis toi, je veux dire toi l'autosite, le corps hôte.

— Rien n'a changé, dit-elle, mais c'était là une question.

— Non, non, assura-t-il. Pas en ce qui te concerne."

De retour à l'hôtel, il l'attend sur le trottoir. Il paie le taxi et l'accompagne à sa chambre. Il est survolté. L'amputation (il utilise ce terme pour la première fois) est prévue pour dans trois semaines jour pour jour, ici à New York. Magnifique, dit-elle. Il lui prend la main et la porte à ses lèvres. Elle ne doit pas se leurrer : la première opération n'est pas entièrement sans danger, et la guérison sera longue et peu agréable. Mais les opérations suivantes seront moins pénibles et ne comporteront pratiquement aucun risque. Quand on lui retirera les pansements, elle ne devra pas s'affoler. Les cicatrices seront réduites plus tard grâce à la chirurgie esthétique.

"Je ne serai pas affolée", promet-elle.

Pendant les trois semaines suivantes, dès qu'elle est avec lui, elle ne doute pas. Mais la nuit, seule dans sa chambre, l'angoisse l'étreint. Ses petits pieds se trémoussent et s'agitent. Ils savent, pense-t-elle, horrifiée. Ils savent. Ils sont débauchés. Entre ses propres jambes, il n'y a rien, mais entre ses petites jambes le désir pour John est presque insupportable. Elle est assaillie par d'affreux souvenirs – sa mère brûlant ses albums, brûlant la photo de la mère de son père dans son cadre filigrané... des brûlures sur les mains de son père. Elle ne sait pas pourquoi, peut-être est-ce la proposition de sépulture de Marie Mutine, mais le visage parfait de la petite Sue ne cesse de lui apparaître. Oubliera-t-elle le visage de la petite Sue ? Et si sa mémoire de monstre était reliée à ses jambes de monstre ? Et si elle devenait quelqu'un d'autre, pour qui rien de ce qui est arrivé à celle qu'elle était ne vaut la peine d'être conservé ?

Les matins qui suivent ces nuits, elle n'arrive pas à croire à ce qui lui est passé par la tête à peine quelques heures auparavant. "Tu es bonne pour l'asile", se dit-elle. La gouvernante lui apporte son thé, ce thé amer qu'elle commence à apprécier. John la sert. S'il a la moindre appréhension concernant l'opération, il ne le montre jamais. Il parle d'avenir. Ils auront quatre enfants.

Ils iront visiter le village du père de Sylvie au Portugal.

Deux jours avant l'opération, ils retournent à New York avec le chirurgien. Il faut procéder à des examens de sang, prendre de nouvelles radios, et John et le chirurgien donnent une conférence de presse. Le chirurgien veut que Sylvie participe à la conférence, mais John craint que certaines questions ne la bouleversent, elle n'y assiste donc pas, ce qui lui va fort bien.

La conférence devant se dérouler l'après-midi de leur arrivée, John n'a que le temps de l'accompagner à sa chambre d'hôpital. Après son départ, allongée au lit, elle écoute *Vic et Sade* à la radio.

Environ dix minutes passent, et une infirmière fait irruption dans la pièce et lui tend une chemise d'hôpital à enfiler. En ouvrant le rideau, l'infirmière annonce que jeudi sera le grand jour. Elle feint de ne pas être dévorée de curiosité, mais Sylvie n'est pas dupe et se déshabille face à elle, lui permettant ainsi de l'entrevoir.

Pendant tout le reste de l'après-midi, infirmières et internes défilent pour lui faire des prises de sang, prendre sa température ou simplement retaper ses oreillers, et les femmes de ménage ne cessent d'entrer pour passer la serpillière et vider la corbeille à papier vide. Sylvie est assise sur son lit, sa jupe relevée au-dessus de ses petits genoux. Pourquoi ne pas leur donner le frisson ? pense-t-elle avec mélancolie.

Vers six heures du soir, John revient avec leur dîner sur un plateau et ils mangent sur le bureau.

"La conférence de presse s'est très, très bien passée", annonce-t-il. Puis, repoussant son repas à demi entamé, il se lève et arpente la pièce.

"C'est une opération très, très importante en ce qui concerne certains précédents", ajoute-t-il.

Il lui rappelle Mr Bean les soirs de première dans une grande ville. Avant de repartir pour son hôtel, il remplit d'eau la tasse à café de Sylvie et lui fait prendre deux somnifères.

Le lendemain, mercredi, ce sont surtout des médecins qui ne cessent de défiler dans sa chambre. Ils n'ont pas besoin de jouer la comédie. Ils soulèvent sa chemise d'hôpital et l'observent tout à loisir, et si deux d'entre eux arrivent en même temps, ils discutent ensemble de son petit utérus, de ses cycles menstruels et de son transit intestinal. Parfois ils lui posent des questions, parfois ils ne disent même pas bonjour. De temps à autre, John vient voir comment elle se porte. Il n'est pas aussi surexcité que la veille, mais il a des réunions et ne peut pas s'attarder.

Quand on l'emmène sur un brancard pour passer des radios, les patients sont alignés le long des couloirs, à l'attendre. Elle se sent comme un char dans un défilé. Lorsqu'elle revient dans sa chambre, John est attablé au bureau devant son dîner, mais il n'y a pas de repas pour elle parce qu'elle n'est pas autorisée à manger jusqu'à ce que l'opération soit terminée.

"Ai-je droit aux somnifères ?" demande-t-elle angoissée, effrayée par les pensées et les souvenirs qui risquent de lui venir si elle ne dort pas. John sort un flacon de la poche de son manteau.

"Combien penses-tu qu'il t'en faudra ?" demande-t-il.

Une infirmière la réveille avant l'aube pour la laver et raser son pubis et celui de Sue. John, une autre infirmière et un interne entrent quelques minutes plus tard.

"Ça y est", annonce John.

Il la tranquillise en lui tenant la main pendant qu'on l'emmène au long des couloirs jusqu'à la salle d'opération. On la place au centre de ce qui semble être une scène. John parcourt du regard les rangées de médecins assis tout autour dans les gradins, derrière une vitre.

"Il y a de grands noms ici, souffle-t-il.

— John ?"

Il se penche vers elle.

"Oui ?"

Elle contemple son beau visage. Elle a oublié ce qu'elle allait dire.

"Es-tu prête, ma chérie ?" demande-t-il.

Elle hoche la tête.

Un docteur lui pose le masque à éther sur la bouche et entame le compte à rebours. Sans lui lâcher la main, John se penche pour la regarder dans les yeux. Le docteur dit neuf. Les yeux de John la transpercent. Le docteur dit huit, sept. Les paupières de Sylvie se ferment.

La lumière frappe le verre et grossit quelque chose. Un papillon polyphème. La lumière et le grossissement augmentent sans cesse jusqu'à ce qu'elle comprenne que ce qu'elle regarde est encore plus infinitésimal que les atomes du papillon.

On dirait une vaste forêt de pins. Une aiguille, sur l'un des arbres, est grossie et devient un million de poissons exotiques, puis c'est au tour de l'une des écailles des poissons qui devient une galaxie de lucioles.

Le grossissement s'arrête là. Les lucioles sont éclairées. "Elles doivent être vivantes", pense-t-elle, et plus tard, des semaines plus tard, John essaiera de la dérider en lui racontant qu'elle a prononcé ces paroles à haute voix juste avant de sombrer, et qu'elles ont provoqué le rire des médecins assis dans la tribune.

PASSAGE PIÉTÉ

Parfois Beth flottait. A un mètre ou un mètre cinquante du sol, jamais très longtemps, une dizaine de secondes. Et pourtant, elle n'en était pas consciente. Il fallait qu'elle atterrisse et sente une sorte de rayonnement pour comprendre que l'instant d'avant elle flottait dans les airs.

La première fois, elle était sur les marches de l'église. Elle se retourna pour voir l'allée et sut qu'elle avait flotté tout du long. Deux jours plus tard, chez elle, elle descendit en flottant l'escalier extérieur menant à la cave. Elle se précipita à la maison pour le raconter à sa grand-mère, qui sortit vivement le crayon et le petit calepin qui ne quittaient pas la poche de sa jupe, et dessina un cercle avec un nez crochu.

Beth regarda le croquis.

"Tante Cora a flotté, elle aussi ?" demanda-t-elle.

Sa grand-mère hocha la tête.

"Quand ça ?"

Sa grand-mère leva six doigts.

"Il y a six ans ?"

En secouant la tête, sa grand-mère mit une main à hauteur de cuisse.

"Oh, dit Beth, quand elle avait six ans."

Quand Beth avait six ans, cinq ans plus tôt, sa mère avait filé avec un type du bout de la rue, affublé d'une moumoute qui frisait par temps humide. La grand-mère de Beth, la mère de son père, vint alors habiter chez eux. Trente ans plus tôt, la grand-mère de Beth avait été opérée des amygdales par un charlatan qui lui avait arraché les cordes vocales et le dessous de la langue.

C'était une tragédie, parce que le duo de chanteuses professionnelles qu'elle formait avec sa sœur jumelle, Cora, avait été à deux doigts de la célébrité (au dire de Cora). Elles avaient enregistré deux trente-trois tours : *The Carlisle Sisters, Sea to Sea*, et *Christmas with the Carlisle Sisters*. La grand-mère de Beth aimait passer les disques à plein volume et articuler les paroles. "Chez moi dans la prairie c'est si beau, mais oh…" Quand Beth s'y mettait aussi, il arrivait que sa grand-mère se campe à côté d'elle et fasse baller sa jupe comme si Beth était Cora et que toutes deux étaient remontées sur scène.

La pochette de l'album *Sea to Sea* s'ornait d'une photo de la grand-mère de Beth et de tante Cora, portant marinières et bérets de marin, et s'abritant les yeux d'une main tout en scrutant chacune dans une direction différente. Leurs cheveux blonds qui s'échappaient en ondulant de dessous leurs bérets étaient très glamour, mais Beth avait l'impression que même si sa grand-mère n'avait pas perdu sa voix, Cora et elle ne seraient jamais devenues de grandes vedettes parce qu'elles avaient le nez crochu, ce que Cora appelait le nez romain. Beth était soulagée de ne pas avoir hérité de leur nez, bien qu'elle regrettât de ne pas avoir leur chevelure souple et ondulée, qu'elles portaient longue toutes les deux, en une natte ou tombant en moutonnements argentés sur le dos.

La grand-mère de Beth continuait à mettre de l'ombre à paupières bleue et du rouge à lèvres chaque matin. A la maison, elle portait ses vieilles jupes de scène, des jupes longues aux couleurs criardes désormais fanées – rouge, orange, jaune, à fleurs, ou avec des volutes de paillettes cassées. Elle ne se souciait ni du désordre ni de la saleté. A l'exception remarquable de l'antre du père de Beth, la maison était sens dessus dessous – Beth commençait tout juste à s'en rendre compte et en avait vaguement honte.

Sur chacune des jupes de sa grand-mère était cousue une poche pour son crayon et son calepin. A cause de ses rhumatismes au pouce, elle tenait son crayon entre le majeur et l'index, mais n'en dessinait pas moins plus vite que tous ceux que Beth avait pu voir. Elle dessinait toujours les gens plutôt que d'écrire leur nom ou leurs initiales. Beth, par exemple, était un cercle avec des cheveux aux boucles serrées. Sa camarade, Amy, était un point d'exclamation. Si le téléphone sonnait et qu'elle était seule à la maison, la grand-mère de Beth décrochait et donnait trois coups de crayon sur le combiné pour faire savoir à quiconque était au bout du fil que c'était elle et qu'il fallait laisser un message. "Rappeler", écrivait-elle, et puis elle faisait un dessin.

Le dessin d'un chapeau d'homme, c'était le père de Beth, un avocat dur à la tâche, qui restait tard au bureau. Beth avait de lui un souvenir flou lui donnant son bain, ce devait être avant que sa mère soit partie. Ce souvenir la gênait. Elle se demandait s'il regrettait qu'elle ne soit pas partie avec sa mère, si, en fait, elle était censée être partie, parce que lorsqu'il était rentré du travail et qu'elle était toujours là, il avait paru étonné. "Mais qui est là ?" lui arrivait-il de dire. Il voulait la paix et le calme. Quand Beth se déchaînait, il plissait les paupières comme si elle dégageait une lumière vive qui faisait mal aux yeux.

Beth savait qu'il aimait toujours sa mère. Dans le tiroir du haut de sa commode, dans un vieux portefeuille qu'il n'utilisait jamais, il gardait une photo d'elle simplement vêtue d'une combinaison noire. Beth se souvenait de cette combinaison, et de la robe ajustée de sa mère avec la fermeture éclair dans le dos. Et de ses ongles longs et rouges qu'elle faisait cliqueter sur les tables. "Ta mère était trop jeune pour se marier" fut l'unique révélation de son père. Sa grand-mère ne révéla rien, feignant d'être sourde dès que Beth lui posait des questions. Beth se souvenait que sa mère téléphonait à son père pour réclamer de l'argent, et que si sa grand-mère répondait et prenait le message, elle dessinait un gros symbole de dollar et puis un V à l'envers posé au milieu d'un trait – un chapeau de sorcière.

Le dessin d'un V à l'envers sans trait signifiait "église". Quand on édifia une église presbytérienne à quelques minutes de marche, Beth et sa grand-mère commencèrent à s'y rendre, et cette dernière se mit à lire la Bible et à prodiguer à sa petite-fille des conseils de piété tirés de citations bibliques. Quelques mois plus tard apparut au bout de la rue un passage piéton, et Beth crut que c'était un passage "piété" et non un passage "piéton", et que le panneau au-dessus signalait "Attention piété".

Son professeur de catéchisme était une vieille femme aux yeux larmoyants qui commençait chaque cours en chantant *Quand les mères de Salem*, pendant que les enfants suspendaient leur manteau et venaient s'asseoir en tailleur devant elle. Ce cantique, en particulier la partie sur Jésus qui voulait tenir les enfants contre son "sein", donnait à Beth l'impression qu'il y avait quelque chose de pas clair chez celui-ci, et provoqua les six mois d'angoisse où elle craignit de finir en enfer. Chaque soir, après avoir récité ses prières, elle passait quelques minutes à chantonner : "J'aime Jésus, j'aime Jésus, j'aime Jésus", l'idée étant qu'à force elle pourrait s'en persuader. Elle ne s'attendait pas à éprouver l'amour terrestre ; elle attendait le sentiment inconnu que l'on nomme gloire.

Quand elle se mit à flotter, elle se dit : "La voilà, la gloire."

Elle flottait une fois, parfois deux fois par semaine. Vers Noël, ce fut moins fréquent – tous les dix ou quinze jours. Puis le phénomène tomba à environ une fois par mois seulement. Elle se remit à chantonner : "J'aime Jésus", non pas parce qu'elle s'inquiétait encore d'aller en enfer, mais elle voulait simplement flotter.

Arrivé le début des vacances d'été, elle n'avait pas flotté depuis presque sept semaines. Elle téléphona à tante Cora qui dit que oui, flotter c'était bien la gloire, mais que Beth devrait déjà se juger heureuse que ce soit arrivé une fois.

"Rien d'aussi bon ne dure bien longtemps", soupira-t-elle.

Pourtant Beth ne put s'empêcher d'espérer. Elle se rendit au parc et grimpa sur un arbre. Elle projetait de sauter et que Jésus la fasse flotter jusqu'au sol. Mais, perchée sur une branche, rassemblant son courage, elle se souvint de Dieu voyant tomber le petit moineau et le laissant tomber quand même, et elle redescendit.

Elle eut le sentiment de l'avoir échappé belle. Elle s'allongea sur la table de pique-nique, étonnée d'être montée aussi haut. C'était une journée chaude et tranquille. Elle entendit des insectes et une ambulance. Puis elle alla aux balançoires et les essaya les unes après les autres, jusqu'à ce qu'il n'y ait plus personne dans le parc.

Elle était sur la dernière balançoire quand Helen McCormarck traversa la pelouse de bout en bout en se dandinant, et en criant qu'un garçon venait de se faire écraser par une voiture. Beth se laissa glisser de la balançoire.

"Il est presque mort ! cria Helen.

— Qui ? demanda Beth.

— Je ne sais pas comment il s'appelle. Personne ne le sait. Il a dans les huit ans. Il est roux. La voiture lui est passée sur la jambe *et* le dos."

— Où ça ?"

Helen était à bout de souffle.

"Je n'aurais pas dû marcher si vite, dit-elle, une main de chaque côté de son énorme tête. Les veines de ma boîte crânienne palpitent."

De petites pointes de ses cheveux blonds et fins se dressaient entre ses doigts.

"Où ça s'est passé ? demanda Beth.

— Dans Glenmore. Devant la poste."

Beth se mit à courir vers Glenmore, mais Helen cria :

"Il n'y a plus rien, tout a disparu !"

Alors Beth s'arrêta et fit volte-face, pendant un instant Helen et les balançoires semblèrent continuer à tourner, à passer et repasser comme la voix d'Helen disant : "Tu as tout raté. Tu l'as raté. Tu as tout raté."

"Il était à vélo, expliqua Helen en se laissant tomber sur une balançoire, et un témoin oculaire a rapporté que la voiture a dérapé sur une flaque d'eau, l'a renversé, et ensuite lui est passée dessus deux fois, une fois avec une roue avant et une fois avec une roue arrière. Je suis arrivée avant l'ambulance. Il ne survivra sans doute pas. Ça se voyait à ses yeux. Ses yeux étaient vitreux."

Les yeux d'Helen, bleus, énormes à cause de ses lunettes, ne cillaient pas.

"C'est affreux, dit Beth.

— Oui, c'était vraiment affreux, dit Helen, d'un ton neutre. Remarque, ce n'est pas la première personne que je vois qui a frôlé la mort. Ma tante a failli se noyer dans la baignoire pendant qu'on était chez elle. Elle est devenue un légume humain.

— Le garçon, il saignait ? demanda Beth.

— Oui, il y avait du sang partout."

Beth se couvrit la bouche des deux mains. Helen parut songeuse.

"A mon avis, c'est bien probable qu'il meure", conclut-elle.

Elle abaissa et releva ses grosses jambes, mais sans assez d'énergie pour lancer la balançoire.

"Je vais bientôt mourir, annonça-t-elle.

— Ah bon ?

— Tu sais probablement que j'ai de l'eau dans le cerveau.

— Oui, je sais."

Tout le monde le savait. Voilà pourquoi Helen n'était pas censée courir. Voilà pourquoi sa tête était si grosse.

"Bon, eh bien il y a de plus en plus d'eau qui coule sans arrêt à l'intérieur, et un jour il y en aura tant que mon cerveau finira carrément noyé.

— D'après qui ?

— Les médecins, qui d'autre ?

— Ils ont dit : «Tu vas mourir» ?"

Helen lui jeta un regard ironique.

"Pas exactement. Ce qu'ils te disent c'est que tu ne vas pas vivre." Elle bigla vers un avion qui passait. "Le garçon, il avait… je crois que c'était une côte, qui lui sortait du dos.

— Vraiment ?

— Je *crois* que c'était une côte. C'était difficile à dire à cause de tout le sang." De la pointe de sa chaussure, Helen se mit à creuser un trou dans le sable sous sa balançoire. "Un monsieur de la poste a poussé le sang dans l'égout à coups de tuyau d'arrosage, mais il y en avait déjà qui avait séché au soleil."

Beth se dirigea vers l'ombre de la table de pique-nique. L'air était tellement épais et immobile. Ses bras et ses jambes, qui le fendaient, semblaient produire un millier de chocs doux et métalliques.

"Le conducteur était vieux, précisa Helen, et il pleurait sans pouvoir s'arrêter.

— N'importe qui pleurerait", s'écria Beth.

Ses yeux s'emplirent de larmes.

Helen descendit de sa balançoire en se tortillant et vint vers la table. Avec un grognement d'effort, elle grimpa sur le siège face à Beth et se mit à dodeliner de la tête.

"Au moins, moi, je mourrai en un seul morceau.

— Tu vas vraiment mourir ?

— Ouais."

Helen fit pivoter sa tête trois fois d'un côté, puis trois fois de l'autre. Ensuite elle la soutint avec ses mains réunies en coupe sous son menton.

"Mais on ne peut rien faire pour empêcher l'eau de couler dedans ? demanda Beth.

— Ben non, répondit Helen, lointaine, avec l'air de penser à quelque chose de plus intéressant.

— Tu sais ? demanda Beth, en essuyant ses larmes. Si tous les soirs tu fermais les yeux et que tu chantonnais sans arrêt : «Eau va-t'en, eau va-t'en, eau va-t'en», peut-être qu'elle commencerait à partir, et puis ta tête rétrécirait."

Helen eut un sourire narquois.

"Je ne sais pas pourquoi, mais j'en doute."

Sur le bord de la table de pique-nique, Beth arracha une longue écharde de bois semblable à la côte du garçon. Elle s'imagina le garçon roulant sur son vélo sans les mains, zigzaguant le long de la rue comme le font les garçons. Elle s'imagina perçant la tête d'Helen avec l'écharde pour en laisser jaillir l'eau.

"J'ai soif, soupira Helen. J'ai eu un gros choc aujourd'hui. Je rentre chez moi boire une citronnade."

Beth l'accompagna. C'était comme de marcher avec sa grand-mère qui, à cause de ses rhumatismes aux hanches, tanguait elle aussi et prenait tout le trottoir. Beth demanda à Helen où elle habitait.

"Je ne peux pas parler, répondit Helen, pantelante. J'essaie de respirer."

Beth pensait qu'Helen habitait les appartements où vivaient les immigrés, les fous et les clochards, mais Helen dépassa ces logements et gravit la colline vers le nouveau quartier de Regal Heights, où s'étendait autrefois une décharge. Sa maison était à deux niveaux avec une petite tourelle au-dessus du garage. Sur la porte était fixé un panneau en bois gravé, du genre de ceux que Beth avait vus cloués sur un poteau devant des maisons rustiques. "Interdit aux démarcheurs", y lisait-on.

"C'est le contraire de marcheurs ?" fit Beth.

Helen se concentrait pour ouvrir la porte.

"Saleté de truc toujours coincé, murmura-t-elle en l'ouvrant d'un coup d'épaule. Je suis là !" brailla-t-elle ensuite, puis elle s'assit lourdement sur une petite valise mauve à côté de la porte.

A l'autre bout du couloir, une belle femme époussetait le plafond à l'aide d'un balai à franges. Ses cheveux bruns et bouclés étaient retenus par un ruban rouge, et ses longues jambes minces sortaient d'un petit short.

A la stupéfaction de Beth, c'était la mère d'Helen.

"Tu peux m'appeler Joyce, dit-elle, en souriant à Beth comme si elle l'adorait. Mais qui est ce gros sac à patates ?" ajouta-t-elle avec un rire, en pointant le balai sur Helen.

Helen se leva.

"Un garçon s'est fait écraser dans Glenmore", annonça-t-elle.

Les yeux de Joyce s'arrondirent, elle se tourna vers Beth.

"Moi, je n'ai rien vu, lui dit Beth.

— On meurt de soif, lança Helen. On veut de la citronnade dans ma chambre."

Pendant que Joyce diluait le concentré de citron, Helen s'assit à la table de la cuisine, la tête posée sur ses bras repliés. Les questions de Joyce concernant l'accident paraissaient l'ennuyer.

"On n'a pas besoin de glaçons", lança-t-elle d'un ton impatient quand Joyce s'apprêta à ouvrir le freezer. Elle réclama des petits gâteaux, et Joyce déposa quelques biscuits au chocolat fourrés à la crème sur le plateau à côté de leurs chopes de citronnade, puis tendit celui-ci à Beth en précisant avec un petit rire qu'à tous les coups Helen le ferait basculer.

"Je renverse toujours tout", reconnut Helen.

Beth, le plateau dans les mains, traversa la cuisine en direction du couloir.

"Qu'est-ce qu'elle fait là ? s'enquit-elle en désignant du menton la valise posée à côté de la porte d'entrée.

— C'est ma valise d'hôpital, expliqua Helen. Elle est prête, en cas d'urgence."

D'une poussée, elle ouvrit la porte de sa chambre qui alla heurter le mur. Les murs étaient du même mauve que la valise, il flottait dans la pièce une odeur de peinture. Tout était rangé – pas de vêtements qui traînaient, ni de jeux ou de jouets par terre. Les poupées et les livres, alignés sur les rayonnages, paraissaient être à vendre. Penaude, Beth songea à ses poupées, à leurs cheveux emmêlés et à leurs robes sales, la moitié d'entre elles nues, certaines à qui il manquait jambes et mains, elle ne se rappelait jamais pourquoi, ne comprenait jamais comment une main finissait parmi les lettres du scrabble.

Elle posa le plateau sur le bureau d'Helen. Au-dessus du bureau était accroché un tableau qui disait "Rythme cardiaque", "Tension" et, sur le côté, "Transit intestinal".

"Qu'est-ce que c'est ? demanda-t-elle.

— Le tableau de mes fonctions corporelles." Helen prit une poignée de biscuits. "On les suit chaque semaine pour voir combien de trucs changent avant de s'arrêter complètement. C'est pour une expérience."

Beth considéra les chiffres reproduits avec soin et les traits rouges ondulant mollement.

Elle avait l'impression de rater quelque chose d'aussi renversant et évident que le fait que sa mère soit partie pour de bon. Pendant des années après le départ de sa mère, elle avait demandé à son père : "Quand est-ce qu'elle revient ?" Son père, la mine embarrassée, répondait invariablement : "Jamais", mais Beth n'arrivait tout simplement pas à comprendre ce qu'il voulait dire par là, jusqu'à ce qu'enfin elle pense à demander : "Quand est-ce qu'elle revient pour le restant de sa vie ?"

Elle se tourna vers Helen.

"Quand est-ce que tu vas mourir ?"

Helen haussa les épaules.

"Tu n'as pas peur ?

— Et pourquoi j'aurais peur ? Tu sais, mourir comme ça va m'arriver, ça ne fait pas mal."

Beth s'assit sur le lit. Il y avait le contact dur du plastique sous le couvre-lit et les couvertures. Elle le reconnut de l'époque où on l'avait opérée des amygdales et où on avait mis du plastique sous ses draps.

"J'espère que ce garçon n'est pas mort, dit-elle, en repensant brusquement à lui.

— Ça m'étonnerait", dit Helen, en passant un doigt le long du trait inférieur du tableau.

Les traits se superposaient les uns aux autres, sans se croiser. Quand la grand-mère de Beth dessinait un trait ondulé, c'était de l'eau. Beth ferma les yeux. "Eau va-t'en, se dit-elle. Eau va-t'en, eau va-t'en…"

"Qu'est-ce que tu fais ?"

Le lit remua, de la citronnade gicla hors de la chope de Beth à l'instant où Helen s'asseyait.

"Je menais une expérience, répondit Beth.

— Quelle expérience ?"

Encore de la citronnade, sortie cette fois de la tasse d'Helen, ruissela sur la jambe de Beth et sur son short.

"Regarde ce que tu es en train de faire !" s'écria Beth. Elle se servit du coin du couvre-lit pour s'essuyer. "Ce que tu peux être bête, des fois", marmonna-t-elle.

Helen avala ce qui restait dans sa chope.

"Pour ta gouverne, dit-elle, en s'essuyant la bouche sur son bras, ce n'est pas de la bêtise. C'est la détérioration de la partie du lobe de mon cerveau qui commande mes muscles."

Beth leva les yeux vers elle.

"Oh, à cause de l'eau, souffla-t-elle.

— L'eau est l'une des forces les plus destructrices que connaisse l'humanité.

— Excuse-moi, murmura Beth. Je ne l'ai pas fait exprès.

— Alors qu'est-ce que c'était que cette histoire d'expérience que tu menais ? s'enquit Helen, en remontant ses lunettes sur son nez.

— Tu sais ? demanda Beth. On pourrait la mener toutes les deux." Un frisson de vertueuse détermination la parcourut. "Tu te souviens de ce que j'ai dit à propos de chanter : «Eau va-t'en, eau va-t'en» ? On pourrait le chanter toutes les deux et voir ce qui se passe.

— Super", soupira Helen.

Beth posa sa citronnade sur la table et sauta à bas du lit.

"On va dessiner un tableau", annonça-t-elle, en fouillant dans le tiroir du bureau d'Helen pour y trouver un stylo et du papier. Elle trouva un stylo rouge. "Tu as du papier ? Il nous faut du papier et un mètre à ruban.

— Super", répéta Helen, mais elle quitta la pièce et revint quelques minutes plus tard avec un bloc de papier grand format et le panier à couture de sa mère.

Beth inscrivit "Date" et "Taille" en haut de la page et souligna deux fois. Sous "Date" elle écrivit "30 juin", puis elle déroula le mètre ruban et mesura la tête d'Helen – la circonférence au-dessus de ses sourcils – et inscrivit "69 1/2". Puis toutes deux s'assirent par terre en tailleur, fermèrent les yeux, se donnèrent les mains et dirent : "Eau va-t'en", en commençant presque dans un murmure, mais Helen ne cessait d'accélérer et Beth dut élever la voix pour la forcer à ralentir. Au bout d'un moment elles hurlaient toutes les deux, et Helen enfonçait ses ongles dans les doigts de Beth.

"Stop !" cria Beth. D'une secousse, elle libéra ses mains. "C'est censé être lent et calme ! Comme quand on prie !

— Nous, on ne va pas à la messe, répondit Helen, en pressant ses mains de chaque côté de sa tête. Fffiuuu, souffla-t-elle. Pendant une minute, j'ai cru que les veines de ma boîte crânienne se remettaient à palpiter.

— On ne l'a pas fait comme il faut", lança Beth, furieuse.

Helen se pencha en avant pour prendre le mètre ruban.

"Tu devrais chanter ce soir avant de te coucher, lui conseilla Beth, qui regardait Helen se mettre debout à grand-peine en s'agrippant à un montant du lit. Chante lentement, doucement. Je reviendrai demain après le déjeuner et on le refera ensemble. On le fera chaque après-midi pendant tout l'été, s'il le faut. D'accord ?"

Helen mesurait ses hanches, ses larges hanches de femme dans leur bermuda vert foncé.

"D'accord ?" répéta Beth.

Helen se pencha en avant pour déchiffrer le mètre ruban.

"Bien sûr", dit-elle d'une voix indifférente.

Quand Beth arriva chez elle, sa grand-mère passait son disque *Sea to Sea* en préparant de la soupe aux haricots noirs et des petits pains pour le dîner. D'une voix forte pour se faire entendre par-dessus la musique, Beth lui raconta l'accident de voiture et Helen. Sa grand-mère était au courant de l'état d'Helen mais la croyait demeurée – dans la farine saupoudrée sur la table elle dessina un cercle avec un triangle posé dessus, pour dire "cancre", et un point d'interrogation.

"Non, dit Beth, étonnée. Elle n'a que des A."

Sa grand-mère sortit son calepin et son crayon et écrivit : "Ne lui donne pas trop d'espoir."

"Mais quand on *prie*, ça donne de l'espoir", protesta Beth.

Sa grand-mère parut impressionnée.

"La foi éclaire notre chemin", écrivit-elle.

Un brusque silence s'installa.

"Tu veux écouter la face deux ?" demanda Beth. Sa grand-mère fit une croix avec ses doigts. "Oh, d'accord", dit Beth qui passa au salon et mit l'autre disque de sa grand-mère, celui de Noël. La première chanson était "Oyez, oyez ! Le chant des anges de l'Annonciation". Le père de Beth s'appelait Harold. La soupe aux haricots noirs, sa préférée, était le signe qu'il serait là pour le dîner. Beth s'en fut au bout du couloir jusqu'à l'antre de son père, s'assit dans le fauteuil en cuir vert et pivota pendant un moment au rythme de la musique. "Fruit des entrailles d'une vierge…"

Au bout de quelques minutes, elle quitta le fauteuil et se mit à fouiller dans la corbeille à papier. Chaque fois qu'elle était là et remarquait que la corbeille n'avait pas été vidée, elle regardait ce qui s'y trouvait. D'habitude, rien que des copeaux de crayons et de longues lettres professionnelles manuscrites avec des tas de phrases raturées et des notes dans les marges. Parfois il y avait des messages téléphoniques de son bureau, où Sue, la femme qui notait les messages, l'appelait Hal.

"Illico presto, écrivait Sue. Au + vite !"

Aujourd'hui il y avait plusieurs enveloppes adressées à son père, deux prospectus, un paquet de cigarettes vide et une page rose froissée arrachée au calepin de sa grand-mère. Beth la déplia.

"Appeler", lisait-on, et puis il y avait un V à l'envers posé sur un trait. Au-dessous était inscrit un numéro de téléphone.

Beth pensa que c'était un message demandant à son père d'appeler l'église. Sa mère n'ayant pas téléphoné depuis plus de quatre ans, elle mit un moment avant de se demander pourquoi le numéro de téléphone ne commençait pas par deux cinq comme tous les numéros de téléphone du quartier, et pourquoi son père, qui n'allait pas à la messe, recevrait un message de l'église. Puis il lui revint qu'un V à l'envers posé sur un trait ne voulait pas dire "église" mais "chapeau de sorcière".

Dans la cuisine, la grand-mère de Beth secouait les bocaux de haricots au son d'*Il est né, le divin enfant*. Beth ressentit le rythme à la façon d'un martèlement entre ses oreilles. "Les veines de ma boîte crânienne palpitent", pensa-t-elle comme dans une révélation, et, posant le message, elle pressa ses paumes contre ses tempes et se souvint du temps où sa mère téléphonait pour réclamer de l'argent. A cause de ces coups de téléphone, Beth avait toujours imaginé sa mère et le monsieur à la moumoute vivant dans un endroit pauvre, un appartement délabré, ou l'un des pavillons en parpaings au nord de la ville. "Je parie qu'ils sont encore fauchés, se dit Beth, en rassemblant tout son mépris. Je parie qu'ils n'ont plus un sou." Elle ramassa le message et en refit une boule, qu'elle défroissa de nouveau, plia en deux et glissa dans la poche de son short.

Fidèle à sa promesse, elle se rendait chez Helen chaque après-midi. Il lui fallait vingt minutes, un peu plus si elle quittait la route pour passer par le parc, ce qui était le cas parce qu'elle avait le pressentiment que la prochaine fois qu'elle flotterait, ce serait là. Le parc lui rappelait le garçon qui s'était fait écraser. A la radio, on disait que son pied avait été amputé et qu'il lui fallait absolument une greffe du foie. "Pensez à lui dans vos prières", recommandait le présentateur. Beth et sa grand-mère n'y manquaient pas. Le garçon s'appelait Kevin Guiboll.

"Kevin *Guiboll* et il a perdu un *pied* !" fit remarquer Beth à Joyce.

Joyce rit, bien que Beth n'y ait pas vu matière à plaisanterie. Quelques minutes plus tard, dans la chambre, Beth demanda à Helen :

"Pourquoi est-ce que ta mère ne s'inquiète pas qu'on te donne trop d'espoir ?

— Elle se réjouit simplement que j'aie finalement une amie, répondit Helen. Quand je suis toute seule, je la dérange dans son ménage."

Beth regarda par la fenêtre. Il ne lui était pas venu à l'idée qu'Helen et elle étaient amies.

107

La meilleure amie de Beth, Christine, était à la campagne pour l'été. Avec Amy, son autre copine, elle jouait le matin et puis en rentrant de chez Helen. Amy était à moitié chinoise, petite et mince. Elle prenait des médicaments contre l'hyperactivité. "Pense un peu comment je serais si je ne les prenais pas !" criait-elle, en tourbillonnant et en se jetant contre le mur. Amy était la copine que la grand-mère de Beth représentait par un point d'exclamation. Quel que soit le jeu auquel elles jouaient, Amy s'en lassait au bout de cinq minutes, mais en général elle avait une autre idée. Elle était drôle, mais pas très gentille. Quand Beth lui raconta qu'Helen allait mourir, elle s'écria :

"C'est pas vrai !

— Demande à sa mère.

— Pas question que j'aille chez cette tête bouffie !" brailla Amy.

Amy ne croyait pas non plus à l'histoire du docteur qui avait arraché les amygdales de la grand-mère de Beth, même après que celle-ci avait ouvert la bouche pour lui montrer sa langue mutilée.

Beth se gardait donc bien de confier à Amy qu'elle flottait. Elle se gardait bien de le confier à qui que ce soit, excepté à sa grand-mère et à sa tante Cora, puisqu'elle ne pouvait pas le prouver et qu'elle était la première à penser que c'était difficile à croire. Pourtant, elle était passionnément convaincue qu'elle *avait* flotté, et risquait de flotter de nouveau si elle continuait ses chants nocturnes, ses "J'aime Jésus".

Mais elle confia qu'elle flottait à Helen, le quinzième jour de *leurs* chants, parce que ce jour-là, au lieu de s'asseoir par terre et de lui tenir les mains, Helen se recroquevilla sur le côté, face au mur, et dit : "J'aimerais mieux qu'on joue aux dames", et Beth pensa à la grande confiance dont avait fait preuve Helen jusque-là, chantant deux fois par jour sans la moindre raison de croire que c'était efficace.

Le lendemain, le seizième jour, la tête d'Helen mesurait soixante-huit centimètres et demi.

"Tu es sûre que tu ne tiens pas le mètre plus serré ? demanda Helen.

— Non, dit Beth. Je le tiens toujours pareil."

Helen repoussa le mètre et se dandina jusqu'à la porte de la chambre.

"Soixante-huit centimètres et demi ! cria-t-elle.

— Allons lui montrer", proposa Beth, et elles filèrent au salon, où Joyce, avec un ongle, nettoyait entre les lames du parquet.

"Hé, vous autres, vous êtes des malignes !" s'exclama-t-elle. Assise sur ses talons, elle chassait des particules de saleté de ses jambes minces et de son petit short rose.

"Allez viens", dit Helen, en tirant Beth vers sa chambre.

Hors d'haleine, elle s'approcha du bureau et inscrivit la mesure sur le tableau.

Beth s'assit sur le lit.

"Je n'arrive pas à y croire, reconnut-elle, en se laissant aller sur le dos. Ça marche. Je veux dire, je pensais bien que ça marcherait, j'espérais bien que ça marcherait, mais je n'en étais pas absolument, positivement, à cent pour cent sûre."

Helen s'assit à côté d'elle et se mit à secouer la tête. Beth s'imagina l'eau qui clapotait.

"Pourquoi tu fais ça ? demanda-t-elle.

— J'attrape des crampes au cou, expliqua Helen. Un truc qui ne me manquera pas, ce sont ces fichues crampes au cou."

Le lendemain, sa tête perdit encore un bon centimètre. Le jour suivant, elle en perdit deux et demi, si bien qu'elle était à présent descendue à soixante-quatre centimètres et demi. Beth et Helen expliquèrent les mesures à Joyce, qui joua la stupéfaction, mais Beth vit bien que pour une raison ou pour une autre, il n'en était rien.

"C'est pas des blagues, lui assura Beth.

— Voyons, qui soutient le contraire ? demanda Joyce, feignant d'être offensée.

— Vous ne trouvez pas que sa tête *paraît* plus petite ?" demanda Beth, et toutes les deux examinèrent la tête d'Helen, qui *avait* paru plus petite dans la chambre, mais à présent Beth n'en était plus si convaincue. En fait elle était impressionnée par la grosseur de sa tête, comme lorsqu'elle ne voyait Helen que de temps en temps. Et par son corps bosselé de femme adulte, qui à ce moment-là s'effondrait sur une chaise de cuisine.

"Tu sais, je crois qu'elle a peut-être vraiment l'air plus petite, remarqua Joyce d'un ton joyeux.

— Attends un peu que le Dr Dobbs me voie", dit Helen d'une voix fatiguée.

Elle croisa les bras sur la table et posa sa tête dessus.

Joyce lui donna un petit coup de coude dans l'épaule.

"Ça va, fillette ?"

Helen l'ignora.

"Je lui montrerai notre tableau, annonça-t-elle à Beth.

— Hé, fit Joyce. Ça va ?"

Helen ferma les yeux.

"J'ai besoin d'une sieste", murmura-t-elle.

Quand Beth rentra chez elle, il y avait un autre message de sa mère dans la corbeille à papier de son père.

Cette fois-ci, avant de pouvoir se ressaisir, elle pensa : Elle veut revenir, elle a quitté ce type, et elle le crut aussitôt avec une vertueuse certitude. "Je te l'avais bien dit", lança-t-elle tout haut à l'adresse de son père. La vertu brûlait dans son regard. Elle renvoya le message dans la corbeille à papier et sortit dans le jardinet à l'arrière de la maison, où sa grand-mère attachait les plants de tomates. Sa grand-mère portait son corsage rouge à manches ballon et sa jupe bleue, éclaboussée de ce qui autrefois avait été des notes de musique rouges mais n'était plus désormais que des bâtonnets roses cassés et passés. Sa natte était enroulée autour de sa tête. "On dirait une immigrée, pensa Beth avec froideur, en la comparant à Joyce. Pendant quelques instants Beth resta plantée là à regarder sa grand-mère, se sentant en droit d'attendre quelques réponses.

Au moment où sa grand-mère leva les yeux, pourtant, elle ne voulait plus savoir. Si, à ce moment précis, sa grand-mère avait décidé de lui expliquer en quoi consistaient les messages, Beth aurait filé à toutes jambes. En fait, elle se précipita devant la maison et au bout de la rue. "J'aime Jésus, j'aime Jésus", débita-t-elle, les bras écartés. Elle était si légère sur ses pieds ! D'un jour à l'autre elle flotterait, elle le sentait.

Son père rentra tôt ce soir-là. Il parut révélateur à Beth qu'il n'enfile pas un pantalon et une chemise sport *avant* le dîner, comme à son habitude. Son père parla de son travail, sa grand-mère hocha la tête, fit des gestes et écrivit quelques mots de conversation, que Beth lut en se penchant en avant.

Après le dîner son père alla enfin se changer, puis sortit tondre la pelouse pendant que Beth et sa grand-mère lavaient la vaisselle. Beth, en rapportant trop d'assiettes à l'évier, fit tomber et cassa une soucoupe et une grande assiette. Sa grand-mère agita les mains – "Ne t'en fais pas, ce n'est pas grave !" – et pour le prouver elle sortit du tiroir le catalogue Sears et lui montra le nouveau service qu'elle avait de toute façon l'intention d'acheter.

Ce ne fut que le lendemain, devant son petit-déjeuner, qu'il vint à l'idée de Beth que si sa mère revenait, sa grand-mère partirait, et que si sa grand-mère partait, elle n'achèterait pas de vaisselle neuve. Cette réflexion la laissa avec la même impression que si elle venait de se réveiller sans avoir encore la moindre idée du jour qu'il pouvait être, ou de ce qu'elle venait de rêver. Puis la radio claironna "… foie…" et elle sursauta et pivota pour voir sa grand-mère une main sur le bouton du volume et l'autre levée pour demander le silence. "Les médecins déclarent que la greffe a réussi, annonça le présentateur, et que Kevin est dans un état grave mais stationnaire."

"Ils ont trouvé un donneur ?" hurla Beth tandis que le présentateur ajoutait : "Le donneur, une fillette de onze ans, est décédé tard dans la nuit à l'hôpital St. Andrews. A la demande de sa famille, son nom ne sera pas divulgué."

Sa grand-mère baissa de nouveau le volume.

"Ouais, c'est super, dit Beth. Tout le monde priait pour lui."

Sa grand-mère arracha une feuille à son calepin.

"Demande et tu seras exaucée", écrivit-elle.

"Je sais ! dit Beth, triomphalement. Je sais !"

Il n'y avait personne chez Helen, cet après-midi-là. En jetant un coup d'œil par la fenêtre de l'entrée, Beth vit que la valise mauve n'était plus là, et tout de suite après elle flotta depuis la porte de chez Helen jusqu'au bout de son allée. Ou du moins le pensa-t-elle, parce qu'elle était incapable de se souvenir comment elle était passée de la maison à la route, mais, chose étrange, elle n'avait pas la sensation de rayonnement, l'impression de gloire. Elle revint chez elle un peu au hasard, en se retenant comme si elle était une bulle de savon.

A la maison, il y avait un mot sur le plan de travail de la cuisine : le dessin d'une pomme, ce qui signifiait que sa grand-mère était partie faire les courses. Le téléphone sonna, mais quand Beth dit : "Allô", on raccrocha. Elle alla dans sa chambre, ouvrit le tiroir de sa table de chevet et sortit le message où était noté le numéro de téléphone de sa mère. Elle revint à la cuisine et le composa. Au bout de quatre sonneries, une femme à la voix impatiente dit : "Allô ?" Beth ne souffla mot. "Oui, allô ? dit la femme. Qui est à l'appareil ?"

Beth raccrocha. Elle composa le numéro d'Helen et raccrocha aussitôt.

Elle resta plantée là quelques minutes, à se mordre les jointures.

Elle repartit sans se presser vers sa chambre et regarda par la fenêtre. Deux jardinets plus loin, Amy sautait du haut de sa galerie. Elle grimpait sur la rambarde, bondissait à la façon d'un sauteur en longueur, roulait dans l'herbe, sautait sur ses pieds, montait les marches en courant et recommençait. Beth en avait le tournis.

Environ un quart d'heure plus tard, sa grand-mère revint. Elle laissa tomber les courses d'épicerie contre la porte du buffet qui claqua. Elle ouvrit et referma le frigo. Tourna le robinet. Beth, à présent couchée sur son lit, ne bougea pas. Pourtant, quand le téléphone sonna, elle se redressa. Cinq sonneries avant que sa grand-mère décroche.

Beth se leva et s'approcha à nouveau de la fenêtre. Amy lançait une balle en l'air. Derrière la fenêtre fermée, Beth n'entendait rien, mais elle savait à la façon dont Amy tapait des mains et faisait des moulinets avant de rattraper la balle qu'elle chantait : "Un deux trois nous allons au bois…"

Elle sut en entendant la chaise racler le sol que sa grand-mère la tirait pour s'asseoir. Elle sut en entendant le robinet continuer à couler qu'elle était captivée par ce que disait la personne à l'autre bout du fil. Sa grand-mère tapota plusieurs fois le microphone pour dire : "Je suis toujours à l'écoute. Je note tout."

A CENT CINQUANTE MILLE MILLIONS
DE KILOMÈTRES DE LÀ

Si Ali épousa Claude, un chirurgien esthétique à la clientèle grandissante, ce fut, du moins en partie, parce qu'elle pouvait ainsi quitter son fastidieux travail dans l'Administration. Claude était totalement pour.

"On n'a jamais qu'une vie, assurait-il. Le pompon, on ne le décroche qu'une fois."

Il lui donnait une généreuse somme d'argent de poche, et lui recommandait de faire ce qui lui plaisait.

Elle n'était pas certaine de savoir ce que c'était, sinon essayer des vêtements dans des boutiques de luxe. Claude proposa une activité musicale – elle adorait la musique –, elle prit alors des cours de danse et de piano, et découvrit qu'elle n'avait pas d'oreille et aucun sens du rythme. Elle fit une petite déprime pendant laquelle elle questionna Claude d'un ton désagréable sur le code déontologique de la chirurgie esthétique.

"Tout dépend sous quel éclairage tu la considères", répondit-il.

Il ne se laissait pas facilement mettre en boule. Ce qu'il fallait à Ali, ajouta-t-il, c'était une vision plus large.

Elle en convint. Elle décida de consacrer sa vie à apprendre, et entama un régime de lecture et d'étude, cinq jours par semaine, cinq à six heures par jour. Elle lisait des romans, des pièces, des biographies, des essais, des articles de magazines, des almanachs, le Nouveau Testament, *The Concise Oxford Dictionary, The Harper Anthology of Poetry.*

Mais au bout d'un an, bien qu'elle fût devenue la personne qui, dans les dîners, pouvait donner le nom ou la date qui échappait à un convive, elle n'était pas particulièrement heureuse et ne se sentait même pas intelligente. Loin de là, elle se sentait stupide, une machine, un idiot savant dont l'unique talent était de mémoriser. Si elle avait le moindre talent *créatif*, la seule catégorie qu'elle admirât vraiment, elle ne le découvrirait pas en se cuirassant de faits. Elle fut prise d'une légère paranoïa à l'idée que Claude voulait qu'elle se range et fasse un bébé.

Pour leur deuxième anniversaire de mariage, ils achetèrent un appartement tout en baies vitrées, et Ali décida d'abandonner son régime de lecture et de se mettre à peindre. Dans la mesure où elle ne connaissait rien à la peinture ni même au dessin, elle examina des tableaux dans des livres d'art. Elle savait parfaitement ce que serait son premier sujet – elle, nue. Quelques mois plus tôt, elle avait fait un rêve où elle découvrait sa signature dans le coin d'un tableau, et comprenait, aux conversations des hommes qui l'admiraient (et en cachaient la vue), que c'était une extraordinaire représentation de sa personne en tenue d'Eve. Elle prit ce rêve pour un signe. Pendant deux semaines, elle étudia les proportions, les tons de chair et la définition musculaire des nus dans ses livres, puis elle sortit acheter des fournitures et une psyché.

Elle installa sa zone de travail à mi-chemin dans le salon. Là, elle avait de la lumière sans être directement devant la fenêtre. Quand elle fut fin prête, elle se campa devant la glace et ôta son peignoir blanc en éponge et son pyjama rose en pilou, en les laissant glisser à terre. Elle fut un peu excitée de se voir s'effeuiller ainsi avec négligence. Elle essaya une pose : les mains croisées et reposant mollement sur son ventre, les pieds enfouis dans la congère de son peignoir.

Pour une raison ou pour une autre, pourtant, elle ne réussit pas à se faire une idée précise de ce à quoi elle ressemblait. Son visage et son corps paraissaient flous, un peu mystérieux, comme s'ils étaient en fait bien définis, mais pas à ses yeux, ou pas depuis l'endroit d'où elle les regardait.

Elle décida qu'elle devrait simplement commencer, et voir ce qui se passait. Elle exécuta un dessin d'elle au crayon, assise sur une chaise en train de s'étirer. Elle le trouva très bon, non pas qu'elle pût vraiment en juger, mais les proportions mal fichues paraissaient sournoisement délibérées, et une agréable simplicité se dégageait des bras tendus et de la courbe étirée de la nuque. N'ayant pas cherché à se flatter, Ali eut l'impression qu'elle avait peut-être enfin arraché une vision à son âme.

Le lendemain matin elle se leva anormalement tôt, peu après le départ de Claude, et découvrit que le soleil entrait à flots dans le salon, en un rayon oblique, par un espace entre leur immeuble et la maison d'en face divisée en appartements. A sa connaissance, et malgré les baies vitrées, c'était la seule lumière directe qu'ils recevaient. Résolue à en profiter tant qu'elle était là, elle rapprocha son chevalet, sa chaise et sa glace de la fenêtre. Puis elle ôta son peignoir et son pyjama.

Pendant quelques instants elle resta là à se regarder, en se demandant ce qui avait bien pu inspirer son croquis. Aujourd'hui elle était disposée à se trouver pas mal, après tout. Pour ce qui était de certains détails, pourtant, à savoir si ses seins étaient petits, par exemple, ou ses yeux rapprochés, elle demeurait dans l'ignorance.

Les autres trouvaient-ils son allure ambiguë ? Claude lui assurait toujours qu'elle était belle, sauf que sa façon de le formuler – "Tu es belle, à mon sens", ou "je te trouve belle" – laissait entendre qu'en matière de femmes il fallait comprendre qu'il ne partageait pas le goût de tout le monde. Son unique petit ami avant Claude, un dénommé Roger, lui répétait qu'elle était super mais jamais précisément de quelle manière. Quand ils faisaient l'amour, Roger aimait tenir la base de son pénis et regarder son va-et-vient en elle. Une fois, il avoua qu'il y avait des jours, au bureau, où il était tellement excité que son crayon le rendait fou. (Elle aurait plutôt pensé à son taille-crayon.)

Peut-être était-elle de ces gens qui sont plus séduisants en mouvement, songea-t-elle. Elle fit un essai. Elle sourit et secoua la tête, ramena ses cheveux derrière ses oreilles. Elle se couvrit les seins avec les mains. Entre ses seins, une goutte de sueur glissait par à-coups, une sensation pareille au bout d'une langue. Elle fit tourner ses paumes jusqu'à ce que ses mamelons durcissent. Elle imagina des mains d'homme… pas celles de Claude – des mains d'homme qui n'étaient pas rattachées à un homme en particulier. Elle regarda par la fenêtre.

Dans l'appartement d'en face, elle aperçut un homme.

Elle bondit sur le côté, derrière les doubles rideaux. Son cœur battait avec violence, comme si quelque chose était passé dans un grondement de tonnerre. Elle resta là, les bras serrés autour de son corps. Les doubles rideaux avaient une odeur acide, une odeur de chou. Sa main droite s'arrondit sous son sein gauche, qui lui semblait être son cœur parce que son pouls battait à l'intérieur.

Au bout d'un moment, elle se rendit compte que ses paumes avaient recommencé à décrire des cercles sur ses mamelons. Elle s'arrêta, stupéfaite, puis continua mais avec le même frisson sceptique qui la parcourait quand elle savait que ce n'était pas *elle* qui faisait tourner la table. Et puis ce furent ses pieds qui se mirent en mouvement sans le vouloir, la menant de derrière les doubles rideaux jusque dans une lumière vive et surnaturelle.

Elle s'approcha du chevalet, prit un pinceau, la palette, et se mit à mélanger une couleur chair. Elle ne regardait ni la fenêtre ni la glace. Elle avait la sensation hypnotique de se trouver au bord d'une falaise. Ses premiers coups de pinceau dégoulinèrent, elle choisit alors de tapoter la toile, produisant ce qui se mit à ressembler à des plumes. De la peinture venait éclabousser sa peau mais elle l'ignora et continua à tapoter, couche après couche, jusqu'à ce que le soleil direct disparaisse. Puis elle imprégna un chiffon d'essence de térébenthine et s'essuya les mains, les seins et le ventre.

Elle pensa au soleil. Qu'il est à cent cinquante mille millions de kilomètres et que sa réserve d'énergie durera encore cinq milliards d'années.

Au lieu de penser à l'homme qui l'observait, elle essaya de se souvenir d'une carte solaire qu'elle avait apprise par cœur deux ans plus tôt.

La température à la surface est d'un million de degrés, se dit-elle. Multiplie ce chiffre par deux et tu sauras quelle est la différence de taille entre la surface du Soleil et la surface de la Terre. Sauf que le Soleil étant une boule de gaz brûlant, en fait il n'a pas de surface.

Quand elle eut ôté la peinture, elle passa à la cuisine pour laver la térébenthine à l'eau et au savon. Les yeux de l'homme la suivirent. Elle n'avait pas besoin de jeter un coup d'œil par la fenêtre pour en avoir la confirmation. Elle alluma la lumière au-dessus de l'évier, savonna la lavette et commença à nettoyer sa peau. Elle n'avait pas de raison de se laver les bras, mais elle les leva l'un après l'autre et y passa la lavette. Elle s'essuya les seins. Elle paraissait prendre part à l'examen minutieux de l'homme, comme si elle se regardait par ses yeux. Depuis ce point de vue, elle réussissait à voir son être physique très nettement – ses cheveux brillants, rehaussés de roux, sa taille fine et son postérieur en forme de cœur, l'inclinaison rêveuse de sa tête.

Elle se mit à frissonner. Elle essora la lavette et la posa pliée sur le robinet, puis se sécha en se tamponnant avec un torchon à vaisselle. Ensuite, feignant d'examiner ses ongles, elle tourna les talons et s'avança vers la fenêtre. Elle leva les yeux.

Il était là, à la fenêtre d'en face mais un étage plus haut. Grâce à son coup d'œil d'un quart d'heure plus tôt, elle avait noté des cheveux noirs et une chemise blanche. Maintenant elle voyait un visage long, plus âgé, un homme d'une cinquantaine d'années peut-être. Une cravate verte. Elle l'avait déjà vu – aperçus brefs, indifférents (ou du moins l'avait-elle cru) d'un homme dans sa cuisine, regardant la télévision, passant d'une pièce à l'autre. Un célibataire qui habitait à côté. Elle pressa les paumes de ses mains contre la fenêtre et il recula dans l'ombre.

Son haleine embua le carreau. Elle y appuya son corps, aplatissant ses seins contre la vitre fraîche. Juste devant la fenêtre, elle était visible de l'appartement de l'homme et de celui de dessous, doté de volets verticaux fermés. "Chaque fenêtre apparaît, tel un pilier", pensa-t-elle. Des vers plus ou moins en rapport avec le contexte, tirés de poèmes qu'elle avait lus l'année précédente, lui revenaient toujours. Il lui semblait que l'homme continuait à regarder, mais elle mourait d'envie d'en avoir la preuve.

Quand il devint évident qu'il ne se montrerait pas, elle alla dans sa chambre. La fenêtre de la chambre n'était pas en face de la maison, mais elle la ferma quand même, puis se glissa sous les couvertures. Entre ses jambes il y avait une si douce palpitation qu'elle dut y coincer un oreiller. Les drogués du sexe doivent avoir ce genre de sensations, pensa-t-elle. Les violeurs, les satyres.

Elle se dit : "Tu es une exhibitionniste bonne à enfermer." Elle laissa échapper un rire stupéfait, presque triomphant, mais fut aussitôt en proie à une stupéfaction plus sombre quand il lui vint à l'idée qu'elle était vraiment, qu'elle *était* vraiment une exhibitionniste. Et qui plus est, elle en avait été une depuis des années, ou du moins avait-elle depuis des années préparé le terrain pour en être une.

Pourquoi, par exemple, Claude et elle vivaient-ils ici, dans ce petit immeuble vulgaire ? N'était-ce

pas à cause des immenses baies vitrées qui faisaient face aux fenêtres de la maison d'à côté ?

Et aussi, à douze ans, quand l'idée de faire pipi
sur la pelouse des gens finit par l'obséder à tel
point qu'une nuit elle sortit en catimini de chez
elle, quand tout le monde dormait, et qu'elle le
fit ? Pipi sur la pelouse des hôtels particuliers d'à
côté, juste sous un réverbère, en vérité.

Et deux ans plus tôt, quand elle n'avait pas
porté de slip de tout l'été ? Elle souffrait d'une
petite infection et avait lu que c'était une bonne
idée de ne pas porter de slip chez soi, si c'était
possible, mais elle avait cessé d'en porter également en public, sous ses jupes et ses robes,
dans les soirées, dans les bus, et elle avait dû
se douter que c'était aller un peu loin, parce
qu'elle n'en avait rien dit à Claude.

"Oh, mon Dieu", fit-elle d'un ton pitoyable.

Elle se figea sur place, mise en garde par le
ton théâtral qu'elle avait employé. Son cœur
battait dans sa gorge. Elle y porta un doigt. Si
fragile, une gorge. Elle imagina l'homme excité
par l'une de ses mains encerclant sa gorge.

Que se passait-il ? Que lui arrivait-il ? Peut-
être était-elle trop excitée pour être choquée
par son attitude. Elle remua les hanches, en
frottant son sexe contre l'oreiller. Non, elle ne
voulait pas se masturber. Cela gâcherait tout.

Gâcherait quoi ?

Elle ferma les yeux et l'homme lui apparut.
Une bouffée de désir fou l'envahit. C'était comme
si, toute sa vie, elle avait attendu un homme
mûr au long visage, en chemise blanche et cravate verte. Il était probablement toujours planté
dans son salon, à observer sa fenêtre.

Elle se redressa, rejeta les couvertures.

Se laissa retomber sur le lit.

C'était dingue. Vraiment dingue. Et si c'était un violeur ? Et si, à la minute même, il était en bas, découvrant son nom sur la boîte aux lettres ? Ou si c'était simplement un homme normal, esseulé, qui prenait son numéro pour une invitation à lui téléphoner et à lui demander un rendez-vous ? Ce n'était pas qu'elle voulait sortir avec lui. Elle ne cherchait pas l'aventure.

Pendant une bonne heure elle se tracassa, puis sombra dans le sommeil. Quand elle se réveilla, peu après midi, elle était assez calme. L'état dans lequel elle s'était mise lui parut exagéré. Elle avait donné un frisson de plaisir à un type, et alors ? Elle était un peu exhibitionniste sur les bords. Elle aurait parié que c'était le cas de la plupart des femmes. C'était instinctif, un effet secondaire dû au fait qu'elles étaient le récepteur dans l'acte sexuel.

Elle décida de déjeuner et de sortir se promener. Pendant qu'elle se préparait un sandwich, elle évita de regarder la fenêtre, mais dès qu'elle fut assise à la table elle ne put plus résister davantage.

Il n'était pas là et pourtant elle avait le sentiment qu'il l'observait, dans l'ombre. Elle se passa une main dans les cheveux. "Bon sang", se reprocha-t-elle, mais elle était déjà avec lui. C'était de nouveau comme si elle avait les yeux dans sa tête à lui, mais sans qu'ils remplacent les siens. Elle savait qu'il voulait qu'elle glisse la main dans son pantalon de survêtement. Elle s'exécuta. Les yeux fixés sur sa fenêtre, elle ressortit sa main et lécha ses doigts humides. A cet instant, elle aurait donné cher pour un signe prouvant qu'il était en train de regarder.

Au bout de quelques minutes, elle se mit à se ronger les ongles. Elle se sentait brusquement déprimée. Elle tendit le bras, tira le rideau et mangea son sandwich. Sa bouche, qui mordait dans le pain, tremblait comme celle d'une vieille dame. "Tremble telle une chose coupable prise sur le fait", cita-t-elle à son intention. Ce n'était pourtant pas un sentiment de culpabilité. Ni de frustration, de frustration sexuelle. Elle connaissait bien cette tristesse déteinte – elle l'envahissait au summum de la sensation. Après des orgasmes, après une journée passée à essayer des vêtements dans des boutiques.

Elle finit son sandwich et sortit pour une longue promenade, dans son pantalon de toréador neuf et son pull à col roulé noir moulant. A son retour, Claude était rentré. Il lui demanda si elle avait de nouveau travaillé nue.

"Evidemment, répondit-elle, d'un air absent. C'est indispensable." Elle regardait, par-delà son épaule, les doubles rideaux tirés de l'homme. "Claude, demanda-t-elle soudain, est-ce que je suis belle ? Je veux dire pas seulement à tes yeux. Est-ce que je suis empiriquement belle ?"

Claude parut surpris.

"Ben oui, fit-il. Evidemment. Merde, je t'ai épousée, non ? Hé !" Il recula. "Ouah !"

Elle ôtait ses vêtements. Quand elle fut nue, elle dit :

"Ne pense pas à moi comme à ton épouse. Juste une femme. Une de tes patientes. Suis-je belle ou non ?"

Il fit semblant de la regarder de la tête aux pieds.

"Pas mal, dit-il. Evidemment, ça dépend de ce que tu entends par belle." Il rit. "Quoi ?

— Je parle sérieusement. Tu ne trouves pas que je suis un peu… normale ? Tu sais, quelconque ?

— Bien sûr que non", protesta-t-il tendrement. Il l'attira dans ses bras. "Tu veux une preuve qui tienne debout ?"

Ils passèrent dans la chambre. Il y faisait sombre car les rideaux étaient toujours tirés. Il alluma la lampe de chevet, mais une fois déshabillé il l'éteignit.

"Non, dit-elle depuis le lit, laisse-la allumée.

— Quoi ? Tu la veux allumée ?

— Pour changer."

Le lendemain matin, elle se leva avant lui. Elle avait à peine dormi. Pendant le petit-déjeuner elle ne cessa de regarder la maison d'en face, mais il n'y avait pas trace de l'homme. Ce qui ne voulait pas nécessairement dire qu'il n'était pas là. Elle mourait d'impatience que Claude s'en aille pour cesser enfin de feindre qu'elle n'était pas surexcitée. Le souci d'avoir surestimé ou mal interprété l'intérêt de l'homme la rongeait. Comment savoir ? Il était peut-être homo. Il était peut-être tellement attaché à une femme que toutes les autres lui inspiraient de la répulsion. Il était peut-être puritain, prêtre, évangéliste. Il était peut-être fou.

A la minute où Claude quitta l'appartement, elle se déshabilla et se mit à travailler à son tableau. Elle resta debout dans le soleil à mélanger les couleurs, s'assit ensuite sur la chaise dans sa pose étirée, face à la glace, puis se leva et, sans trop y prêter attention, en jetant un coup d'œil à la fenêtre de l'homme toutes les deux ou trois secondes, peignit des côtes et des seins dressés.

Une heure s'écoula avant qu'elle pense : Il ne va pas se montrer. Elle se laissa tomber sur une chaise, malade de déception, même si elle savait que, très vraisemblablement, il avait été obligé d'aller travailler, que le fait qu'il ait été chez lui la veille était un coup de chance. Tristement, elle considéra son tableau. A sa grande surprise, elle avait réussi quelque chose d'assez intéressant : des seins comme des yeux de Picasso. Il est possible, pensa-t-elle avec lassitude, que j'aie un talent inné.

Elle plongea son pinceau dans la térébenthine, et son visage dans ses mains. Elle sentit le soleil sur ses cheveux. Dans quelques minutes le soleil disparaîtrait derrière sa maison, et ensuite, si elle voulait qu'il la voie bien, il faudrait qu'elle se tienne juste devant la fenêtre. Elle s'imagina plantée là toute la journée. Tu es ridicule, se dit-elle. Tu dérailles.

Elle leva de nouveau les yeux vers la fenêtre. Il était là.

Elle se redressa sur sa chaise. Avec lenteur, elle se mit debout. Reste, supplia-t-elle. Ce qu'il fit. Elle s'avança vers la fenêtre, le bout de ses doigts frôlant ses cuisses. Elle retint sa respiration. Quand elle fut à la fenêtre, elle demeura parfaitement immobile. Il demeurait parfaitement immobile. Il portait de nouveau une chemise blanche, mais pas de cravate. Il était suffisamment près pour qu'elle distingue l'ombre autour de ses yeux, bien qu'elle ne pût dire avec précision où il regardait. Mais ses yeux semblaient lui entrer dans la tête à la manière d'une drogue, et elle se sentait dans sa ligne de mire. Elle se voyait – étonnamment mince, calme mais craintive – à travers la vitre et sur la toile de fond des murs blancs de la pièce.

Au bout d'une minute ou deux elle s'approcha de la chaise, la prit et la porta devant la fenêtre. Elle s'assit face à lui, genoux écartés. Il était toujours semblable à une image. Et elle aussi, parce qu'elle s'était soudain souvenue qu'il pouvait être homo, ou fou. Elle essaya de lui lancer un regard dur. Elle remarqua son âge et son apparence triste et respectable. Et le fait qu'il soit resté à la fenêtre, preuve de son intérêt.

Non, c'était l'homme qu'elle avait imaginé. Je suis un cadeau pour lui, pensa-t-elle, en ouvrant les jambes plus grandes. Je suis son rêve exaucé. Elle se mit à rouler des hanches. Avec les doigts de chaque main, elle écarta ses grandes lèvres.

Une petite partie de son esprit, se cramponnant à la personne qu'elle avait été jusqu'au matin du jour précédent, essaya de la tirer en arrière. Elle la sentait comme une présence derrière la chaise, un tableau d'avertissements sensationnels, hors de propos, qui n'allaient manifestement pas la faire se retourner. Elle gardait les yeux fixés sur l'homme. Elle remonta la main gauche vers ses seins, et commença à frotter, pincer et faire tourner ses doigts sur les mamelons. Le majeur de la main droite glissa dans son vagin, tandis que la paume massait son clitoris.

Il ne bougeait pas.

Tu es en train de m'embrasser, pensa-t-elle. Elle eut l'impression de sentir ses lèvres, fraîches, douces, descendre et se coller le long de son ventre. Tu es en train de m'embrasser. Elle imagina ses mains sous elle, la portant comme un bol à sa bouche.

Elle jouissait.

Son corps était agité de soubresauts. Ses jambes tremblaient. Elle n'avait jamais rien connu de tel. Voyant ce qu'il voyait, elle assista à un acte de bouleversante vulnérabilité. Qui dura, dura. Elle vit la charité de son attitude, la

127

prodigalité de sa témérité et de sa soumission. Qui lui inspira le plus tendre amour de soi qui existât. L'homme ne bougea pas, jusqu'à ce qu'elle s'arrête enfin de bouger, et puis il leva une main – pour faire un signe, pensa-t-elle, mais c'était pour tirer les doubles rideaux.

Elle resta vautrée sur la chaise. Ebahie. Elle n'arrivait pas à se croire. Pas à le croire. Comment avait-il su rester à ce point immobile, se contenter de la regarder ? Elle évita la pensée qu'en ce moment même il était probablement en train de se masturber. Elle se concentra seulement sur ce qu'elle avait vu, un homme parfaitement immobile dont elle avait senti les yeux parcourir son corps à la façon dont les yeux dans certains portraits semblent vous suivre tout autour d'une pièce.

Les trois matins suivants, rien ne changea. Il portait sa chemise blanche, elle se masturba sur sa chaise, il la regarda sans bouger, elle jouit de façon spectaculaire, il tira les doubles rideaux.

Ensuite elle sortait s'acheter des vêtements ou rendre visite à des gens. Tous lui disaient qu'elle avait une mine splendide. La nuit, au lit, elle était passionnée, et Claude demanda plusieurs fois : "Voyons, qu'est-ce qui te prend, bon Dieu ?" mais il le demandait joyeusement, à cheval donné on ne regarde pas les dents. Elle se sentait très tendre envers lui, non pas par sentiment de culpabilité, mais parce qu'elle avait le moral au beau fixe. Elle savait qu'elle ne devait rien avouer, évidemment, et pourtant elle ne pensait pas qu'elle le trompait avec l'homme d'à côté. Un homme qui ne l'avait pas touchée, ne lui avait pas parlé, qui, pour elle, n'existait qu'à partir de la taille et ne bougeait jamais sauf pour tirer ses doubles rideaux, comment cet homme pouvait-il être considéré comme un amant ?

Le quatrième jour, un vendredi, l'homme ne parut pas. Pendant deux heures elle attendit sur sa chaise. Finalement elle partit s'installer sur le canapé et regarda la télévision, un œil toujours braqué sur sa fenêtre. Elle se persuada qu'il avait dû partir pour un rendez-vous urgent, ou qu'il avait fallu qu'il aille travailler tôt. Elle était inquiète, pourtant. A un moment donné, tard dans l'après-midi, alors qu'elle ne regardait pas, il tira ses rideaux.

Le samedi et le dimanche, il ne parut pas être chez lui – les doubles rideaux étaient tirés et les lumières éteintes. Non pas qu'elle eût pu faire quoi que ce soit, de toute façon, avec Claude à la maison. Le lundi matin elle fut sur sa chaise, nue, dès que Claude eut quitté les lieux. Elle attendit jusqu'à dix heures et demie, puis enfila son pantalon de toréador, un débardeur blanc et sortit se promener. Une phrase réconfortante de *Roméo et Juliette* lui trottait dans la tête : "L'homme frappé de cécité ne peut oublier le beau trésor de voir perdu par ses regards." Elle en voulait à l'homme de ne pas partager son enthousiasme. S'il était à sa fenêtre le lendemain, elle se jura de lui fermer ses rideaux au nez.

Mais comment le remplacerait-elle, que ferait-elle ? Irait-elle danser sur les tables ? Elle ne put s'empêcher de rire. A part le fait qu'elle était une femme mariée respectable, qu'elle était parfaitement incapable de danser et qu'elle avait probablement dix ans de trop, la dernière chose dont elle avait envie, c'était bien d'une bande d'ivrognes, la bouche béante et l'œil mort, l'attrapant par les seins. Elle voulait un seul homme, elle voulait qu'il ait une attitude triste et intelligente, et la maîtrise de soi pour la regarder sans remuer un muscle. Elle voulait qu'il porte une chemise blanche.

Au retour, en passant devant chez lui, elle s'arrêta. Le bâtiment était un hôtel particulier transformé en appartements de luxe. Il doit avoir de l'argent, en déduisit-elle. Une conclusion évidente, mais jusque-là elle n'avait pas accordé le moindre intérêt à ce qu'il était.

Elle gravit les marches et poussa la porte. La trouva ouverte. Entra.

Les boîtes aux lettres étaient numérotées de un à quatre. La sienne devait être la quatre. Elle lut le nom dans la petite fenêtre : Dr Andrew Halsey.

De retour dans son appartement, elle le chercha à "Médecins" dans l'annuaire et découvrit que, comme Claude, il était chirurgien. Un chirurgien généraliste, toutefois, qui opérait les tumeurs et les organes malades. Probablement de garde. Probablement dévoué, comme tout chirurgien généraliste.

Elle pensa qu'elle lui pardonnerait ses absences.

Le lendemain et le surlendemain matin, Andrew (c'était ainsi qu'elle pensait désormais à lui) était à sa fenêtre. Le jeudi, non. Elle essaya de ne pas être déçue. Elle l'imagina sauvant des vies, passant son scalpel sur la peau en incisions merveilleusement précises. Pour s'occuper, elle travailla à son tableau. Elle peignit des yeux de poisson, un nez crochu, une bouche pleine de dents. Elle travailla vite.

Andrew était là le vendredi matin. Quand Ali le vit, elle se leva et pressa son corps contre la fenêtre, comme le premier matin. Puis elle s'approcha de la chaise, la retourna et s'y appuya, en lui tournant le dos. Elle se masturba en se caressant par-derrière.

Cet après-midi-là elle lui acheta des jumelles, puissantes et hors de prix, qu'elle enveloppa dans du papier kraft sur lequel elle inscrivit l'adresse, et laissa par terre devant sa boîte aux lettres. Tout le week-end elle se préoccupa de savoir s'il avait compris qu'elle les lui avait offertes et s'il s'en servirait. Elle avait songé à glisser un message – "pour nos matinées" ou quelque chose dans ce genre – mais une communication aussi directe semblait être une violation d'un pacte passé entre eux. Les jumelles constituaient déjà un risque.

Le lundi, avant même qu'elle eût ôté son peignoir, il s'avança du fond de la pièce jusqu'à la fenêtre, les jumelles sur les yeux. Parce que la majeure partie de son visage disparaissait derrière les jumelles et derrière ses mains, elle eut l'impression qu'il était masqué. Elle avait les jambes flageolantes. Quand elle les ouvrit et écarta ses grandes lèvres, les yeux de l'homme rampèrent sur elle. Elle se masturba mais ne jouit pas et n'essaya pas non plus, bien qu'elle feignît de jouir. Elle tenait tant à son estime que son plaisir semblait être un détournement de celui d'Andrew, une ancienne et puérile faiblesse à laquelle elle ne reviendrait jamais.

Ce fut plus tard, avec Claude, qu'elle jouit. Après dîner, elle l'attira sur le lit. Elle fit comme s'il était Andrew, ou plutôt elle imagina un homme brun et silencieux, au visage long, qui faisait l'amour les yeux ouverts mais qui avait l'odeur et la peau de Claude, qu'elle aimait et en qui elle avait confiance comme en son mari. Avec ce partenaire hybride, elle pouvait se détendre suffisamment pour encourager le genre de baisers et de gestes dont elle avait besoin mais qu'elle avait toujours manqué d'assurance pour réclamer. Le lendemain matin, en se masturbant pour Andrew, elle atteignit le summum de l'extase, comme si ses orgasmes avec lui avaient été le fantasme, et ses comédies d'orgasme la chose en vrai. Ne pas jouir la libérait complètement dans le rêve qu'il faisait d'elle. Tout le numéro était pour lui – chatte, cul, bouche, gorge, offerts à sa somptueuse vision.

Pendant plusieurs semaines, Andrew apparut régulièrement, cinq matins par semaine, et elle vécut dans un état d'exultation. Les après-midi elle travaillait à son tableau, sans beaucoup de concentration pourtant, dans la mesure où le terminer ne semblait plus compter même s'il venait bien. Claude soulignait qu'il était encore très proche d'un autoportrait, une déclaration qui vexait Ali, vu le primitivisme évident de la femme et ses yeux morts et lointains.

Elle n'avait plus de raison de continuer à travailler nue, pas l'après-midi, mais elle continuait, par habitude et par confort, et au cas très improbable où Andrew serait chez lui et jetterait un coup d'œil furtif entre ses doubles rideaux. Tout en peignant, elle s'interrogeait sur son exhibitionnisme, ce qui faisait qu'elle mourait d'envie qu'un inconnu la regarde. Bien sûr, tout et tout le monde aimait jusqu'à un certain point être regardé, pensait-elle. Les fleurs, les chats, tout ce qui se pomponnait ou brillait, les enfants criant : "Regarde-moi !" Certains matins, ses épisodes avec Andrew semblaient n'avoir aucun rapport avec le désir sexuel. Ils n'étaient que spectacle, capitulation sans réserve devant ce qu'elle sentait être le plus inaugural et authentique de tous les désirs, qui n'était pas le sexe mais, en l'occurrence, s'exprimait au travers de l'acte sexuel.

Une nuit, elle rêva qu'Andrew l'opérait. Au-dessus du masque chirurgical, ses yeux étaient sans expression. Il avait de très longs bras. Elle voyait aussi, comme à travers ses yeux, l'incision verticale qui descendait d'entre ses seins jusqu'à son nombril, et de chaque côté la peau qui s'enroulait à la manière d'un manuscrit ancien. Son cœur, rouge vif, avait la forme parfaite d'un cœur. Tous ses autres organes étaient d'un jaune ou d'un orange luisant. Quelqu'un devrait prendre une photo, pensa-t-elle. Les mains gantées d'Andrew semblaient à peine bouger tandis qu'elles manipulaient de longs instruments argentés. Il n'y avait pas de sang sur ses mains. Avec beaucoup de soin, si bien qu'elle le sentait à peine, il tâtait ses organes et tirait sur ses veines et ses tendons, sortant de temps à autre un tendon et le laissant tomber dans une boîte de Pétri. On eût dit qu'il désherbait un jardin. Le cœur d'Ali palpitait. Un tendon entourait son cœur et, quand il tira dessus, elle sentit que l'autre extrémité entourait son vagin, le dérouler lui procura la sensation la plus exquise qu'elle eût jamais connue. Elle craignit de jouir et que, gêné par ses tremblements et ses spasmes, il la blesse. Elle se réveilla en jouissant.

Toute la journée le rêve l'obséda. Cela *pouvait* arriver, raisonna-t-elle. Elle pouvait avoir un problème de vésicule biliaire ou une crise d'appendicite, être emmenée en urgence à l'hôpital et, juste quand elle sombrerait, voir que le chirurgien était Andrew. Cela pouvait arriver.

Quand elle se réveilla le lendemain matin, le rêve fut sa première pensée. Elle baissa les yeux vers le doux renflement de son ventre et se sentit sentimentale et excitée. Elle trouva impossible de chasser le rêve, même pendant qu'elle se masturbait pour Andrew, si bien qu'au lieu d'entrer dans le rêve qu'il faisait d'elle, au lieu de voir une femme nue assise dans une flaque de soleil matinal, elle vit sa poitrine ouverte dans le rai de lumière de son scialytique. Son cœur était ce sur quoi elle se concentrait, sa délicate pulsation, mais elle voyait aussi la palpitation plus lente de ses poumons et le frémissement de ses autres organes. Entre ses organes, il y avait d'appétissantes crevasses et des volutes enchevêtrées de bleu et de rouge – ses veines et ses artères. Ses tendons étaient rose corail, aussi tendus que des cordes de guitare.

Evidemment elle se rendait compte qu'en matière de physiologie elle avait tout faux, qu'au cours d'une opération réelle il y aurait du sang, de la souffrance et qu'elle serait anesthésiée. C'était impossible, un fantasme délirant. Elle ne s'attendait pas à ce qu'il dure. Mais chaque jour il devint plus attrayant, au fur et à mesure qu'elle lui donnait de la réalité grâce à des éléments concrets, tels que le nom de l'hôpital où il opérait (elle appela le numéro de l'annuaire et s'informa auprès de son assistante) et celui des instruments chirurgicaux qu'il utiliserait (elle consulta un des textes médicaux de Claude), et à mesure qu'elle arrondissait les angles en imaginant, par exemple, de minuscules tubes d'aspiration plantés ici et là dans l'incision pour faire disparaître jusqu'à la dernière goutte de sang.

Le matin, pendant ses véritables rencontres avec Andrew, elle devint de plus en plus frustrée, jusqu'à se sentir prête à partir en plein milieu, à fermer les doubles rideaux ou à sortir de la pièce. Et pourtant s'il ne se montrait pas, elle était désespérée. Elle se mit à boire des gin tonics avant le déjeuner et à prendre des bains de soleil en bordure de l'allée entre leurs deux immeubles. Elle savait bien qu'à partir de dix heures il n'était plus chez lui, mais restait étendue là, au cas où.

Un après-midi, étourdie par le gin et le soleil, agitée et inquiète parce qu'il n'avait pas paru les trois derniers matins, elle quitta son bikini pour enfiler une robe en coton sans bretelles et sortit se promener. Elle dépassa le parc qu'elle avait pris pour but, les boutiques où elle avait pensé faire un tour. Le soleil tapait dur. Lorsqu'elle passa en se pavanant devant des hommes qui reluquaient ses épaules nues, elle se sentit voluptueuse, agréablement rebondie. Mais au creux de son estomac courait un filament d'angoisse, la preuve que malgré ses dénégations, elle savait où elle allait.

Elle pénétra dans l'hôpital par la porte des urgences, puis erra dans les couloirs pendant ce qui lui parut une bonne demi-heure avant de découvrir le cabinet d'Andrew. Arrivée à ce point-là, elle se tenait le ventre et croyait à demi que le sentiment d'angoisse pourrait bien être un symptôme d'un mal très grave.

"Le Dr Halsey ne reçoit pas de patients", annonça son assistante. D'un coup de coupe-papier à tête de lion, elle fendit une enveloppe en papier kraft. "On va s'occuper de vous aux urgences.

— Il faut que je voie le Dr Halsey, dit Ali, avec un sanglot dans la voix. Je suis une amie."

L'assistante soupira.

"Une petite minute."

Elle se leva, longea un couloir, et au bout ouvrit une porte après y avoir frappé un coup discret.

Ali enfonça ses poings dans son ventre. Pour une raison ou pour une autre, elle ne sentait plus rien. Elle y alla plus fort. Quel miracle si elle se faisait éclater l'appendice ! Elle devrait se donner un coup de coupe-papier. Elle devrait au moins se casser les doigts, se les coincer dans un tiroir comme le font les insoumis.

"Voudriez-vous entrer ?" lança une voix haute et nasillarde. Ali pivota sur ses talons. C'était Andrew, debout à la porte.

"Le docteur va vous recevoir", annonça l'assistante, agacée, en se rasseyant derrière son bureau.

Le cœur d'Ali se mit à battre. Elle avait l'impression qu'une paire de mains venait se coller sur ses oreilles puis s'en détachait. Il portait une chemise bleue. Elle longea le couloir, frôla Andrew au passage sans lever les yeux, et s'assit sur la chaise à côté de son bureau. Il ferma la porte et se dirigea vers la fenêtre. La pièce était grande. Une vaste étendue de carrelages vert et jaune les séparait. La hanche appuyée contre un classeur, il restait là, les mains dans les poches de son pantalon, la considérant avec une expression si polie et impersonnelle qu'elle lui demanda s'il la reconnaissait.

"Evidemment, dit-il d'un ton paisible.

— Ah..."

Elle était soudain mortifiée. Elle se sentait comme une femme prête à avouer en sanglotant qu'elle n'avait pas les moyens de payer son avortement. Elle posa ses doigts sur ses joues brûlantes.

"Je ne connais pas votre nom, dit-il.

— Oh. Ali. Ali Perrin.

— Que voulez-vous, Ali ?"

Le regard d'Ali voltigea jusqu'aux chaussures d'Andrew – des mocassins noirs et miteux. Elle détestait sa voix nasale. Que voulait-elle ? Ce qu'elle voulait, c'était fuir à toutes jambes cette pièce comme la folle qu'elle se soupçonnait d'être. Elle lui jeta un autre coup d'œil. Parce qu'il se tenait le dos à la fenêtre, la lumière détourait son corps. Il en avait un air irréel, pareil à une image filmée en surimpression sur un écran. Elle essaya de détourner les yeux, mais il ne la lâchait pas du regard. A l'extérieur, dans la salle d'attente, le téléphone sonnait. Qu'est-ce que *tu* veux ? pensa-t-elle, laissant le point de vue d'Andrew triompher sur le sien, voyant à présent, à l'autre bout de la pièce, une femme charmante aux épaules nues et bronzées et aux joues rougissantes.

Le voyant lumineux clignota sur son téléphone. Tous deux y jetèrent un bref regard, mais Andrew ne bougea pas. Au bout d'un moment, elle murmura :

"Je n'ai pas la moindre idée de ce que je fais ici."

Il était silencieux. Les yeux rivés sur le téléphone, elle attendait qu'il parle. Il n'en fit rien, alors elle dit :

"J'ai fait un rêve…" Elle laissa échapper un rire incrédule. "Mon Dieu."

Elle secoua la tête.

"Vous êtes absolument ravissante", remarqua-t-il, pensif. Elle leva les yeux vers lui, et il se détourna. En pressant ses mains l'une contre l'autre, il fit quelques pas le long de la fenêtre.

"J'ai pris beaucoup de plaisir à nos… nos rencontres.

— Oh, ne vous inquiétez pas, fit-elle. Je ne suis pas ici pour…

— Toutefois, coupa-t-il, je devrais vous informer que je pars m'installer dans un autre immeuble."

Elle le regarda droit dans les yeux.

"Ce week-end, en fait."

Il considéra son mur de diplômes encadrés en fronçant les sourcils.

"Ce week-end ?

— Oui.

— Bon, murmura-t-elle. Alors, c'est fini.

— Malheureusement."

Elle fixa son profil. De profil c'était un inconnu – le nez crochu, les épaules rondes. Elle détestait ses chaussures, son carrelage, son élocution guindée, sa voix, son profil, et pourtant ses yeux s'emplirent de larmes, elle mourait d'envie qu'il la regarde encore.

Brusquement il lui tourna le dos et précisa que son appartement se trouvait dans l'est de la ville, près de la plage. Il montra un point au-delà de la fenêtre. Savait-elle où se trouvait le yacht-club ?

"Non, murmura-t-elle.

— Non pas que j'en sois membre, reprit-il avec un petit rire.

— Ecoutez, dit-elle, en s'essuyant les yeux. Je suis désolée." Elle se leva. "Je suppose que je voulais simplement vous voir."

Il s'avança à grands pas vers la porte à la façon d'un hôte aimable.

"Bon, alors au revoir", dit-elle, les yeux levés vers lui.

Son haleine sentait l'ail et la barbe ombrait déjà ses joues. Il l'effleura du regard.

"A votre place, je ne me tracasserais de rien", dit-il d'un ton affable.

Quand elle revint chez elle, la première chose qu'elle fit fut d'ôter ses vêtements et de se planter devant la psyché qui se dressait à côté de son chevalet. Ses yeux s'emplirent à nouveau de larmes parce que sans l'estime d'Andrew, ou du moins l'espoir de l'obtenir (et bien qu'elle l'ait trouvé absolument repoussant), ce qu'elle voyait c'était une pathétique petite bonne femme à la peau terreuse et aux jambes courtes.

Elle regarda le tableau. Si c'était bien elle, ainsi que le prétendait Claude, alors elle avait aussi les yeux plats et des proportions rudimentaires et abracadabrantes.

Que pouvait donc bien voir Claude en elle ?

Qu'avait vu Andrew ?

"Vous êtes absolument ravissante", avait dit Andrew, mais peut-être parlait-il de son souvenir. Peut-être avait-il voulu dire "ravissante quand je suis dans l'immeuble d'à côté".

Après le dîner, ce soir-là, elle demanda à Claude de s'allonger avec elle sur le canapé, et tous deux regardèrent la télévision. Elle garda la main de Claude posée contre sa poitrine. "Faites que cela suffise", pria-t-elle.

Mais elle n'en croyait rien. Le monde était trop plein de surprises, il l'effrayait. Tout comme Claude aimait à le répéter, les choses ne semblaient pas les mêmes vues sous des angles différents, des éclairages différents. Pour elle, c'était la preuve que tout dépendait de l'endroit où l'on se trouvait à un moment donné, ou même de qui l'on s'imaginait être. C'était la preuve que sous certains éclairages, le désir surgissait de nulle part.

L'HOMME A DEUX TÊTES

J'ai une mémoire photographique, en couleurs vives. Je suis envahi de souvenirs, principalement des images des rêves que j'ai faits. Une veste en cuir avec quatre tulipes, manger des myrtilles à moitié bourré et renverser des myrtilles par terre, avoir un tronc qui pousse et qui s'avère être le fût d'un arbre, inutile.

Je me souviens de tous mes cauchemars, ils me reviennent en deux fois plus horrible. Mon cœur s'arrête.

Mon cœur s'arrête au fond de ma gorge. La colère me saisit au-dessus de l'oreille gauche, il y a une pression là, comme un doigt qui s'enfonce. La peur est entre les deux yeux. Au lieu d'avoir les intestins retournés, je sens quelque chose qui éclate en haut de mon nez. Au bout de quelques secondes, la sensation, quelle qu'elle soit, se mue en brûlure, une lente combustion qui peut durer jusqu'à cinq minutes. Parfois j'ai une demi-douzaine de ces feux qui brûlent partout en même temps, et se chevauchent.

Le problème, c'est que mes messages cérébraux ne passent pas. Mon cerveau fonctionne comme celui de n'importe qui, il envoie des messages au corps. Mais dans mon cas, les messages rencontrent un barrage routier à la hauteur de la clavicule de Samuel. Tous sont

141

approvisionnés pour effectuer un long voyage, et puis ils doivent faire machine arrière et revenir se garer dans ma tête, avec le moteur qui tourne jusqu'à tant qu'il s'éteigne.

Au-dedans, je suis un fouillis de tissus brûlés. Les scientifiques grillent d'impatience de me voir mourir, pour m'ouvrir et se rincer l'œil. Il y a tout juste deux jours, une chercheuse m'a écrit pour me demander si j'accepterais de faire don de moi à son labo. J'ai songé à répondre : "Pour la tronche, c'est toujours d'accord." J'ai demandé à Samuel de lui écrire et de lui demander un cinq à sept. Si elle ressemble un tant soit peu à Jill St. John, je suis tout à elle.

Une semaine entière, et pas un mot de Karen. Je suppose que je l'ai parée d'un courage qu'elle n'a jamais eu. J'ai toujours su que je n'étais pas fait pour le bonheur, et pourtant le cœur humain soupire. Le Fils de Dieu ne soupirait-il pas ? Et n'a-t-il pas pleuré d'être abandonné ?

Il me vient à l'idée que la souffrance physique endurée par le Christ sur la croix a servi à le détourner de la souffrance plus atroce de l'abandon. Les subtiles miséricordes divines… dont l'homme se mêle ! Dieu m'offre une insupportable douleur, et l'infirmière un calmant. Un calmant ! J'ai pensé à lui dire :

"Si c'était tellement facile, pensez-vous que je me serais servi d'une scie ?"

Mon avocate m'a mis en garde contre mon sens de l'humour désabusé. Elle m'a vivement conseillé de dresser la liste de toutes les façons dont Simon me persécutait. Jusqu'ici j'ai écrit :

— en me mordant l'oreille et en causant ainsi de nombreuses infections chroniques. En hurlant aussi dans cette oreille, et en finissant par provoquer la surdité ;

– en me harcelant régulièrement, moi et tout notre entourage, avec les imprécations les plus méprisables ;

– en me privant de sommeil. En me réveillant au beau milieu de la nuit avec ses hurlements ;

– en me privant d'amour à force de tourmenter ma bien-aimée ;

– en me calomniant. En racontant aux gens que je le piquais avec des épingles, le bourrais de coups et lui brûlais les yeux avec de l'eau de Javel.

Personne ne croyait aux mensonges de Simon. Si je lui faisais du mal, ce n'était jamais volontairement, notre mère m'ayant inculqué la conviction qu'il était ma croix à porter. Ce n'est qu'après la mort de notre mère que j'ai compris que l'intention de Dieu n'était pas que je le porte et le supporte, mais que je m'en défasse. Et même alors je pensais à "m'en défaire" uniquement au sens figuré – le débarrasser de sa faculté de me faire du mal ou de m'influencer. Mais j'étais encore assez naïf, assez présomptueux, pour imaginer que je pourrais le soumettre. Pour la première fois dans nos vies, j'élevai la voix contre lui, et pour la première fois (en dépit de ce qu'il prétendait) je le bâillonnai pour le contraindre à écouter.

Ça ne fait pas un pli, Samuel va me zigouiller. Je l'ai toujours su. La question demeure comment. Et quand. Quand, c'est bientôt, maintenant que la vieille a cassé sa pipe. Comment ? Je vais vous dire un truc, pas avec du poison.

Tout ce que je mange ou bois, il le siphonne. Je demandais toujours à la vieille d'arroser mon café. C'était à se tordre. Moi je biberonne du gin et du café, et ne ressens rien sinon peut-être une agréable chaleur rayonnante, et Samuel dégringole de sa chaise.

Si vous voulez mon avis, avec un cerveau vous avez tout le pouvoir qu'il vous faut. Les médecins vous diront que je ne peux rien foutre, c'est Samuel qui est l'homme complet avec les membres et les organes, et moi je ne suis rien d'autre que cet étron qu'il trimballe sur son épaule. Mais ce que les médecins ignorent, ce que même Samuel ignore, c'est que j'ai développé mon cerveau au point d'être passé maître dans la manipulation extrasensorielle.

Deux ou trois fois, j'ai actionné Samuel comme une télécommande. Un soir, j'avais la pêche. Il se rendait à une réunion de fac, et moi j'ai pensé : Prends à gauche, et le voilà brusquement qui tourne à gauche. J'ai pensé : Traverse la rue, il traverse. Maintenant va à droite, il va à droite. Ce soir-là, je lui ai fait faire mes quatre volontés. Nous sommes allés à la salle de billard, au cinéma. J'ai essayé de l'entraîner dans un salon de massage, celui au coin de la Première et de King, mais peau de balle – le sexe est un domaine où je n'arrive pas à mes fins. Ça me tue. Les femmes viennent toujours vers nous pour pouvoir raconter : Je l'ai fait avec l'homme à deux têtes. Mais Samuel ne croit pas à l'amour avant le mariage. Et son goût, en matière de femmes, a de quoi vous transformer en tapette.

Il y a deux ans, il bandait pour une hygiéniste dentaire. Un mètre quatre-vingt-sept, maigre, pas de menton, des lunettes. Elle nous détartre les dents et se comporte comme si de rien n'était, et s'il y a quelque chose qui me casse les couilles, ce sont les gens qui font semblant de rien. Enfin, on a deux têtes, putain ! C'est nous les vedettes !

Le cœur de Samuel s'emballe. Du coup, je transpire. Mais qu'est-ce qu'il lui trouve ? Je ne sais pas. Je m'en fous, d'ailleurs, parce qu'il n'a jamais invité personne à sortir avec lui. Mais bordel, le voilà qui l'invite à une réunion de fac !

Je suis tout sucre tout miel. Lui donne l'impression qu'elle me plaît bien. J'ai décidé que je veux voir ce qui se passe. Il achète un costume neuf, bleu.

Ce qui se passe, rien. Ils vont à la réunion, rentrent à pied, bavardent de la réunion, s'assoient sur la galerie. Elle se met en quatre pour que je participe à la conversation. Voilà que ça déclenche cette pression au-dessus de mon oreille gauche. Finalement, je le lui dis.

"Montre-nous tes sinistres nibards ou ferme-la.

— Je te demande pardon ? dit-elle.

— Samuel a la trique. Samuel veut te baiser par-derrière."

Elle attrape son sac et s'enfuit à toutes jambes. Vous voulez savoir un truc marrant ? De dos, elle me rappelle Jill St. John.

Pendant la majeure partie de ma vie, à mes yeux Simon et moi étions inséparables – ma croix à porter, comme je l'ai dit. Et pourtant j'avais la foi qu'un jour cette croix ne serait plus si lourde. Je croyais bêtement que Simon finirait par accepter son sort, comme j'avais accepté le mien.

Il entretenait cette conviction. En restant pratiquement silencieux et soumis pendant des
jours, parfois des semaines, il faisait naître
l'espoir en moi et entretenait un sentiment de
profonde pitié. Notre mère pensait qu'il était
en proie à des rêves visionnaires pendant ces
silences. Elle voyait en lui un génie capricieux,
et bien que je sache que "capricieux" était un
mot beaucoup trop gentil pour qualifier ses
crises de rage et ses explosions de grossièreté,
je faisais un effort, tant qu'elle était vivante,
pour le voir à travers ses yeux à elle.

C'était très difficile. J'en voyais beaucoup
plus qu'elle. Je voyais qu'il lui mentait effronté-
ment. Je voyais que le calme qu'il s'imposait
en sa compagnie était totalement intéressé. Il
ne serait jamais venu à l'idée de Simon qu'elle
était capable de l'aimer, même sous son jour le
plus ignoble.

C'était une véritable martyre, notre mère, et
à sa façon douce, elle m'a encouragé à être un
martyr moi aussi. Quand elle lui préparait du
chili, j'étais censé subir en silence les inévi-
tables brûlures d'estomac. Jusqu'à ce qu'elle
meure, je n'ai jamais eu à le nourrir ni à lui
faire sa toilette – elle tenait beaucoup à ces
tâches – mais il était entendu que je me plie-
rais toujours à ses fantaisies. Je tentais de le
faire, en tirant ma force d'elle. Personne n'était
plus patient ni plus humble.

Sauf, je regrette de le dire, quand elle buvait.
Alors elle devenait quelqu'un d'autre, la complice de Simon. Son changement de personnalité était proprement terrifiant. Mais je ne me
pose pas en juge. J'ai lu que l'alcoolisme est une
maladie, et de toute façon sa résistance était
constamment en état de siège. Il fulminait contre

elle pour qu'elle sorte la bouteille. Il m'a esquinté le foie.

Je viens d'ajouter ceci à la liste : "En buvant trop, en m'esquintant le foie." Ayant passé la majeure partie de ma vie à ignorer les provocations de Simon, j'ai du mal à me les rappeler toutes. Je suis souvent distrait par la douleur. Et par le silence. Le silence est très bizarre, il m'est très étranger. Je dois avouer que l'absence de Simon a beau être une bénédiction, je vais mettre un certain temps à m'y habituer. Imaginez ma vie. Imaginez une tête à cinq centimètres de la vôtre, une tête qui, selon son angle naturel, se trouvait face à votre oreille droite. Imaginez-vous sentir un souffle chaud à chacune des respirations de la tête, sentir son haleine, souffrir d'une irritation permanente à l'épaule parce que la bouche bave. Imaginez-vous le poids de la tête, la tension infligée à votre cou et à votre colonne vertébrale. Imaginez-vous sans un seul moment de solitude.

Et puis, brusquement, la solitude à longueur de temps. En treize jours, j'ai vu mon avocate deux fois, le chirurgien une fois, et personne d'autre. Je vois des infirmières, bien sûr, mais elles viennent et repartent en toute hâte, on peut difficilement les considérer comme des visiteurs. La plupart du temps, et pour la première fois de ma vie, je suis seul. Dans cette chambre étonnamment silencieuse. Le téléphone semble être débranché. Hier je l'ai porté à mon oreille sourde, simplement pour la sensation de pouvoir porter un récepteur téléphonique de ce côté-ci de ma tête. Quand mon épaule aura guéri, je verrai comment dormir sur ce côté.

Je me demande pourquoi le policier qui garde ma porte n'entre jamais. Peut-être craint-il de passer pour l'un de ces amateurs de frissons qu'il est chargé de refouler. Il a une toux de fumeur. Comme moi, et voilà encore de quoi allonger la liste : "En fumant cigarette sur cigarette. En encrassant mes poumons et en faisant monter ma tension."

De temps à autre, le policier siffle. Il faut que je demande à l'une des infirmières de le prier d'arrêter, car sous l'effet des calmants j'ai cru que c'était Simon. Simon était un siffleur hors pair, et en général j'aime entendre siffler juste, mais quand j'entends le policier, je suis envahi par une terreur irrationnelle à l'idée que c'est Simon qui repousse. Il détestait la vie, et on pourrait penser qu'il se réjouirait de l'avoir quittée, mais il s'aimait.

A ma surprise, j'ai réfléchi plutôt calmement à la question de l'amour ces derniers jours. J'ai abordé le sujet d'un point de vue intellectuel, en me posant des questions telles que : qu'est-ce que l'amour ? Qu'entend donc la Bible par amour ? Quel genre d'amour est sanctifié ? J'ai qualifié notre mère de véritable martyre parce qu'elle aimait Simon sans réserve, et pourtant je ne peux pas m'empêcher de penser qu'aimer quoi que ce soit d'aussi malfaisant doit être une erreur. L'amour entretient et soutient le sujet aimé. L'amour est dangereusement aveugle, pathétiquement vulnérable.

Simon le savait. Pour ses besoins égoïstes, il recherchait l'amour. Dans mon cas, il était coincé entre vouloir que je l'aime et que j'ignore ainsi ses machinations, et vouloir que je l'aime pour pouvoir me blesser plus cruellement encore. Arrivée notre adolescence, je connaissais ses combines, et de toute façon il ne s'y intéressait plus. Avant, pourtant, il m'arrivait de succomber à ses charmes. Il avait le don, à l'époque, de deviner mes pensées et de les exprimer avec une belle simplicité qui m'arrachait des larmes.

Je me souviens d'un soir, j'avais neuf ou dix ans. Je m'étais réveillé d'un rêve où notre mère m'avait offert un blouson en cuir semblable à celui d'Elvis Presley. J'étais un fervent admirateur d'Elvis. Cela me paraît étrange à présent.

Le blouson de mon rêve était merveilleux. Deux tulipes ornaient chaque épaule. Je m'étais réveillé affreusement déprimé, parce que ma mère avait beau m'aimer à la folie, elle n'aurait jamais les moyens d'acheter un tel trésor.

J'étais resté au lit un bon moment, m'attendant à entendre d'un moment à l'autre Simon gémir qu'il voulait son petit-déjeuner. Mais il n'a rien dit jusqu'à ce que je sois habillé, et puis il a lancé d'une voix si mélancolique, tellement dénuée de tout ridicule :

"Moi, j'avais un blouson en cuir avec quatre tulipes."

Il ne peut même plus me regarder droit dans les yeux. Il me rase, me brosse les dents, nos regards se croisent dans la glace, il détourne les yeux.

Evidemment, c'est le sentiment de culpabilité. Le sentiment de culpabilité d'un chrétien, y a rien de mieux, rien de plus fort et de plus à côté de la plaque. Doux Jésus, je déteste les chrétiens. Toujours à prier pour obtenir quelque chose pour eux. Quand nous étions gamins, Samuel priait – à haute voix afin que j'entende – pour que je ne sois plus là le lendemain matin.

Un vrai saint, Samuel. Se balade avec une Bible, souffre en silence. Mais laissez-moi vous dire quelque chose. Le saint, ici, c'est moi. Haut la main.

Parce que je suis garanti pur. Je ne peux pas commettre les trois crimes les plus odieux, ce que la loi et la Bible considèrent comme les trois crimes les plus odieux – l'assassinat, le vol et l'adultère. Putain, je peux même pas me branler. Non, c'est des conneries, il s'en faut de beaucoup que la pensée soit aussi détestable que l'acte. Réfléchissez-y.

Je ne dis pas que Samuel a commis le moindre crime, grand ou petit. Pas encore. Il ne s'est même jamais tripoté, à moins qu'il l'ait fait pendant mon sommeil. Ce que je dis, c'est que même s'il ne m'assassine pas (ce qu'il fera), le potentiel pour m'assassiner ou pour commettre tout autre crime est en lui, parce qu'il a un corps avec lequel commettre ces crimes.

Le corps est une arme. Samuel et tous les autres portent une arme, ou encore, de mon point de vue, ils sont de la graine de criminel.

Tandis que moi, la graine… Je n'ai aucun potentiel, je suis garanti pur. La foutue Vierge Marie.

Donnez-moi une cigarette. Que savez-vous des bouddhistes zen ? J'ai entendu dire qu'à leur avis il suffit de contempler un truc assez longtemps, un truc idiot et simple, n'importe quoi, mais plus c'est idiot et simple mieux c'est, et si on se contente de le regarder et de le contempler, on finit par atteindre un état de sainteté.

Admettons que ce soit vrai. Alors c'est une preuve supplémentaire que je suis le salopard le plus saint de tout l'univers. Voilà trente-neuf ans que je regarde dans son oreille. J'en connais chaque poil, chaque pore. Evidemment, je peux me tordre le cou, mais droit devant c'est

en face de son oreille. Je me réveille, la première chose que je vois c'est son oreille. Et il
n'y a rien de plus bête qu'une oreille. Rien de
plus insensible. Un œil, une bouche, un nez,
ça fait des trucs – ça cligne, ça se plisse, ça
éternue. Ça communique. Mais une oreille ne
fait qu'écouter. Prend tout, ne rend rien.

Je rêve que j'habite dans son oreille. Je suis
petit. Le monde entier est son oreille. Il y a le
tunnel qui entre dans sa tête, mais je l'évite.

Mon épaule suppure, et les quelques croûtes
qu'il y a enflent et forment des bosses grosses
comme des prunes. "Ça cicatrise gentiment", a
signalé l'infirmière de jour.

Est-elle folle ? J'ai exigé de parler au chirurgien.

"Nous verrons", a-t-elle répondu de cette voix
enjouée, absolument exaspérante, que prennent les infirmières pour humilier et punir.

Putain de salope. Les mots ont jailli dans ma
gorge comme de la bile, mais je ne les ai pas
prononcés. Je me suis cramponné à ma douleur
pour y puiser de la force. Il n'y a rien d'autre.
Imaginez une pointe de lance fondue s'enfon-
çant éternellement dans votre chair. Pas de
soulagement, même pas pendant le sommeil.

Comme si je n'avais pas assez souffert. Toute
ma vie, je me suis efforcé de porter mon excep-
tionnel fardeau avec grâce, et même avec grati-
tude d'avoir été ainsi choisi. Quand enfin je l'ai
expulsé, ma rage était la rage de Jésus expul-
sant les démons au travers de Belzébuth. Pourquoi Dieu me punit-il pour mon acte d'ascension ?
Elève-toi ! nous ordonnent les Saintes Ecritures.
Elève-toi vers le royaume de la pureté !

Si ce n'étaient les lettres que je reçois d'inconnus du monde entier, je ne sais comment je tiendrais. Sans exception, les correspondants m'offrent leur compassion. Ils n'arrivent pas à comprendre l'accusation de meurtre. Un étudiant en droit a écrit :

"La loi n'a pourtant pas besoin d'un précédent sur lequel appuyer les jugements concernant toute future autodécapitation." Bien des gens ont souligné que c'est le fait de posséder une âme, et non un cerveau, qui définit l'être humain.

J'ai reçu sept offres pour vendre l'histoire de ma vie. L'une d'elles est venue d'un homme qui m'a interviewé il y a des années. Il était *script doctor* dans *L'Incroyable Greffe à deux têtes*, un film qui m'a blessé au vif par sa description de la tête hôte sous les traits d'un gros crétin pathétique. Au moins, on y dépeignait correctement la tête parasite comme étant malveillante. Je n'ai pas vu les deux autres films à deux têtes mais j'ai entendu dire que, dans tous, les têtes parasites sont pareillement malveillantes, et ceci m'a conduit à me demander si les réalisateurs de cinéma connaissaient ma situation, ou s'il était simplement entendu que toute intelligence parasite doit être diabolique.

Ce n'était certainement pas l'opinion de notre pauvre mère. Elle appelait Simon le contraire, en fait – l'ange sur mon épaule, mon ange gardien. Je suis convaincu que ces mots tendres perturbaient Simon autant que moi. Vers la fin, quand elle était hospitalisée et qu'elle ne pouvait plus lui servir à rien, il lui a lancé, et je cite : "Arrête tes conneries." En tourmentant notre mère. Je l'inscris sur la liste.

Ma main tremble. Dieu tout-puissant, la douleur, même pour bouger le bras ! Les piqûres n'ont plus d'effet. Je me rends compte à présent que les infirmières sont des accros à la drogue, qui m'injectent dans les veines une solution sucrée pour pouvoir se piquer avec ma morphine. C'est la raison pour laquelle elles m'empêchent de parler au chirurgien, elles ont peur que je les dénonce. Bien que le raconter au psychiatre qui était ici hier n'ait pas changé grand-chose.

"Est-ce vraiment ce que vous pensez ?" a-t-il demandé, en insinuant que je souffrais de psychose paranoïaque. Un psychiatre nommé par le tribunal, résolu à prouver que je suis fou.

"J'ai cherché à me débarrasser d'une monstruosité, lui ai-je expliqué. Vous ne pouvez qu'approuver. Il n'y a pas d'acte plus sensé.

— Mais vous appartenait-il de vous débarrasser de Simon ?

— A qui d'autre, sinon à moi ?

— N'avait-il pas le droit d'exister ?

— Le mal a-t-il le droit d'exister ?"

Les yeux du psychiatre brillaient. Il est jeune, la polémique le passionne.

"Admettons que je vous l'accorde, Simon était mauvais. Admettons que je vous l'accorde, il vous appartenait de le tuer. Croyez-vous qu'en tuant le mal vous vous débarrassez du mal ? N'est-ce pas l'acte de tuer un être, aussi mauvais soit-il, et pour autant qu'il vous appartienne, qui est mal ?

— Non", ai-je dit.

Je l'ai dit d'une manière hésitante, car bien que je ne doute pas un instant que tuer un être mauvais est impératif et juste, je doute sérieusement que ce soit possible. Je ne peux pas m'empêcher d'associer la douleur atroce dans mon épaule avec les vestiges de son caractère.

En effet, tandis que la plaie enfle et écume à la façon d'un brouet de sorcière, je me vois de plus en plus convaincu qu'il est en train de repousser. Dieu lui-même ne pourrait pas détruire Lucifer, et la physique nous enseigne que dans l'univers rien ne se perd, ni élément ni énergie.

J'ai pensé dire à Samuel : Tu veux me zigouiller, je vais te faciliter les choses – engage une pute, fais-la asseoir sur mon visage et qu'elle me baise à mort.

Je lui donne deux jours encore, une semaine à tout casser. Il a cette idée en tête, je l'ai lue en lui. Maintenant ce n'est plus qu'une question de provocation. La balle est dans mon camp.

Il ne se passe rien d'autre, pourtant. Il veut que je débarrasse le plancher, mais en même temps il est préoccupé de ne plus être ce grand stoïque, cette putain de belle affaire, le seul et unique homme à deux têtes. Il me zigouille, et il devient un quidam normal à une tête, et peut-être qu'il n'intéressera plus autant Karen. Peut-être que par en dessous, elle n'est qu'une autre fan de monstres.

Mais si, je vous en ai parlé. Karen, sa fiancée. Laide comme le péché, une cruche, qui va sur ses trente ans, toujours vierge. Toujours à me prendre du bon côté. Tenez, il y a deux jours. Elle insiste pour m'offrir un livre.

"D'accord, je dis. Va chez Core – vous savez, la librairie qui vend du porno – et prends-moi *Raide en selle*.

— Oh ! piaille-t-elle, un western !"

Samuel sait ce que je mijote, mais il n'arrive pas à le lui faire comprendre, voilà à quel point elle est cruche. Alors elle file, achète le livre, revient et se met à lire tout haut des histoires de jute et de gros dards brûlants avant de piger.

Puis elle devient rouge betterave, mais putain de bordel elle continue à lire ! Et pendant tout ce temps, Samuel essaie de l'arrêter. Et essaie de cacher qu'il a l'érection de sa vie.

Nous la retrouvons chez Folio, le café qui vend des livres. Nous n'avions pas l'habitude de sortir si souvent, Samuel avait peur de ce que je risquais de raconter. Mais nous sortions quand même pas mal, tout bien réfléchi. Il prend un vertueux plaisir à ce que les gens soient témoins de ses souffrances. Depuis que la vieille est morte, pourtant, il me bâillonne. Il s'avère qu'une tête parasite bâillonnée vous vaut encore beaucoup de compassion, surtout si vous racontez aux gens que si vous devez contrôler la tête, c'est pour son bien parce qu'elle est sujette aux crises.

Voilà le baratin qu'il a servi à Karen. Elle, ça l'a branchée aussi sec. Cinq minutes plus tard, elle voulait déjà lui consacrer sa vie.

Bon Dieu, il pense vraiment qu'elle sera heureuse d'être son épouse. Il pense que tant qu'il me gardera bâillonné, ils formeront tous les deux un couple normal et heureux. Pourquoi bon sang ne la baise-t-il pas de temps à autre et basta ? La pauvre idiote n'a pas idée d'où elle met les pieds.

Je l'aurai prévenue, pourtant. Dès que le bâillon tombe, je dis : "Barre-toi." Elle se contente de sourire, croit qu'elle peut se débrouiller. Sa bouche n'est pas si mal. Vous connaissez la bouche de Jill St. John ? Pareille. Embrasse-moi et mets la langue, je lui dis. Elle me fait un petit baiser sur la joue. Je lui dis de me laisser lui bouffer la chatte. Elle continue à sourire. Il faut lui accorder ça.

J'ai renvoyé mon avocate pour incompétence et abus de confiance. Depuis le début, elle avait prévu que je plaide la démence passagère.

"Mais nous étions d'accord", a-t-elle protesté, comme si la tromperie était de mon fait, et la rage qui m'a saisi a été telle que j'avoue l'avoir abreuvée d'injures.

J'assurerai ma propre défense. J'affronterai seul mes oppresseurs. Comme il se doit.

D'où me vient ma force, je n'arrive pas à l'imaginer. Mes prières restent sans réponse, et les lettres que je reçois à présent sont celles de putains ou de détraqués. Ma douleur n'est plus supportable. La plaie a enflé jusqu'à devenir un énorme et hideux furoncle, que tout le monde dans cet hôpital feint de ne pas voir, sans parler de s'en inquiéter. Hier matin, finalement, le chirurgien est passé.

"Ça se remet comme il faut, a-t-il déclaré. Vous ne devriez pas avoir trop mal."

J'étais sidéré.

"Imbécile ! ai-je hurlé. Ouvrez les yeux !"

Et puis j'ai vu qu'il avait le regard froid et fuyant des infirmières toxicomanes, et j'ai compris qu'il était de mèche avec elles.

"Qu'on prépare les papiers, ai-je annoncé. J'ai décidé de quitter l'hôpital.

— Vous êtes en état d'arrestation, je le crains, a-t-il répondu. Sortez d'ici et vous allez droit en cellule."

L'abandon est le prix de la pureté. Quand Simon était sur mon épaule, j'avais parfois la nostalgie de ressembler aux autres hommes. Mais je ne suis pas comme les autres hommes. Moins que jamais, maintenant que je leur ressemble, je suis pareil aux autres hommes. De quelle façon peuvent-ils me juger ? Comment peut-il y avoir un jury de mes pairs ? Je m'attends à une injustice flagrante. En dépit de quoi j'ai travaillé à mon affaire – à la seule force de ma volonté, en me tirant des feux de la douleur pour prendre des notes et donner des coups de téléphone.

D'abord, j'ai été surpris de découvrir que mon téléphone était branché, mais ensuite j'ai compris, évidemment ! Ils veulent écouter mes conversations ! Quand je décroche, avant de composer un numéro, je salue aussi les intrus.

"Allô, les voyeurs, dis-je d'un ton cordial. Bon après-midi, cohortes de Satan."

J'essaie heure après heure de joindre Karen, mais elle s'est acheté un répondeur.

"Je vous rappellerai dès que possible", promet-elle avec la voix d'une pute qui racole.

De toute évidence, elle a déjà rempli le vide que j'ai laissé.

Quand je pense que j'ai failli l'épouser ! Il est clair à mes yeux, à présent, que ce que je prenais pour une sainte patience n'était que perversion. J'avais choisi de croire qu'elle subissait en silence les remarques obscènes de Simon, alors qu'à la vérité elle leur faisait bon accueil. Les encourageait ! Voilà pourquoi elle désapprouvait qu'il soit bâillonné. Je ne veux plus rien avoir à faire avec elle, mais malheureusement je dois lui parler pour préparer ma défense.

Sans me soucier de la version des événements de ce soir-là, je n'ai pas l'intention de me disculper en arguant que j'ai été provoqué par un quelconque acte de Simon. Soit, j'ai agi sous l'empire de la colère, mais l'idée que je devais me débarrasser de lui grandissait en moi depuis longtemps déjà. Ma défense sera simplement qu'il était, et a toujours été, un démon enchâssé dans ma chair, qu'il était une incarnation de ce que les Ecritures prescrivent à chaque homme de supprimer en lui. Ma défense sera que c'était mon droit – comme c'est le droit et l'obligation de chaque homme – de supprimer le mal qui m'habitait.

Une défense, d'ailleurs, dont Karen pourrait remercier sa bonne étoile. Si j'ai été provoqué par Simon, alors Karen était sûrement sa complice. Le soir en question, elle qualifia de cruel le fait que je le bâillonne, puis éclata en sanglots. J'étais tellement affolé que j'achetai une bouteille de whisky que je bus presque entièrement, et pendant que je buvais Simon réussit à cracher son bâillon. Il se mit alors à délirer avec un sadisme sans précédent, blasphémant contre tout ce que j'ai toujours chéri – notre mère et Karen, sans nul doute, mais aussi chaque souvenir, chaque espoir, chaque rêve qui m'était précieux. C'était horrible, surnaturel par son ampleur et son aspect intime.

Il devait savoir ce que je m'apprêtais à faire, pourtant il s'obstina. Même au moment où je ramassai la scie, même quand je l'appliquai contre son cou. Dieu du ciel, même pendant que le sang giclait.

J'ai un besoin maladif de whisky pour son effet sédatif. Je n'arrive pas à croire que quiconque a souffert davantage. Manifestement, il convient de percer cette grosseur sur mon épaule. Le poison la fait palpiter. S'il n'y a pas de chirurgien pour s'en occuper, je m'en chargerai moi-même.

Nous sommes dans un restaurant. Il y a deux ans passés. Je jurerais que je vois Miss St. John juste au moment où elle s'en va. Je demande à la serveuse :

"Arrosez-moi ce café, j'ai cru voir Jill."

La serveuse répond : Pas question.

"Votre frère est en train de lire la Bible", voilà son excuse.

J'ai deux solutions. J'opte pour la plus calme. La pression au-dessus de mon oreille gauche se mue en brûlure tandis que je me drape dans mon mystère et ma dignité.

Un rêve me revient, celui où je suis un arbre. Sève en guise de sang. Tronc, pour ainsi dire. Cauchemars de haches... tremblements du haut en bas de mon fût. L'automne, par ailleurs, ne m'inquiète pas. J'ai connu suffisamment de saisons pour savoir que l'impression de mort n'est que provisoire.

LES LÉZARDS

1

La musique – les Pointer Sisters qui chantent *I'm So Excited* – est beaucoup trop forte. Certaines des femmes se bouchent les oreilles. Le Bolide s'en fiche. Il se pavane, va et vient en faisant semblant de chanter. Il a des dents déplorables, de travers et proéminentes, et il y a un trou en haut à gauche, là où il en manque au moins deux. Chaque fois qu'il arrive au bout du podium, il remue la langue et fait voltiger sa cape noire pour offrir un aperçu de son long pénis blême. Emma commence à se demander s'il va en rester là quand il lève les bras et se met à onduler des hanches d'avant en arrière. Son pénis bat comme une nouille. Les femmes hurlent.

Sauf Emma. Et Marion, qui semble incapable d'ignorer son acné.

"Il en a plein le derrière ! hurle-t-elle à l'oreille de son amie quand le Bolide se met face au mur.

— Attention", lance Emma.

Le Bolide a soudain sauté au pied de la scène et se dirige en dansant vers elles. Mais c'est la femme qui est assise de l'autre côté d'Emma qu'il a prise pour cible. A cinq centimètres de son visage, il recommence à onduler des hanches.

"Ce qu'il a sur le cou, on croirait des tuiles", signale Marion à Emma. Elle se penche au-dessus de la table pour mieux y voir. "Je suppose qu'on en a pour son argent, conclut-elle, en faisant allusion à la gratuité de l'entrée.

— Ça se discute", répond Emma. Elle, c'est à ce que le Bolide vient de dire à la femme qu'elle fait allusion. "Il a dit : «Pour dix dollars, je vous la colle dans votre verre.»"

Marion plaque une main sur son verre de vin.

La femme a eu la même réaction. Elle a à peu près l'âge d'Emma, trente ans. Elle continue à secouer la tête, jusqu'à ce que, comme par vengeance ou par vanité, le Bolide l'enferme dans sa cape. La femme pousse un cri étouffé. Le Bolide ouvre les bras, triomphant, puis se lance dans des moulinets compliqués et frénétiques de sa cape tout en montant à reculons les trois marches qui mènent à la scène. Sous le projecteur fixe, il tourne le dos au public, lève les bras et se remet à agiter les hanches d'avant en arrière. De plus en plus vite.

La musique s'arrête. Pas comme elle est censée le faire, mais comme si le saphir avait sauté du disque. Le Bolide s'immobilise, les jambes pliées, le sexe en avant. Une bonne trentaine de secondes s'écoulent et puis la lumière du projecteur descend. Le Bolide ne bouge toujours pas. Des femmes se mettent à glousser et à échanger des regards d'hésitante hilarité, Marion donne un coup de coude à Emma, mais celle-ci est en train de penser que vu de derrière et dans cette lumière, il n'est pas mal... belles épaules, joli petit cul, longues cuisses...

Le projecteur et les lumières de la salle se rallument, et Hal, le propriétaire du bar, hurle :

"Plus fort ! Mesdames, le Bolide Reynolds !"

Le Bolide recule d'un bond pour révéler la demi-érection qu'il a réussi à obtenir pendant qu'il se tenait immobile, une vision fugitive, puis il pose la cape sur son bras à la façon d'un toréador et sort de scène à grandes enjambées.

"Allez, mesdames, montrez-lui que vous l'aimez !"

Applaudissements nourris, quelques sifflets. Même la femme dont il a enveloppé la tête applaudit. (Les gens de ce bourg sont tellement polis ! Quand Emma et son mari, Gerry, ont quitté la ville pour venir s'installer ici, il leur a fallu apprendre qu'un inconnu qui vous fait un signe de la main quand vous passez en voiture ne vous fait pas signe de vous arrêter.) Ce qui se passe ici va pourtant plus loin que les bonnes manières, se rend compte Emma. Les femmes *veulent* applaudir, elles veulent s'amuser ce soir, "soirée dames", l'a intitulée Hal, en remplaçant les habituelles serveuses aux seins nus du Bear Pit par ce qu'il prétend être des gars de Miami Beach. Il l'annonce à présent, en essayant de susciter les applaudissements.

"Venu tout exprès de Miami Beach, en Floride !"

Marion se campe au-dessus de son verre et jure de sa voix surexcitée que Craig, son nouveau petit ami, va la tuer. Elle a un aimable et ravissant visage, et des manières de grand-mère qui confèrent à l'animalerie qu'elle tient une atmosphère accueillante de refuge pour animaux. Ce qui a d'abord attiré Emma chez elle, c'étaient ses histoires haletantes d'horribles morts d'animaux. Un border collie manque à l'appel au moment où le foin est moissonné et botté ; des mois plus tard, l'agriculteur ouvre une des bottes, d'où tombe la tête mutilée et

163

pourrissante du chien. Une perruche s'envole dans la cuisine et va se percher sur un poêle à bois brûlant où ses pieds fondent aussitôt comme de la cire, et ses pattes maigrelettes s'enflamment et finissent réduites en cendres.

"Je veux dire, s'explique à présent Marion, je pensais qu'il y aurait, tu sais, des trucs, là, des slips de sport." Elle tire un mouchoir brodé de sa manche et se mouche. "Pourquoi ne m'as-tu pas prévenue ?

— Je ne savais pas, avoue Emma. L'unique fois où j'ai vu des types faire ça, ils portaient des strings."

C'était sept ans plus tôt. Le même soir, Emma avait aussi vu des danseuses sur table pour la première et la seule fois de sa vie. Elle se doutait qu'elle était enceinte, mais n'avait pas encore subi le test et n'en avait parlé à personne, alors elle buvait, elle partageait une carafe de vin avec Gerry dans le patio d'un restaurant du centre, juste en face d'un nouveau bar surmonté d'une enseigne au néon, *25 Girls 25*. Gerry, qui avait entendu parler du bar par des types du bureau, lui garantit qu'elle trouverait ça insupportable, mais elle décréta qu'elle irait, avec ou sans lui.

On se serait cru sous l'eau là-dedans, dans une mare boueuse. C'était sombre, enfumé. Silencieux parce qu'on était entre deux représentations. Tout autour de la pièce, telles des algues dans le courant, des femmes sveltes et nues se tenaient sur de petites tables rondes et se contorsionnaient lentement pour des hommes qui étaient assis juste au-dessous et levaient les yeux vers elles. Les hommes parlaient à peine

164

et ne bougeaient pas, sauf pour prendre leur verre ou leur cigarette.

Comme si personne ne la voyait (et personne ne semblait la voir), Emma se tortillait sur son siège et regardait de tous ses yeux, pendant que Gerry essayait d'attirer l'attention de la serveuse, vêtue d'un T-shirt qui proclamait "Mieux vaut niquer que paniquer". Emma lui demanda s'il voulait engager une danseuse pour leur table.

"C'est un genre d'épreuve, ou quoi ?" s'indigna-t-il. Il jeta un bref regard autour de lui. "Tu es la seule femme ici qui ne soit ni une danseuse ni une serveuse, remarqua-t-il.

— Ça m'est égal."

Il lui sourit et secoua la tête. Elle lui pressa la jambe. Elle était excitée, non pas par les corps des femmes (qui n'éveillaient en elle rien d'autre que la résolution de se mettre au régime), ni par ce que certaines femmes ressentaient peut-être. C'étaient les hommes qui la mettaient dans tous ses états, ce qu'*ils* ressentaient. Ils s'en mettent plein la vue, pensa-t-elle, même s'ils ne paraissaient pas en tirer le moindre plaisir. En fait, ils étaient presque sinistres. On eût dit qu'ils étaient enfin venus à la vraie et brutale raison de leur existence.

"Y a-t-il des danseurs sur table ? s'informa-t-elle.

— Pas que je sache, répondit Gerry. Juste des strip-teaseurs.

— Je me demande s'il y a des boîtes de ce genre par ici.

— Pourquoi ?

— Allons-y."

Il rit.

"Pourquoi pas ?" Elle plaqua la paume de sa main sur le sexe de Gerry. "Hé", fit-elle en riant.

Il bandait.

Il lui sourit à son tour mais lui prit la main et la reposa sur ses genoux.

"Qu'est-ce que tu croyais ? dit-il.

— Mon cœur", roucoula-t-elle, en fourrant son nez contre son épaule.

Il était encore mince et ambitieux à l'époque, dans son costume à fines rayures d'agent de change. Elle a la nostalgie de ses yeux. Elle l'a avoué à sa mère récemment, qui a répondu : "Ils avaient pourtant un côté sans vie. Quand il clignait des yeux, je te jure que j'entendais le déclic de ses paupières."

A ce propos, Gerry aurait assuré : "J'étais au paradis." A la moindre mention de l'homme qu'il était autrefois, le voilà aussitôt qui prétend qu'à l'époque, avant l'accident, il était dans un état d'extase. "L'accident", c'est ainsi qu'il en parle, ce qui fait un drôle d'effet à Emma.

*L'*accident. Elle a remarqué qu'il emploie l'article défini dans deux ou trois cas sujets à caution, quand il s'agit de leur mariage, par exemple. "*Le* mariage", dit-il. Et aussi "*le* poids", "quand je perdrai *le* poids", comme si elle et l'obésité étaient deux coups de tonnerre dans un ciel bleu.

Quand la serveuse arriva enfin, Emma apprit grâce à elle qu'il y avait une boîte de strip-tease masculin à deux rues de là seulement. La serveuse prit leur commande, mais disparut ensuite si longtemps que Gerry dit : "Allez viens, on s'en va", alors même qu'une sculpturale danseuse noire avec des lunettes en écaille gravissait les marches menant à la scène.

Emma resta en arrière.

"Oh, allez, fit-elle. Ça risque d'être bien.

— Je ne peux pas regarder avec toi tout près, avoua Gerry, en repoussant son siège.

— Et pourquoi pas ? Moi, ça ne me dérange pas.

— Mais je ne viendrais même pas là tout seul", insista Gerry.

Il avait l'air triste.

Ils partirent donc, mais elle l'entraîna au bout de la rue vers la boîte de strip masculin.

"Tu sais, regarder ce n'est pas baiser, lui assura-t-elle au moment où ils entraient. Danser non plus, ce n'est pas baiser.

— D'accord, convint-il. Et fantasmer ce n'est pas baiser. Les préliminaires ce n'est certainement pas baiser."

Il avait l'air de ne pas savoir du tout de quoi il parlait.

L'endroit était bondé. Une majorité de femmes, avec tout de même quelques hommes. Emma et Gerry étaient assis avec quatre Noires tapageuses à une table près de la sortie. Les femmes se servaient toutes des mêmes fume-cigarettes en argent, qu'elles serraient entre leurs dents pour pouvoir taper dans leurs mains sur la musique – la chanson de la bande originale du dessin animé *Grandgallop*, Emma la reconnut au bout d'une minute. Sur scène, deux hommes coiffés de chapeaux de cow-boy, portant des *chaps*, des bottes avec éperons et des strings à franges en cuir, se tapaient sur le cul, faisaient tournoyer des lassos et chevauchaient des chevaux sauvages imaginaires qui lançaient des ruades.

"Des homos", souffla Gerry à l'oreille d'Emma.

Il paraissait satisfait.

Emma haussa les épaules – peut-être. Ce n'était pas ça, pourtant. Que les danseurs paraissent homos n'expliquait pas pourquoi il ne se passait ici rien d'érotique. Elle croisa les bras, déçue.

Elle essaya de se perdre dans les corps des danseurs, mais leur tenue la distrayait. Elle se sentait tout entière qui se repliait, fuyait la lumière et le bruit, la musique imbécile, les rires.

Le numéro suivant était un amiral qui s'effeuillait et dont le grand finale consistait à tourner le dos au public, ôter son string, puis se retourner avec son gant blanc saluant au bout de son érection. Gerry éclata de rire et applaudit.

"On peut y aller maintenant ?" demanda Emma.

Dans la voiture, ils se disputèrent pour savoir si les femmes dans la boîte avaient été excitées.

"C'était bien l'impression qu'elles donnaient", remarqua Gerry.

Emma dit qu'elles s'amusaient bien, mais que c'était une parodie, c'étaient des femmes qui mimaient ce qu'elles pensaient être les réactions des hommes.

"Je suis une femme, je sais ce que ressentent les femmes", assura-t-elle, et il le lui accorda, bien qu'elle se rendît soudain compte que ce n'était pas vrai. Elle n'avait pas la moindre idée de ce que ressentaient les autres femmes. Il lui vint à l'idée qu'il lui manquait peut-être des traits de caractère entiers – l'ironie et la prudence.

Après avoir quitté le Bear Pit, Emma et Marion retournent dans l'appartement de celle-ci au-dessus de l'animalerie, et Marion reconnaît que ce sont les seuls pénis humains qu'elle ait jamais vus en dehors de celui de Craig et de son ex-mari. Ils lui font apprécier celui de Craig, conclut-elle.

"Quelle importance s'il n'est pas si gros que ça ? dit-elle. Qui veut un Bolide ou un Sous-Marin...

— Il n'y avait pas de Sous-Marin, assure Emma.

— Bah, comment s'appelait le type roux ?

— La Torpille.

— Ah ouais, la Torpille." Marion verse le café dans des tasses en porcelaine avec soucoupe. "Enfin, qui veut d'une torpille dans son vagin, en tout cas ?

— Pas moi", ment Emma.

Plus tard, en rentrant chez elle en voiture, Emma pense au pénis parfait de Gerry et ne peut s'empêcher de regretter qu'il n'ait plus son corps parfait, davantage pour lui que pour elle, pourtant, parce qu'en vérité elle n'en continuerait pas moins d'avoir des aventures dans son dos. Gerry se doute de quelque chose, mais il croit que c'est Len Forsythe et que c'est fini. Il n'a pas la moindre idée que c'est toujours Len, et qu'il y a six mois c'était le frère jumeau de Len, Hen, et la semaine dernière un splendide crétin qui portait un casque de chantier (pas au lit, mais il avait d'abord ôté tout le reste) parce qu'il était convaincu que le jet-stream fait tomber les cheveux. Gerry ne croirait pas qu'ils sont si nombreux, même si elle lui montrait des photos, et cela servirait à quoi qu'il le croie ? se demande-t-elle. Comment ce genre de vérité rendrait-il plus heureux un homme tel que Gerry, ou mieux équipé pour vendre des obligations ?

Dans la succursale de trois employés où Gerry travaille, il touche moins de deux cents dollars par semaine de commissions. Emma cherche à le réconforter quand elle dit :

"Ce n'est pas comme si tu te crevais au boulot", mais elle incrimine le fait que tous ses clients, hérités d'un type qui a pris sa retraite, tombent comme des mouches. En général, il le découvre au petit-déjeuner en lisant la chronique "Décès" du *Colville Herald.*

"Soudain, lit-il à haute voix, dans sa quatre-vingt-cinquième année…"

Heureusement, la petite entreprise de toilettage de chats d'Emma a décollé, dans cette ville où elle s'imaginait qu'elle s'en sortirait bien si elle rentrait dans ses frais au bout d'un an. Emma a grandi dans un endroit semblable à celui-ci. Elle sait que dorloter les chats, dans les petits bourgs, c'est les laisser dormir à l'intérieur. Ce sur quoi elle ne comptait pas, c'était sur toutes ces vieilles dames seules, certaines d'entre elles étant les épouses des clients décédés de Gerry, qui auraient volontiers dépensé beaucoup plus d'argent que ce qu'elle prend, simplement pour avoir quelqu'un à qui parler pendant trois quarts d'heure.

A cause de sa blouse blanche et de ses instruments de toilettage en inox, elles croient qu'elle appartient au corps médical. Elles supposent qu'elle sera intéressée d'entendre les épouvantables et humiliants détails de la dernière maladie de leur mari, ou de leurs propres maladies, or il s'avère qu'elle *est* intéressée et, le plus souvent, son profond intérêt les ramène une semaine plus tard avec des biscuits faits maison, des bocaux de confitures ou de petits légumes au vinaigre et, incidemment, le chat.

Evidemment, il y a aussi des gens qui viennent vraiment pour le bien de leur animal. Avec eux, Emma est tenue d'assumer le plus gros de la conversation. Ils lui tournent autour. Pour les distraire des procédures difficiles (couper la fourrure emmêlée, nettoyer les oreilles), elle leur demande s'ils savent que les chats préfèrent l'opéra italien à la musique country-and-western.

que selon un sondage, plus vous avez de chats plus il est probable que vous souhaitiez que Sonny et Cher se réconcilient ? Elle a collecté suffisamment de petits riens sur les chats pour tenir d'un bout à l'autre des quarante-cinq minutes, si jamais c'était nécessaire. Et aussi des histoires de chats – le birman qui a vécu vingt-six mois sans eau, le chat qui a été allaité par un épagneul et aboyait comme lui, le chat à deux têtes, et puis il y a tous ces chats qui ont parcouru des milliers de kilomètres pour retrouver leurs maîtres. Si le client semble d'attaque, elle se lance dans deux ou trois histoires de morts d'animaux familiers que lui a racontées Marion.

"Avez-vous entendu parler du matou qui a arrosé le transformateur à haute tension ?" est sa meilleure histoire de chat... celle dont Karl Jagger dit qu'elle lui a donné envie de lui déboutonner sa blouse blanche et de lui caresser les seins avec la queue de son balinais.

2

L'attrait premier, a toujours soutenu le père d'Emma, ce furent les tendons du cou de sa mère, mais il disait que ce qui l'avait emballé, c'était la peau de serpent qu'elle avait entre les doigts. Quand la mère d'Emma était plus âgée, il soupirait devant la splendeur de ses cheveux gris et raides. Il pinçait la peau de sa cuisse pour la voir se plisser.

"Dieu que c'est beau, disait-il, comme un litchi épluché."

La mère d'Emma, qui avait dès lors appris à ravaler sa réplique, mais aussi à accepter les curieux transports de son mari, considérait sa jambe comme si c'était un paysage nouveau et digne d'attention.

Adolescente, Emma vivait dans un continuel état de mortification face à ces numéros, surtout s'ils se déroulaient en public. Quand son père lançait la conversation sur sa mère ou sur elle, c'était déjà l'horreur, mais il pouvait s'en prendre à n'importe qui. Il avait déclaré au professeur de piano d'Emma, une femme vaniteuse et revêche, folle du miroir de son poudrier :

"Ne vous faites jamais enlever cette verrue à crête dorée.

— Ce n'est pas une verrue, avait rétorqué le professeur de piano d'Emma. C'est un grain de beauté.

— La verrue à crête dorée est la splendeur du pélobate", avait assuré son père.

Les amis d'Emma supposaient qu'il était une sorte d'artiste – il avait un bouc, les cheveux un peu longs, et la maison regorgeait de figurines nues, de gigantesques tableaux abstraits, et d'un minimum de six chats portant des colliers aux couleurs vives auxquels pendaient d'énormes clochettes à chat algériennes faites main – mais en réalité il vendait des assurances-vie dans un bureau installé au sous-sol. Sur sa table de travail était posée une photo de Wallace Stevens, qui lui aussi avait travaillé dans les assurances.

"Mon boulot, déclarait-il à ses clients, consiste à vous convaincre de vous défaire d'une somme d'argent que vous ne reverrez plus de toute votre vie."

Sur le fauteuil où le client était censé s'asseoir, en général il y avait un chat. Des chats dormaient dans les corbeilles à courrier à l'ancienne en bois. Si le client détestait les chats, le

père d'Emma feignait de partager ses sentiments.

"Occupe-toi de tes affaires ! hurlait-il à un
chat en train de se lécher dans un coin. Laisse-
nous en dehors de ça ! D'accord ?"

Les gens pensaient qu'il plaisantait (quand,
en général, ce n'était pas le cas), ou bien ils
étaient désarmés par le regard énamouré, imper-
turbable et ébloui qu'il posait sur tout un chacun. Ou encore ils prenaient tout ce qu'il disait
pour argent comptant. Ils croyaient, par exemple,
que si l'on avait chaque centimètre carré de
peau éclaboussé d'énormes taches de rousseur,
on ressemblait au sol d'une forêt au point du
jour.

Emma se jugeait immunisée contre ses dithy-
rambes d'adoration fervente. Elle aurait pu se
prendre pour le nombril du monde quand elle
était gosse, mais elle savait, quand elle entra au
lycée, que ressembler à une chauve-souris n'était
pas une qualité dont on se vantait. Elle était
petite avec un nez et un menton pointus. Sinon,
elle n'était pas mal. Oui, elle avait de grands
yeux noirs et elle en restait fière. Ce fut seulement quand elle partit de chez elle et tomba
amoureuse d'un fumier du nom de Paul Butt
qu'elle découvrit la quantité de flatteries qu'elle
avait gobées.

Pour sa taille, elle avait des doigts et des
orteils anormalement longs – comme un tarsier, s'extasiait son père, et dans la mesure où
"tarsier" sonnait tellement exotique, elle avait
passé son adolescence à croire que tout le
monde enviait et adorait ses mains et ses pieds.
Puis Paul Butt lui lança qu'Elvis Presley ne serait
jamais sorti avec un fille aux mains décharnées
comme les siennes. Il ajouta que ses lèvres

étaient trop minces et qu'elle devrait se faire épiler les poils des bras à l'électricité.

Elle était tellement folle de lui qu'elle subit une très douloureuse séance d'épilation électrique, mais même à ce moment-là, même au plus fort de son anxiété, elle ne se vit jamais vraiment à travers les yeux de Paul. Les poils des bras, pour lui, restaient encore secrètement, pour elle, du "duvet". Quand il la laissa tomber pour l'esthéticienne, elle reprocha à son père de l'avoir rendue injustement vaniteuse.

Onze ans plus tard, tout ce qu'elle voit à reprocher à son père, c'est d'avoir épousé quelqu'un qui lui ressemble si peu, car elle est persuadée que le caractère d'une personne n'est ni plus ni moins que le champ de bataille où la personnalité de la mère et celle du père s'affrontent. Quand elle l'expliqua à Karl Jagger, lorsqu'au début de leur liaison ils se laissaient aller aux aveux, il répondit que ses parents à lui étaient absolument semblables, et il s'interrogea pour savoir si l'absence totale de dispute ne crée pas un vide de la personnalité dans lequel la nature animale du bébé prend le dessus.

"Sauvage ? demanda-t-elle.

— Noire.

— Sombre", dit-elle, parce qu'il n'est pas noir.

Un jour, elle lui demanda pourquoi il n'avait jamais tué personne, et il répondit :

"Entravé par la compassion."

Si elle a posé cette question, c'est qu'il gagne des sommes folles en écrivant des romans à sensation sur d'anciens marines et des officiers de police honorables qui prennent leur revanche sur des pédophiles et des mutilateurs vendeurs de crack. Dans chacun des vingt-trois livres qu'il a publiés, il y a au moins dix meurtres effroyables, plus de deux cent trente au total, et il prétend qu'il n'y a pas deux meurtres identiques et que chacun fourmille de détails authentiques et minutieux. Si la cervelle d'un type est répandue sur le trottoir, souligne-t-il, et que c'est l'hiver à New York, cette cervelle a intérêt à fumer.

Il vient à l'idée d'Emma que Karl et Marion pourraient bien être faits l'un pour l'autre, aussi quand Marion et Craig rompent pile au moment où le sexe commence à devenir prévisible, elle essaie d'arranger une rencontre. Karl marche, mais Marion se vexe qu'on lui assure qu'elle a quelque chose en commun avec un homme qui invente des histoires sur des humains qui s'entretuent. *Elle* n'invente pas ses histoires de morts d'animaux de compagnie, jure-t-elle, et ce n'est pas non plus qu'elle se mette en quatre pour les dénicher. Non, mais vu qu'elle tient une animalerie et qu'elle est également la sœur d'un vétérinaire, elle entend des choses que tout le monde n'entend pas.

"Je ne les trouve pas *amusantes*, assure-t-elle.

— Ben non", reconnaît Emma.

Marion ôte des poils de chien de son pull, l'un des cinq pulls à motifs d'animaux de compagnie qu'elle a tricotés pour porter à la boutique. Emma regrette que Karl ne voie probablement jamais Marion dans ce pull semé de perroquets à la mine psychotique.

"Je dois simplement faire partie de ces gens qui sont obsédés par les détails horribles, admet Marion.

— Oui, je sais, dit Emma d'un ton apaisant. Moi, c'est pareil."

Et elle se rend compte qu'il existe une vraie différence entre Karl et Marion, et entre Karl et

175

elle. Karl peut rire de ce qui le hante. Marion et elle ne rient pas.

Il y a quelque chose à quoi Emma ne peut s'empêcher de penser tout le temps.

Nicky avait onze mois. Elle s'apprêtait à planter son doigt dans l'œil du nouveau chaton quand Emma lui saisit la main et lui donna une tape, quelque chose qu'elle n'avait encore jamais fait, et Nicky, après avoir regardé sa mère avec plus d'ahurissement que celle-ci n'en aurait jamais cru un bébé capable, se tapa elle-même sur la main. Ensuite, presque à chaque fois qu'elle rampait à proximité de l'un des chats, elle approchait son doigt de la tête de l'animal, puis retirait sa main et se donnait une tape.

Emma a parfois l'impression que ce souvenir est un message de Nicky. Nicky lui souffle que la façon de guérir du plus gros choc de sa vie consiste à le rejouer jusqu'à ce qu'il devienne banal. Ce qu'elle fait, suppose Emma, de façon détournée, chaque fois qu'elle lit les journaux à scandales en vente au supermarché, ou essaie d'arracher à Karl et Marion la pire des histoires possible, celle qui ramènera sa propre histoire au rang de simple concurrente.

3

Elle pleurait encore Paul Butt, sanglotait encore dans les toilettes de la société de placements où elle travaillait comme dactylo, caressait encore l'idée d'aller dans une autre clinique continuer l'épilation électrique, quand Gerry s'approcha de son bureau en caleçon rouge, chemise et cravate, son pantalon de costume passé sur le bras.

"Emma", dit-il, en lisant la plaque posée sur son bureau.

Il n'était dans l'entreprise que depuis une semaine, et c'était la première fois qu'il lui adressait la parole.

"Gerry.

— Ecoutez, je me demandais si vous auriez une aiguille et du fil. J'ai fait craquer une couture.

— Mais certainement, répondit-elle d'un ton sarcastique, en ouvrant le tiroir de son bureau. J'ai une planche à repasser, une batterie de cuisine, des couches…"

On aurait cru qu'elle l'avait giflé.

"Si je vous pose la question, c'est que je vous ai vue raccommoder il y a quelques jours. Votre jupe…"

Ses yeux, elle le vit pour la première fois, n'étaient pas de la même couleur – le gauche bleu, le droit doré. Ils étaient ronds comme une pièce de monnaie et bordés de rouge. On les aurait presque crus soulignés d'eye-liner rouge.

"D'accord, dit-elle. Excusez-moi."

Elle le surprit passant rapidement son corps en revue, et il lui vint à l'idée, tel un jackpot clandestin, qu'il ne faudrait pas grand-chose pour gagner son adoration à vie. Elle trouva un nécessaire à couture modèle pochette d'allumettes et tendit la main pour prendre le pantalon.

"Je m'en charge, annonça-t-elle.

— Non, pas de problème", dit-il en rejetant en arrière les cheveux qui lui tombaient dans les yeux.

Il avait des cheveux blond cendré et très fins. Dès qu'il était au téléphone, il se passait les doigts dedans. Emma l'avait vu faire. Son bureau se trouvait sur la gauche et légèrement en retrait de celui de Gerry, dans la grande salle où tous les agents de change et les dactylos étaient installés, et elle l'avait observé, non pas comme un petit ami possible (elle se croyait trop éplorée pour cela), mais parce qu'il bougeait avec tant d'enthousiasme, tapant sur les touches de son téléphone, filant à toutes jambes porter ses achats et ses ventes au bureau d'ordres, et parce qu'il passait ses doigts dans ses cheveux comme s'il n'y avait rien de meilleur au monde que cette sensation-là.

"Je ferai certainement mieux que vous", déclara-t-elle, en se levant. Et puis, avant qu'il puisse ajouter quoi que ce soit d'autre, elle saisit le pantalon passé sur son bras et se dirigea vers l'une des salles de réunion vides. "Il n'y en a même pas pour une minute", lança-t-elle par-dessus son épaule.

Dans la salle de réunion, elle étala le pantalon sur la table. Il était bleu marine avec de fines rayures rouges. Le pli l'impressionna. On pourrait couper une tomate avec, songea-t-elle, en passant un doigt dessus. Son doigt tremblotait. Que lui arrivait-il ? se demanda-t-elle. Pourquoi avait-elle apporté le pantalon ici ? Elle aurait pu le recoudre à son bureau. Elle leva la main et essaya de voir si elle pouvait empêcher son index de trembler. Impossible. Elle examina son avant-bras, la plaque chauve due au traitement électrique. Est-ce que les poils repoussaient, là ? "Doux Jésus", murmura-t-elle, elle craignait de se mettre à pleurer à cause de Paul Butt, mais non.

Elle prit le pantalon. Il y avait un trou, un gros trou, le long de la braguette et au-dessous. Elle y passa la main. Elle approcha le pantalon de son nez et renifla l'entrejambe. Urine, très lointaine. Urine et odeur de laine nettoyée à la vapeur. Les yeux fermés, elle prit une longue inspiration qui la ragaillardit.

Quand elle ouvrit les yeux, Gerry se tenait dans l'embrasure de la porte.

"Oh, mon Dieu, fit-elle.

— Je voulais vous demander…"

Il s'arrêta, secoua la tête et sourit au plancher. Elle laissa tomber le pantalon sur la table. Poussa un petit gloussement. Dans l'autre pièce, les courtiers décrochaient leur téléphone à la première sonnerie. Elle s'imagina reniflant de nouveau le pantalon et déclarant : "Je sens venir les ennuis." Elle s'imagina passant tout son bras par le trou et lançant : "Ben dis donc !" Elle s'imagina jetant une chaise par la fenêtre, qui atterrirait sur un bus dans lequel voyageaient Paul Butt et l'esthéticienne.

"Je voulais…, recommença Gerry.

— M'inviter un soir", dit-elle.

Elle n'avait rien à perdre.

Après Paul Butt, qui s'était imaginé que deux doigts fourrés dans son vagin devaient faire l'affaire, et qui prétendait qu'il fallait être une gouine refoulée pour vouloir être au-dessus, le sexe avec Gerry fut aussitôt comme une drogue. Pendant les six premiers mois ils firent l'amour au moins une fois par nuit, et puis ils emménagèrent ensemble, se marièrent et firent également l'amour presque tous les matins. Ensuite les choses se tassèrent un peu quand il commença à quitter l'appartement plus tôt et à rentrer plus tard, à cause du marché orienté à la hausse. Cela devint une plaisanterie entre eux qu'*il* soit celui qui se plaignait d'avoir la migraine ou d'être trop fatigué.

A présent elle travaillait à la maison, toilettant des chats dans leur chambre d'amis. Elle avait quitté son poste dans la société de courtage, car la direction voyait d'un mauvais œil les couples mariés travaillant dans le même service. Sa mère aurait voulu qu'elle retourne à l'université, mais son père avait jugé qu'elle devrait choisir une occupation tranquille et sans concurrence.

"Comme de placer des assurances-vie ? avait demandé sa mère, de son habituel ton pince-sans-rire.

— Comme de se brosser les cheveux !" avait lancé son père, et finalement il en était sorti l'idée de toiletter des chats, en commençant par ceux de son père.

Toiletteuse de chats. Emma appréciait cette petite note inédite. Elle acheta un livre pratique, une blouse blanche, des peignes, des brosses et des ciseaux. Elle agrafa des publicités aux poteaux téléphoniques et dans les laveries automatiques, dans les cliniques vétérinaires et les animaleries. Son premier client, après son père, fut un Noir incroyablement grand avec une fille de trois ans et un vieux persan, qui s'appelait Truc Blanc, et d'abord Emma crut à un genre de plaisanterie parce que les poils feutrés de Truc Blanc ressemblaient exactement à la flopée de petites nattes qui couvraient la tête de la gamine.

Un an plus tard, le Noir et le chat revinrent. A cette époque-là, Truc Blanc avait de nouveau les poils feutrés et la fille vivait dans le New Jersey avec sa mère. A cette époque-là, Emma avait fait un test de grossesse positif, et Gerry avait avoué qu'il avait une drôle d'impression pendant l'amour, comme s'ils le faisaient devant leur enfant.

Pendant qu'elle coupait les poils feutrés, l'homme, qui s'appelait Ed, allongé paresseusement sur son divan, lui racontait combien il détestait son boulot de policier et qu'il songeait à prendre des mesures pour se faire suspendre avec salaire.

"Me plier en quatre dans la voiture, c'est le pire. On ne peut pas reculer les sièges suffisamment.

— Mais combien mesurez-vous ?

— Deux mètres trois."

Elle lui jeta un coup d'œil. Ses membres dépassaient du canapé en un gracieux arrangement. Ses yeux étaient injectés de sang et pleins de détermination. Ils la mettaient mal à l'aise, et pourtant en même temps elle se sentait loin de lui, elle ne ressentait rien. Un peu comme les radiographies, pas dans le sens où il voyait à travers elle, mais dans le sens où une procédure puissante et qui pourrait bien être dangereuse était menée sur son corps, sans qu'elle ressente rien.

Quand elle eut à moitié terminé, il s'approcha pour la regarder travailler. Il sentait le feu éteint. Les boutons du haut de sa chemise étaient défaits.

"Tu es superbe, mon bijou", dit-il d'une voix basse et douce qui traversa Emma tel un roulement de tambours ; il pouvait très bien s'adresser à Truc Blanc, et il pouvait très bien s'adresser à elle. Que ce soit l'un ou l'autre, il aurait fallu une camisole de force pour empêcher Emma de poser ses ciseaux et de glisser la main dans la chemise d'Ed.

Il lui fit un grand sourire.

Elle finit de lui déboutonner sa chemise, laissa descendre sa main vers son ventre, par-dessus la boucle de sa ceinture et sur son sexe. Ed posa une main sur la sienne, appuya dessus puis relâcha la pression, comme pour s'assurer qu'elle n'avait rien raté.

Elle ouvrit la fermeture éclair de sa braguette. "Mettez-vous-en plein les mirettes"… il n'alla pas jusqu'à le dire, mais quand son pénis claqua dans la main d'Emma à la manière d'un bâton de course de relais, il le pensait si fort qu'elle l'entendit.

Il venait la voir deux ou trois fois par semaine, mais au bout d'un mois à chaque rapport elle imaginait le pénis d'Ed battant contre son utérus, et elle décida d'en rester là.

A ce moment-là, elle était bien loin de tout sentiment de culpabilité. L'amour était tellement étranger à ce qui se passait entre elle et Ed qu'il lui était difficile de penser en termes de trahison. Son grand regret était de ne pouvoir sidérer Gerry avec l'histoire du pénis d'Ed qui changeait de couleur, d'acajou quand il était au repos à violet foncé quand il bandait. Elle ne pouvait pas raconter à Gerry que s'il avait les testicules lisses, ceux d'Ed avaient la texture du corail cerveau.

Elle se demandait à quoi son père aurait comparé Ed – à une tipule, à une couleuvre américaine. Gerry, disait son père, était un goéland bourgmestre à cause de ses cheveux blond cendré et des cernes rouges autour de ses yeux. Son père était fou des yeux de couleurs différentes de Gerry. Emma était folle de sa peau blanche et sans défaut. Le matin parfois, quand il était à moitié endormi, elle passait la main sur son corps et se frottait contre sa jambe jusqu'à l'orgasme. Elle le faisait aussi avec Ed, sauf qu'Ed était noir et qu'il remuait.

Quand Ed et elle se furent quittés, elle pensa que c'en était fini des autres hommes, du moins jusqu'à ce que le bébé ait un peu grandi, mais au quatrième mois, deux autres ouvertures se présentèrent. La première en la personne du précédent locataire de leur appartement, dont les imprimés publicitaires pour des documentations gratuites sur les lits Craftamatic avaient encombré leur boîte aux lettres, et qui frappa un jour à leur porte en demandant s'ils avaient trouvé cinq billets de cent dollars dans l'armoire à pharmacie. C'était non, mais elle répondit que oui et qu'ils les avaient donnés à l'Armée du Salut.

"Parfait", dit-il, ce qui incita Emma à lui avouer la vérité et à l'inviter à prendre un café.

C'était un vendeur de camping-cars, tout juste muté à nouveau en ville. La trentaine, un corps de sportif, le front dégarni, des petits yeux bleus rivés aux jambes d'Emma, de petites mains, dont elle n'avait pas assez d'expérience pour savoir que ce n'était pas nécessairement la garantie d'un petit pénis, le seul genre qu'elle était prête, à ce stade de sa grossesse, à risquer. Comme elle attendait un client une demi-heure plus tard, il ne se passa rien, mais avant de partir il s'arrangea pour signaler que les femmes enceintes le faisaient bander, et il lui donna sa carte, au cas où elle voudrait prendre un verre un jour ou l'autre.

Deux jours plus tard, après quatre soirs d'affilée où Gerry avait travaillé tard, et en rentrant s'était endormi devant la télé, elle était sur le point de lui téléphoner quand un type roux se présenta à la porte avec, dans les bras, un chat qu'il avait écrasé dans le parking de l'immeuble. Quelqu'un lui avait dit qu'elle était véto.

"Il est mort", lui fit-elle remarquer.

L'animal avait la gueule pleine de sang, ses yeux étaient ouverts et sans expression.

Le type, qui semblait ne même pas avoir vingt ans – pantalon de cuir noir, veste en cuir, casque de moto suspendu à son bras –, souleva le chat et dit :

"Oh. Bon. Merde.

— Entrez donc", proposa-t-elle.

Il paraissait sur le point de vomir. Elle prit le chat et le glissa dans un sac en plastique du Shoppers Drug Mart. Le type s'assit sur le canapé du salon, la tête dans ses mains, en disant qu'il connaissait le chat, qui s'appelait Fred, et qu'il appartenait à la prof bigleuse du 104.

"Je suis sûre que ce n'est pas de votre faute", assura Emma, mais elle supposait que ça l'était probablement, et elle entra brusquement dans une telle colère qu'elle dut quitter la pièce. Elle se lava les mains dans l'évier de la cuisine, puis posa le sac à côté de la porte d'entrée.

"Il était vivant quand je l'ai ramassé, assura-t-il. Il était vivant, vous savez ? Il était vivant jusqu'au moment où il est mort."

Elle s'assit dans le fauteuil en face de lui. Ses mains étaient assez petites. Ses doigts étaient couverts de bagues en argent et de sang. Ses cheveux roux et bouclés étaient mouillés et coiffés en arrière. Il devait sortir de la douche. Il était mince, le cuir noir collait aux longs muscles de ses cuisses.

"Je le lui annoncerai si vous voulez", proposa-t-elle.

Il leva les yeux, étonné. Elle s'attendait à ce qu'il dise : "Non, ça va."

Mais il dit :

"Vraiment ? Hé, ce serait génial. Merci beaucoup."

Elle descendit donc à l'appartement 104, juste au cas où la femme serait rentrée tôt de l'école. Le sac pesait au bout de son bras, extraordinairement lourd. Si la femme pleurait, elle savait qu'elle pleurerait aussi, mais personne ne vint ouvrir. Quand elle remonta à l'appartement, le type examinait son reflet dans l'écran de la télé. Elle laissa le chat dans l'entrée et revint s'asseoir en face du garçon.

"Vous êtes mariée, dit-il. Exact ?

— Exact.

— OK, je ne vous ferai pas d'avances, promit-il, la mine sérieuse.

— Surtout que cela ne vous arrête pas."

Il vivait deux étages plus bas, des allocations du chômage. Il montait dès qu'elle téléphonait. Ils couchaient ensemble depuis un mois environ quand il lui déclara qu'il l'aimait.

"C'est toi que tu aimes", assura-t-elle.

Il ne protesta pas.

"Je veux dire que je t'*aime* vraiment.

— Ce que tu aimes, c'est moi qui fais l'amour avec toi.

— Ouais, admit-il, en hochant la tête. C'est ça, reconnut-il, comme s'il était en mesure de conclure sa plaidoirie.

— De toute façon, je songeais à arrêter, avoua-t-elle. Je suis trop enceinte. Je ne peux pas me pencher pour ramasser tous les petits poils roux que tu perds."

4

Nicky a quinze mois. Ed, le géant noir, se pointe un jour sans Truc Blanc. Il est en uniforme.

Quand Emma repousse la main qu'il lui pose sur l'arrière-train, il rit et lance :

"Je suppose que tu as un bébé qui te rampe dessus, tu n'as pas besoin d'un homme.

— Si je me souviens bien, c'était moi qui te rampais dessus."

Il propose de les emmener déjeuner, Nicky et elle, dans un restaurant où un clown itinérant souffle des bulles de savon, et où l'on attribue des récompenses pour les assiettes laissées impeccables. Emma n'a pas de client avant quatre heures de l'après-midi, alors elle dit : Oui, pourquoi pas ?

"Tu n'es donc pas de service ? demande-t-elle.

— Mon coéquipier est pris et j'ai un peu de temps à perdre."

Elle soupçonne alors que ce qu'il est venu faire ici, son coéquipier le fait non loin de là. Mais peut-être pas. Peut-être que son coéquipier dirige une perquisition antidrogue ou quelque chose dans ce genre. Ou peut-être est-ce simplement Ed qui essaie de se faire suspendre avec salaire. Elle ne le lui demande pas. Depuis l'arrivée de Nicky, tout ce qui est risqué ou franchement déplaisant, elle préfère ne pas en entendre parler. Elle se réjouit à l'idée de pouvoir raconter toute la vérité à Gerry – un ancien client est passé et les a invitées Nicky et elle à manger un morceau en ville.

"On va monter dans une voiture de police, annonce-t-elle à Nicky.

— Voiture polie", lance Nicky gentiment.

Emma enfile un corsage blanc propre et une longue jupe paysanne blanche. Nicky et elle s'assoient à l'arrière parce que le siège-auto de Nicky se trouve dans la voiture de Gerry. Nicky, debout sur les genoux d'Emma, tape sur la vitre. Elle porte un chapeau de soleil blanc au crochet, et à un feu rouge des gens la remarquent et prennent un air inquiet.

"Ce serait amusant que papa nous voie", dit Emma.

Ed est en train de parler à sa radio, mais il rit et lance par-dessus son épaule.

"Il apprendrait à ne pas tirer de conclusions trop hâtives."

Au restaurant, les gens devant eux s'effacent pour laisser passer Ed.

"Hé, lance-t-il, en restant au bout de la file. Je refuse les pots-de-vin."

Il y a des bulles qui s'élèvent et surgissent de derrière un haut paravent en rotin. Ed pose Nicky sur ses épaules pour qu'elle puisse voir le clown de l'autre côté. Quand c'est leur tour d'être conduits à leur table, Nicky ne veut pas descendre.

"D'accord", dit Ed.

Il suit l'hôtesse d'accueil. Il est si grand qu'Emma ne peut pas atteindre le chapeau de Nicky, qui glisse lentement de sa tête.

"Quoi ? demande Ed, qui se tourne à demi en sentant la main d'Emma.

— C'est sans importance", dit Emma.

Soudain Ed hurle quelque chose et trébuche. Nicky quitte ses épaules en vol plané.

Emma a le visage éclaboussé. A moitié aveuglée, elle se retourne. Nicky est par terre, contre le mur.

"Va-t'en !" hurle-t-elle, en bourrant Ed de coups de poing. Il tombe à genoux et soulève la tête de Nicky, qui pend trop loin sur le côté. Ses mains noires soulèvent la tête de l'enfant. Maintenant Emma voit l'entaille sur le côté du cou. Le sang coule à flots. Du sang de bébé rouge vif. Emma appuie sa main contre l'estafilade, le sang coule à travers ses doigts.

"Arrête !" hurle-t-elle.

Les yeux de Nicky papillonnent.

"Il faut le contenir", dit Ed.

Sa voix est basse et raisonnable. Emma déchire sa jupe. La tête de son bébé est en train de tomber, mais il s'agit de contenir le sang. Elle donne sa jupe à Ed qui la déchire en vitesse et ficelle le cou de Nicky. Les jambes de l'enfant trépident. Ed dit que c'était le ventilateur au plafond. Emma lève les yeux – une lame argentée, qui continue à tourner.

A la naissance de Nicky, le père d'Emma, debout devant la fenêtre de la maternité de l'hôpital, avait d'une voix sonore comparé sa petite-fille née par césarienne aux bébés bruns, à l'air empêtré, nés par les voies naturelles. Nicky était une prune parmi les pruneaux, avait-il dit. Nicky était une poupée de Noël parmi des hernies.

"Des hernies, nous en sommes tous, plus ou moins", avait déclaré la mère d'Emma de son ton sardonique, ce qui eut un effet lénifiant sur les parents à la mine agacée des autres bébés.

Quand Emma et Nicky furent rentrées chez elles, il passait souvent dans l'après-midi, parfois avec la mère d'Emma, le plus souvent sans elle. Si Emma avait un chat à toiletter, il s'occupait de Nicky. Il préparait du thé pour les clients et leur vendait des assurances-vie. Un jour il alla ouvrir, c'était le type roux.

"Ce dingue, c'est ton mari ? demanda le type à Emma.

— Je croyais que tu avais déménagé", souffla-t-elle.

Son père était retourné jouer avec Nicky.

"Je passais dans le quartier. Bon, je suppose que ce n'est pas le moment pour toi de prendre un peu d'exercice."

Elle sourit.

"Non.

— Une autre fois", dit-il.

Elle commença à fermer la porte.

"Non, je ne pense pas."

Elle ne se sentait pas coupable, elle ne se sentait pas lasse, elle n'était pas préoccupée que son père soit en train d'écouter. Ça ne l'intéressait pas du tout. Depuis la naissance de Nicky, elle n'avait eu aucune pulsion sexuelle. Ce qui était naturel, au dire de son livre de puériculture. Naturel et provisoire.

"Ça reviendra, promettait-elle à Gerry.

— Mais oui", disait Gerry avec enthousiasme, bien qu'il ne parût pas très déçu de cette disparition.

Tout comme Emma, il ne vivait plus que pour Nicky. Ils la posaient par terre sur une couverture, s'agenouillaient à côté d'elle, l'embrassaient et la grignotaient comme deux chiens mangeant dans la même écuelle.

Nicky préférait le sol au berceau. S'ils la mettaient par terre et lui tapotaient le derrière, elle s'arrêtait de pleurer. Le père d'Emma avait fait cette découverte. Il ne cessait d'essayer des choses sur elle, pour expérimenter ses réactions et nourrir ses perceptions. Il la transportait aux quatre coins de l'appartement et lui faisait poser la main sur les murs, les rideaux et les fenêtres. Il ouvrait des bocaux pour qu'elle y mette son nez. Il gazouillait des chansons dans ce qu'il prétendait être la langue ojibwa, en tenant le pied de Nicky contre sa gorge pour qu'elle sente les vibrations. L'une des chansons semblait parler des pieds des bébés qui sont comme des cailloux. Après la mort de Nicky, Emma pensait toujours à ses orteils comme à des cailloux. Elle délirait qu'elle voulait un pied de Nicky, qu'elle aurait dû garder son pied et l'empailler, qu'au moins elle aurait eu son pied.

"Je ne sais pas pourquoi je n'ai pas pensé à quelque chose dans ce genre-là, avoua son père. Il y a deux mois, j'ai lu un article sur un taxidermiste, en Yougoslavie, qui a conservé son fils défunt et assurait qu'il en tirait un grand réconfort."

Il était allongé de tout son long à côté d'elle sur son lit. Emma passait toute la journée au lit, et son père et sa mère arrivaient à midi apportant le déjeuner, des guides nature Audubon, des magazines de photos avec des pages arrachées (là où il y avait des photos de bébés, soupçonnait Emma), et des éditions du *Journal américain de proctologie*, auquel son père était abonné pour ses éblouissantes photos couleur du côlon, des photos dont vous auriez cru, si vous ne saviez pas ce que vous étiez en train de regarder, que c'était le cosmos.

Sa mère mettait de l'ordre dans l'appartement et répondait aux appels enregistrés sur le répondeur. Son père tournait les pages. Emma ignorait comment il savait que regarder des photos était son unique réconfort, mais il en était ainsi. Après le départ de ses parents, elle dormait jusqu'à ce que Gerry rentre du travail. Devant la télévision, il engloutissait presque tout un carton taille familiale de Kentucky Fried Chicken. Allongée sur le canapé, elle picorait quelques frites.

Un soir, pendant une publicité, il dit :

"Je pensais aujourd'hui au jour où tu as sauté du bout du quai."

Quand elle avait dix ou onze ans, avant de savoir nager, elle avait sauté du bout du quai, attirée par l'eau miroitante. Assise au fond du lac, elle avait attendu qu'on la sauve. C'était une histoire que son père adorait raconter.

Elle leva les yeux vers Gerry.

"Ah bon ?

— J'y pensais, c'est tout."

Il lui dit que ce n'était pas sa faute. Que ce n'était pas la faute d'Ed, bien qu'elle ne fût pas de cet avis.

5

En Argentine, une femme met son fils de quinze mois sur le pot et quitte la pièce. Des toilettes traversent le plancher d'un avion qui passe par là, défoncent le toit de la maison, atterrissent sur l'enfant et le tuent. "Des toilettes tuent un tout-petit", proclame le gros titre.

"Tu l'as fini ?" demande Emma, en brandissant le journal.

Marion ne regarde pas. Elle attrape des souris vivantes par la queue et les jette dans une boîte pour un client propriétaire d'un python. Il va bientôt arriver, le python enroulé autour des épaules.

"C'est celui avec les frères siamois en couverture ?" demande-t-elle.

Emma ferme le journal.

"Ouais.

— Eh bien, je pensais à écrire à un type là-dedans. Ça a l'air d'être mon rayon, sauf qu'il veut de longues jambes."

Depuis qu'elle a cessé de voir Craig, Marion achète les tabloïds pour les petites annonces. Elle a avoué à Emma que, le mois dernier, elle a pris son courage à deux mains pour écrire à un type qui se décrivait comme un homme casanier ayant fait des études supérieures et aimant les animaux. Il lui avait répondu, sur le papier à lettres de la prison d'Etat de l'Ohio, en disant qu'il avait reçu quarante lettres et qu'il lui faudrait deux photos d'elle nue, une de face et une de dos, pour lui permettre de procéder à des éliminations.

"Mais vas-y, dit-elle à Emma. Prends-le si tu veux. Il y a un article sur la mort subite du nourrisson. Sur le fait que la musique classique peut l'éviter."

Elle jette un coup d'œil à son amie.

"Des foutaises, j'en suis sûre.

— Je passais de la musique classique à Nicky", dit Emma, en arrachant la page où se trouve l'article sur les toilettes. Elle la plie et la glisse dans son sac. "Mon père avait enregistré une cassette.

— Ça y est, te voilà repartie", dit Marion, compatissante.

Elle croit que Nicky est morte du syndrome de la mort du nourrisson. Quand Emma et Gerry ont emménagé ici, ils sont tombés d'accord sur cette histoire-là.

"Mozart, Haydn, Brahms, énumère Emma. Que des trucs doux."

Marion referme la cage et apporte la boîte sur le comptoir, derrière lequel Emma est assise sur l'un des tabourets. C'est une boîte en bois avec d'étroits espaces entre les lattes. Une souris doit être suspendue sur le côté. Une paire de pattes, quatre orteils au bout de chacune, dépasse et s'agrippe à l'extérieur de la boîte. Emma passe son doigt le long des griffes, qui sont laiteuses et recourbées comme des griffes de chat miniatures.

"Je me demande si elles savent, dit-elle.

— Oh, Seigneur", s'écrie Marion, en faisant la grimace.

Toutes deux ont eu plusieurs fois cette conversation sur l'obscénité de la chaîne alimentaire. Elles sont d'accord sur ces choses-là. Elles sont d'accord que les chiens rient mais pas les chats. Que les poissons sentent l'hameçon. Elles sont d'accord qu'il y a de bonnes raisons de considérer que les lézards – ceux avec la queue qui se casse et qui repousse – représentent la forme de vie la plus évoluée.

C'est le Bolide Reynolds, le strip-teaseur, au téléphone. "Jay Reynolds", c'est le nom qu'il donne, mais quand il dit qu'il a eu son numéro par Hal, le gérant du Bear Pit, ça lui rappelle quelque chose et Emma dit : "Pas le Bolide, quand même", et il répond que si.

"C'est une blague."

Elle rit. Elle se souvient de son acné et de la femme qui hurlait d'être enveloppée dans sa cape.

"Alors vous avez vu mon spectacle.

— Vous appelez de Miami ? plaisante-t-elle.

— Bon, qu'est-ce que vous en pensez ?

— De quoi ?

— De mon spectacle ?"

Elle respire à fond.

"Pourquoi m'appelez-vous ?" demande-t-elle.

Elle a brusquement l'impression écœurante qu'Hal, un homme qu'elle connaît à peine, sait qu'elle couche à droite et à gauche et l'a recommandée pour s'offrir un bon moment. Elle identifie le type au casque de chantier comme étant celui qui a parlé.

Mais le Bolide dit :

"J'ai un chien, là, qui a l'air à moitié mort."

Il raconte qu'il est descendu dans le motel derrière le Bear Pit, pour faire un peu de pêche à la truite, et qu'il y a un corniaud perdu qu'il a nourri et laissé dormir dans sa chambre. Il a appelé le véto, mais il n'y avait personne. Hal a dit qu'elle était un genre de véto.

"Qu'est-ce qu'il a ? demande-t-elle.

— Il bave. Il halète comme un dingue. Hal pense qu'il a un coup de chaleur."

Elle est aussi de cet avis. Elle lui conseille de mettre le chien dans la baignoire et de lui faire couler de l'eau froide sur le dos. Une demi-heure plus tard, il rappelle pour l'informer que le chien a l'air beaucoup mieux et pour demander s'il lui doit quelque chose. "Mais non, voyons", répond-elle. Pourtant le lendemain il se pointe chez elle avec un poisson qu'il a vidé et enveloppé dans du papier journal.

"Si vous n'en voulez pas, vos animaux en voudront peut-être."

Elle est frappée par ses dents abominables.

"Merci.

— Emma Trevor, toiletteuse de chats", dit-il, en lisant la plaque calligraphiée que son père lui a fabriquée. Il regarde sur le côté, avec pour seule raison, semble-t-il, de lui présenter son profil. Ses cheveux sont plaqués en arrière. Il a le nez retroussé. Sa peau est presque nette – à force d'être exposée au soleil, suppose-t-elle. Il porte un blue-jean moulant, un débardeur orange, et tient une cigarette entre le pouce et l'index. Ses dents et sa déraisonnable vanité, elle les trouve touchantes. Comme elle attend un client d'une minute à l'autre, elle ne lui propose pas d'entrer.

"Revenez dans une heure", dit-elle.

Ces temps-ci, elle prend des précautions. Préservatifs. Un avertissement que si Gerry découvre l'affaire, il fera sauter les couilles du type. "Avec ça", dit-elle en montrant le pistolet. Le pistolet appartenait au père de Gerry, il n'est pas chargé et Gerry veut s'en débarrasser, mais Emma le garde à côté du lit, pour effrayer les intrus, pense Gerry, qui ne se trompe qu'à moitié. Si Emma se sent coupable à cause des autres hommes, c'est lorsqu'elle raconte ce mensonge sur Gerry, qui est si doux que non seulement il refuse de tuer les fourmis dans leur cuisine, mais il parsème le plan de travail de miel pour les nourrir.

Pourtant l'avertissement fait son effet. Elle voit que les types ont peur, tout de même pas au point de filer. Le Bolide demande s'il peut tenir le pistolet, et quand elle le lui tend il danse autour de la pièce, le tenant à deux mains, à bout de bras, et se mettant à bander si vite qu'elle lui suggère d'utiliser un pistolet dans son spectacle.

Il fronce les sourcils, songeur.

"Trop évident", dit-il.

C'est un amant bruyant. Il gémit, pousse des jappements étranges et martèle le mur de son poing. Ce qui explique pourquoi ils n'entendent pas la voiture arriver dans l'allée, ni la porte d'entrée s'ouvrir. Gerry est dans la chambre avant qu'ils se rendent compte qu'il est rentré à la maison.

"Bon sang", dit le Bolide.

Gerry salue de la tête.

"Excusez-moi", murmure-t-il, et il quitte la pièce.

Le Bolide se jette sur le pistolet, sort du lit en roulé-boulé, ouvre la fenêtre à la volée et jette l'arme dans la cour du voisin.

Elle raccompagne le Bolide à la porte parce qu'elle veut récupérer le pistolet. La télé est allumée. Au moment où ils traversent la cuisine, elle regarde dans le salon et voit la tête de Gerry et sa main qui se tend vers un saladier au bout de la table.

"Est-ce qu'il va me poursuivre ?" demande le Bolide quand ils sont dehors.

Son débardeur est à l'envers. Ses cheveux en bataille. Il a l'air barjo et très jeune, et elle sait qu'il croira tout ce qu'elle dira.

"Peut-être bien que non. Si tu la fermes."

Il se mord la lèvre.

"Si j'étais toi, pourtant, je quitterais la ville."

Elle le dit pour lancer sa réplique, pour parler comme le shérif. Elle s'en fiche qu'il parte ou non. Là-dehors, dans l'allée, avec l'asphalte qui lui brûle les pieds et le pistolet qui scintille dans le rosier de Mrs Gaitskill, les possibilités de ce qui risque d'arriver ensuite paraissent infinies et hors de son contrôle.

"Je pensais m'en aller demain, de toute façon", avoue le Bolide.

Elle escalade la clôture en bois et sort délicatement le pistolet du rosier. Si Mrs Gaitskill l'a aperçue, elle n'a pas la moindre idée de ce qu'elle dira. Elle pose le pistolet sur le frigo, hors de vue, et puis passe dans la salle de séjour et s'assoit sur le canapé. Gerry prend une poignée de chips dans le saladier.

"Dieu nous parle en silence", dit le type à la télé.

Elle lui trouve l'air d'un type qui pourrait vous aimer ou bien vous battre à mort. Gerry semble attiré par cet homme. L'idée que, sous le choc, Gerry a basculé dans le fanatisme religieux est préférable à ce qu'il est certainement en train de penser.

"Je suis désolée que tu sois entré à ce moment-là."

Gerry éteint la télé et tourne lentement la tête. Elle voit son œil bleu, puis son œil doré et la rougeur qui les entoure qui pourrait être l'effet des larmes mais ne l'est pas. Elle imagine le Bolide s'attribuant la douleur et l'incrédulité qui n'ont pas quitté les yeux de Gerry depuis cinq ans, et maintenant elle se félicite qu'il parte.

"Je ne sais pas quoi te dire, déclare Gerry doucement. Sauf que…" Il jette un regard à l'écran de télé vide. "Sauf que je ne veux pas te perdre.

— Il n'en est pas question, murmure-t-elle.

— Je sais que je suis un gros plouc.

— Voyons, Gerry…

— Simplement, je préférerais que tu fasses ça ailleurs."

Elle regarde ses mains. Le sperme sec du Bolide s'écaille sur sa paume.

"Je ne te reproche rien", dit-il.

Elle sent la pression augmenter derrière ses yeux.

"Ecoute, reprend Gerry. Quoi qu'il en coûte."

Voilà. Elle savait que c'était ce qu'il était en train de penser. Elle se met à pleurer.

"Ce n'est pas une consolation !" a-t-elle envie de hurler. Elle brûle de lui montrer le sperme

sur sa main et de hurler : "C'est la guérison !
Tu veux la vérité ? Voilà qui je suis !"

Mais elle l'aime. C'est aussi la vérité.

Elle pleure sans bruit. Au bout d'un moment
elle se lève et dit :

"Je vais mettre le dîner en route.

— D'accord."

Il rallume la télé.

Elle tangue un peu. Par cette journée étouf-
fante, Emma est bouillante. Si une perruche se
pose sur un fourneau brûlant, ses pattes fondent. Il y a un million de vérités. Elle comprend
qu'elle ignore quelle est celle qui compte.

Elle a la tête qui tourne parce qu'elle est
enceinte. Mais elle ne le sait pas encore.

ON PENSE SI PEU A L'AMOUR

Quand on meurt et que le moi terrestre commence à se transformer en moi désintégré, on dégage un intense flot d'énergie. Il y a toujours de l'énergie qui s'échappe quand une chose se transforme en son contraire, quand l'amour, par exemple, se transforme en haine. Il y a toujours des étincelles à ces points extrêmes. Mais la vie qui se transforme en mort est le plus extrême de ces points extrêmes. Ainsi, juste après la mort, les étincelles sont vraiment prodigieuses. Vraiment magiques et explosives.

J'ai vu des cadavres briller comme des étoiles. A ma connaissance, je suis la seule personne à qui c'est arrivé. Presque tout le monde sent quelque chose, pourtant, une sorte de vitalité. Voilà pourquoi il existe une résistance à l'idée de l'incinération ou du don d'organes. "Je veux être en un seul morceau", disent les gens. Même Matt, qui prétendait qu'il n'y avait ni âme ni vie après la mort, a ajouté un post-scriptum à sa lettre de suicide pour qu'on l'enterre intact.

Comme si cela avait changé quoi que ce soit à son émission d'énergie. Quoi qu'on fasse – qu'on découpe la chair, dissèque tout, brûle tout –, on est sur la voie d'une puissance qui dépasse de loin toutes nos petites ingérences.

199

J'ai grandi dans une famille agréable, normale et heureuse, aux abords d'un petit bourg du New Jersey. Mes parents et mon frère y vivent encore. Mon père était propriétaire d'une boutique de fleuriste. A présent, elle appartient à mon frère. Mon frère a trois ans de plus que moi, c'est un homme sérieux et distant. Mais loyal. Quand j'ai fait la une des journaux, il a téléphoné pour dire que si j'avais besoin d'argent pour engager un avocat, il m'en donnerait. J'ai été vraiment touchée. Surtout qu'il le faisait contre l'avis de Carol, sa femme. Elle a décroché le deuxième appareil et a hurlé :

"Tu es une malade ! On devrait t'enfermer !"

Elle brûlait de me le dire depuis que nous avions treize ans.

J'avais un cimetière d'animaux à l'époque. Notre maison était bâtie à côté d'un bois et nous avions trois chats dans le jardin, de grands chasseurs qui avaient tendance à laisser leurs proies en un seul morceau. Dès que je trouvais un cadavre, en général une souris ou un oiseau, je l'emportais dans ma chambre et le cachais jusqu'à minuit. Je ne savais rien de la signification rituelle de l'heure de minuit. Mes inhumations se déroulaient à ce moment-là parce que c'était l'heure où je me réveillais. Cela ne m'arrive plus, mais j'étais une enfant si sensible, je devais être excitée par l'énergie dégagée au fur et à mesure que le jour s'avançait vers le cœur de la nuit et, simultanément, que le cœur de la nuit s'avançait vers le lendemain.

De toute façon, j'étais bien réveillée. Je me levais et allais aux toilettes envelopper le cadavre dans du papier hygiénique. Je me sentais obligée d'être à ce point attentive, à ce point respectueuse. Je murmurais un chant. A chaque

200

phase de l'inhumation, je chantais. "J'ensevelis le corps, ensevelis le corps, ensevelis petit moineau à l'aile brisée." Ou : "Je descends le corps, descends le corps…" Et ainsi de suite.

Sortir des toilettes par la fenêtre était accompagné de : "J'entre dans la nuit, entre dans la nuit…" Dans mon cimetière, je déposais le corps sur une pierre plate spéciale et retirais mon pyjama. J'agissais par pure inclination. J'ouvrais quatre ou cinq tombes et sortais les animaux de leur linceul. L'odeur de pourriture était cruciale. Et l'air frais aussi. D'habitude, arrivée à ce stade j'étais tellement surexcitée que je me lançais brusquement dans une danse.

Je dansais aussi pour les hommes morts. Avant de leur monter dessus, je dansais tout autour de la salle de prépa. Quand je l'ai raconté à Matt, il a dit que j'évacuais ma personnalité afin de rendre plus intense la sensation de participer à l'éruption d'énergie du cadavre.

"Tu essaies d'imiter le processus de désintégration", a-t-il expliqué.

Peut-être – à un niveau inconscient. Mais ce dont j'avais conscience, c'était de la chaleur, la chaleur de mon corps épuisé par la danse, que je rafraîchissais en m'allongeant sur le cadavre. Enfant, je me frottais doucement la peau avec deux des animaux que je venais de déballer. Quand j'étais tout entière imprégnée de leur odeur, je les mettais de côté, déballais le nouveau cadavre et faisais de même avec celui-ci. C'était ce que j'appelais l'Onction. Je ne peux pas décrire cette sensation. L'intense, intense extase. L'électricité qui me parcourait.

Le reste, envelopper de nouveau les corps et les enterrer, n'avait rien de bien particulier.

Je suis stupéfaite aujourd'hui de penser à quel point j'étais naïve. Je croyais avoir découvert quelque chose que certaines autres personnes, si elles n'avaient pas peur d'essayer, trouveraient tout aussi fantastique que moi. C'était une chose obscure et interdite, oui, mais le sexe l'était aussi. Je n'avais pas idée que je franchissais un vaste abîme du comportement. En fait, je ne me rendais pas compte que je faisais quoi que ce soit de mal. C'est toujours le cas, sans omettre ce qui s'est passé avec Matt. Carol a dit que j'étais bonne à enfermer, mais physiquement je ne suis pas mal, alors si offrir mon corps à des défunts est un crime, j'aimerais savoir qui est la victime.

Carol a toujours été jalouse de moi. Elle est grosse et elle a un œil qui dit merde à l'autre. Cet œil lui donne un air rêveur et distrait qui me séduisit, un jour (comme, je suppose, c'est finalement arrivé à mon frère), chez une amie qui fêtait ses treize ans. C'était le début des vacances d'été et je mourais d'envie de trouver une âme sœur, quelqu'un avec qui partager ma vie secrète. J'aperçus Carol debout toute seule, qui regardait partout à la fois, et je la choisis.

Mais je savais qu'il fallait y aller doucement. Je savais qu'il ne fallait rien précipiter. Nous cherchions des animaux morts et des oiseaux, nous proférions des incantations et emmaillotions les corps, creusions des tombes, fabriquions des croix avec des bâtonnets d'esquimau. Tout cela de jour. A minuit, je sortais, ouvrais la tombe et organisais une véritable inhumation.

Une maladie devait sévir chez les écureuils, cet été-là. Carol et moi en trouvâmes un nombre incroyable, et beaucoup d'entre eux n'avaient pas de sang sur eux, pas de trace de chat. Un jour, nous tombâmes sur une femelle qui expulsa un chapelet de fœtus quand je la ramassai. Les fœtus étaient encore vivants, mais impossible de les sauver, alors je les emportai à la maison, les jetai dans les toilettes et tirai la chasse.

Une force puissante se dégageait de la mère écureuil. C'était comme si, en plus de sa propre énergie, elle dispensait toute l'énergie de sa nichée morte. Quand Carol et moi commençâmes à danser pour elle, une légère folie nous prit toutes les deux. N'ayant gardé que nos sous-vêtements, nous hurlions, tournions en rond, et lancions de la terre en l'air. Carol l'a toujours nié, mais elle ôta son soutien-gorge et se mit à fouetter les arbres avec. Je suis sûre que ce fut de la voir faire qui me donna l'idée d'enlever mon maillot de corps et ma culotte et de procéder à l'Onction.

Carol s'arrêta de danser. Je la regardai, et l'expression sur son visage me poussa à mon tour à cesser de danser. Je baissai les yeux vers l'écureuil dans ma main. Il était ensanglanté. Des traînées de sang zébraient tout mon corps. J'étais horrifiée. Je me dis que j'avais serré l'animal trop fort.

Mais voilà ce qui s'était passé, j'avais mes premières règles. Je le compris quelques minutes après que Carol se fut enfuie. J'enveloppai l'écureuil dans son linceul et l'enterrai. Puis je m'habillai et m'étendis sur l'herbe. Un petit moment plus tard, ma mère apparut au-dessus de moi.

"La mère de Carol a téléphoné, annonça-t-elle. Carol est dans tous ses états. Elle prétend que tu l'as obligée à se livrer à je ne sais quelle danse de sorcière dégoûtante. Que tu lui as fait ôter ses vêtements, et que tu l'as attaquée avec un écureuil plein de sang.

— C'est pas vrai. J'ai mes règles."

Quand ma mère m'eut trouvé une serviette hygiénique, elle me confia qu'à son avis je ne devrais pas continuer à jouer avec Carol.

"Il y a quelque chose qui ne tourne pas rond là-dedans", conclut-elle.

Je n'avais plus l'intention de jouer avec Carol, pourtant je pleurais face à ce qui me semblait une perte cruelle. Je savais, je pense, que je ne connaîtrais plus désormais que la solitude. Même si je n'avais que treize ans, je coupais tous les fils qui menaient à un érotisme normal. Amies de cœur, béguins, intimité des soirées pyjamas, tous ces fils, je les coupais.

Environ un mois après que j'étais devenue une femme, je fus prise d'un colossal désir d'exécuter des autopsies. Je résistai pourtant à cette envie pendant presque un an. J'avais peur. Violer l'intégrité de l'animal paraissait sacrilège et dangereux. Et inimaginable – j'étais incapable d'imaginer ce qui se passerait.

Rien. Il ne se passerait rien, voilà ce que je découvris. J'ai lu que les nécrophiles craignent d'être blessés par des relations sexuelles normales, et peut-être y a-t-il là une certaine vérité (bien que j'aie eu fort souvent le cœur brisé par des cadavres, et pas une fois par un homme vivant), mais je pense que mon attirance pour les cadavres n'est pas commandée par la peur, elle est commandée par l'excitation, et que l'une des choses les plus excitantes chez un cadavre, c'est le soin qu'il apporte à mourir. Sa volonté est entièrement tendue vers un seul but, à la façon d'une vague énorme qui s'approche du rivage, une vague que l'on peut chevaucher à sa guise, car quoi qu'on fasse, avec ou sans nous, elle atteindra le rivage.

Je ressentis cette force d'impulsion la première fois que je rassemblai assez de courage pour ouvrir une souris. Comme n'importe qui, j'hésitai un peu à tailler dans la chair, et je fus en proie à quelques secondes de dégoût quand j'aperçus les entrailles. Mais quelque chose me poussa à dépasser ces scrupules. J'agissais, semblait-il, uniquement par instinct et par curiosité, et rien de ce que je faisais ne posait de problème, tant que cela ne me tuait pas.

Après les premières fois, je commençai à glisser ma langue dans l'incision. J'ignore pourquoi. L'idée me vint, je le fis, puis continuai ainsi. Un jour j'ôtai les organes, les lavai à l'eau et les remis ensuite en place, ce qui devint aussi une habitude. Une fois de plus, je ne pourrais vous expliquer pourquoi, sinon que toute pensée provocatrice, pourvu qu'on la mette à exécution, semble vous placer sur une trajectoire.

Dès l'âge de seize ans, je voulais des cadavres humains. Des hommes. (De ce côté-là, je suis normale.) J'ai passé mon permis poids lourds, mais j'ai dû attendre d'avoir fini le lycée avant que Mr Wallis m'engage comme conductrice de fourgon mortuaire, à l'établissement de pompes funèbres.

Mr Wallis me connaissait parce qu'il achetait les couronnes dans la boutique de mon père. *Voilà* un homme étrange. Il prenait un trocart, qui est une grosse aiguille que l'on utilise pour ponctionner les fluides du cadavre, l'enfilait dans le pénis des morts afin qu'ils semblent avoir une demi-érection, puis les sodomisait. Je le surpris un jour, et il essaya de m'expliquer qu'il était en train d'uriner dans le spéculum. Je fis semblant d'y croire. J'étais quand même chavirée, car je savais que ces défunts n'étaient pour lui que de la chair morte. Le voilà qui était enfermé avec un cadavre de jeune homme et lui faisait son affaire, et aussitôt après l'embaumait comme si de rien n'était, et balançait des blagues dégoûtantes sur lui, prétendant trouver des preuves d'une homosexualité effrénée – côlon envahi de stalagmites de sperme séché, et ainsi de suite.

Aucune de ces plaisanteries ne fut jamais lancée en ma présence. J'en entendais parler par le vieux fou qui passait la serpillière. Lui aussi était nécrophile, j'en suis presque sûre, mais il n'était plus actif. Il appelait les mortes des madones. Il s'extasiait sur les belles madones qu'il avait eu le privilège de voir dans les années quarante, des madones qui étaient tellement plus féminines vingt ans plus tôt.

Je me contentais d'écouter. Je ne laissais jamais paraître ce que je ressentais, et je ne pense pas que quiconque se soit douté de quelque chose. Les nécrophiles ne sont pas censés être blonds et jolis, encore moins des femmes. Quand j'eus travaillé à peu près un an aux pompes funèbres, un comité du conseil municipal voulut me faire participer au concours de beauté du Milk Marketer. Ces gens connaissaient mon travail, ils savaient que le soir j'étudiais l'embaumement, mais j'avais raconté que je me préparais pour faire médecine, et je suppose que le conseil m'avait crue.

Depuis quinze ans, à compter de la mort de Matt, les gens me demandent comment une femme fait l'amour à un cadavre.

Matt est la seule personne qui avait compris. Il était étudiant en médecine, il savait donc que si l'on exerce une pression sur la poitrine de certains cadavres tout récents, ils évacuent du sang par la bouche.

Matt était intelligent. Je regrette de ne pas avoir pu lui offrir autre chose qu'un amour fraternel. Il était grand et mince. Mon genre. Nous nous sommes rencontrés dans la boutique de *doughnuts* en face de la bibliothèque de médecine, nous avons commencé à parler, et nous nous sommes plu aussitôt, une expérience inhabituelle pour l'un comme pour l'autre. Au bout d'une heure environ, je savais qu'il m'aimait et que son amour était sans réserve. Quand je lui appris où je travaillais et ce que j'étudiais, il me demanda pourquoi.

"Parce que je suis nécrophile."

Il leva la tête et me dévisagea. Ses yeux ressemblaient à des moniteurs haute définition. Presque trop vivants. Normalement, je n'aime pas regarder les gens dans les yeux, mais je me surpris à le dévisager à mon tour. Je voyais bien qu'il me croyait.

"Je ne l'ai jamais avoué à personne d'autre.
— Avec des hommes ou des femmes ?
— Des hommes. De jeunes hommes.
— Comment ?
— Cunnilingus.
— Des cadavres récents ?
— Si c'est possible.
— Que fais-tu, tu leur montes dessus ?
— Oui.
— Tu es excitée par le sang.

207

— C'est un lubrifiant. C'est coloré. Stimulant. C'est le fluide corporel suprême.

— Oui, reconnut-il, en hochant la tête. Quand on y réfléchit. Le sperme propage la vie. Mais le sang la maintient. Le sang est fondamental."

Il continua à poser des questions, et je lui répondis aussi sincèrement que possible. Ayant avoué ce que j'étais, je me sentis poussée à tester sa rigueur intellectuelle et la solidité de son coup de foudre. En le lapidant sans m'attendre à ce qu'il reste debout. Ce fut pourtant ce qui arriva. Il rattrapa tout l'arsenal et ne cessa d'en redemander. Ce qui finit par m'exciter.

Nous rentrâmes chez lui. Il habitait un appartement en sous-sol dans une vieille bâtisse délabrée. Il y avait des livres sur des étagères en caisses d'oranges, empilés par terre, partout sur le lit. Au mur, au-dessus de son bureau, s'étalait un poster de Doris Day dans le film *Tea for Two*. Matt dit qu'elle me ressemblait.

"Tu veux danser d'abord ?" demanda-t-il, en se dirigeant vers son tourne-disque.

Je lui racontai que je dansais avant de monter sur les cadavres.

"Non."

Il fit tomber les livres au bas du lit. Puis il me déshabilla. Il eut une érection jusqu'à ce que je lui apprenne que j'étais vierge.

"Ne t'inquiète pas, dit-il, en laissant glisser sa tête le long de mon ventre. Ne bouge pas."

Le lendemain matin, il me téléphona au travail. La nuit passée m'avait laissée avec la gueule de bois et le cafard. Après être partie de chez lui j'étais allée directement à l'établissement funéraire, et j'avais fait l'amour à un autopsié. Puis je m'étais saoulée dans un bar country-and-western minable et avais hésité à retourner à l'établissement funéraire pour pomper mon propre sang jusqu'à ce que je perde conscience.

J'avais fini par piger que j'étais incapable de tomber amoureuse d'un homme qui ne soit pas mort. Je n'arrêtais pas de penser : Je ne suis pas normale. Je ne m'étais jamais rendue à l'évidence. Manifestement, faire l'amour à des cadavres n'est pas normal, mais tant que j'étais encore vierge j'avais dû supposer que je pouvais arrêter dès que j'en aurais envie. Me marier, faire des enfants. Je devais miser sur un avenir dont je ne voulais même pas, et auquel j'avais encore moins accès.

Matt me téléphonait pour que je repasse chez lui après le travail.

"Je ne sais pas, répondis-je.

— C'était bon. Non ?

— Oui, je suppose.

— Je te trouve fascinante."

Je soupirai.

"S'il te plaît, dit-il. S'il te plaît."

Quelques soirs plus tard, je passai chez lui. A partir de là, nous commençâmes à nous voir tous les mardis et jeudis soir, après mon cours d'embaumement, et dès que je partais de chez lui, si je savais qu'il y avait un cadavre à la morgue – n'importe quel cadavre masculin, jeune ou vieux –, j'y allais directement et passais par une fenêtre du sous-sol.

Entrer dans la salle de prépa, surtout la nuit quand il n'y avait personne d'autre dans les parages, c'était comme plonger dans un lac. Un froid soudain et le silence, la sensation de pénétrer dans un nouvel élément, où n'ont pas cours les lois qui régissent tous les autres. Etre avec Matt, c'était comme être étendue sur la plage au bord du lac. Matt avait la peau chaude et sèche. Son appartement était surchauffé et bruyant. Je m'allongeais sur son lit et l'absorbais, mais simplement pour rendre d'autant plus irrésistible le moment où j'entrerais dans la salle de prépa.

Si le cadavre était récemment embaumé, je pouvais habituellement le sentir depuis le sous-sol. L'odeur est celle de l'hôpital et du vieux fromage. Pour moi, c'est l'odeur du danger et de la permission, autrefois elle me surexcitait autant que des amphétamines, si bien que le temps que j'arrive dans la salle de prépa, j'avais les jambes tremblantes. Je fermais la porte derrière moi et me lançais dans une danse sauvage, arrachant mes vêtements, tournoyant, me tirant les cheveux. Je ne sais pas trop à quoi cela correspondait, si oui ou non j'essayais de participer au chaos de la désintégration du cadavre, ainsi que le suggérait Matt. Peut-être me prosternais-je, je ne sais pas.

Quand la danse était terminée, j'étais toujours très calme, presque en extase. Je rabattais le drap. C'était le moment le plus délicieux. J'avais l'impression d'être foudroyée par la lumière blanche. Presque aveuglée, je grimpais sur la table et chevauchais le cadavre. Je passais les mains sur sa peau. Mes mains et l'intérieur de mes cuisses brûlaient comme si je touchais de la neige carbonique. Au bout de quelques minutes, je m'allongeais et tirais le drap par-dessus ma tête. Je commençais à embrasser sa bouche. A ce stade, il bavait parfois du sang. Le sang d'un cadavre est épais, frais et sucré. Ma tête mugissait.

Je n'étais plus déprimée. Loin de là, je me sentais mieux, plus sûre de moi, comme jamais je ne m'étais sentie de ma vie. Je m'étais découverte irrémédiablement anormale. Je pouvais m'ouvrir la gorge, ou m'abandonner – à fond désormais – à mon obsession. Je m'y abandonnais. Et ce qui arriva fut que cette obsession se mit à souffler en tempête à travers moi, comme si j'étais un tunnel. Je devins le véhicule de l'obsession, et ses deux extrémités. Avec Matt, quand nous faisions l'amour, j'étais le récepteur, j'étais le cadavre. Quand je le quittais pour aller aux pompes funèbres, j'étais l'amant. A travers moi l'amour de Matt se déversait dans les cadavres, et à travers moi les cadavres emplissaient Matt d'une énergie explosive.

Très vite il ne put plus se passer de cette énergie. Dès que j'arrivais chez lui, il fallait qu'il sache tout jusqu'au moindre détail sur le dernier cadavre avec lequel j'avais été. Pendant un mois ou deux, je le soupçonnai d'être un voyeur nécrophile homosexuel refoulé, mais ensuite je commençai à comprendre que ce n'étaient pas les cadavres eux-mêmes qui l'excitaient, c'était ma passion pour eux. C'était la puissance qui entrait dans cette passion et qui en ressortait, multipliée par deux, pour son plaisir. Il ne cessait de demander : "Comment t'es-tu sentie ? Pourquoi penses-tu avoir éprouvé cela ?" Et ensuite, parce que la source de toute cette puissance le troublait, il essayait de prouver que mes sentiments étaient illusoires.

"Un cadavre fait preuve de traits de caractère extrêmes et simultanés, lui expliquais-je. Sagesse et innocence, bonheur et chagrin, et ainsi de suite.

— Donc tous les cadavres se ressemblent. Quand tu en as eu un, tu les as eus tous.

— Non, non. Ils sont tous différents. Chaque cadavre détient ses extrêmes. Chaque cadavre est simplement aussi sage et aussi innocent qu'avait pu l'être la personne vivante."

Il disait :

"Tu plaques des personnalités sur des cadavres afin d'exercer un pouvoir sur eux.

— Dans ce cas, j'ai une sacrée imagination, vu que je n'ai jamais rencontré deux cadavres semblables.

— Tu pourrais bien avoir ce genre d'imagination. Les schizophrènes sont capables de fabriquer des dizaines de personnalités complexes."

Ces attaques ne me gênaient pas. Il n'y avait pas de méchanceté en elles, et elles ne pouvaient me toucher en aucune manière. C'était comme si j'ouvrais mon cœur de façon grandiose à un analyste très intelligent, très intéressé et très tourmenté. Il me faisait de la peine. Je comprenais son désir tordu de me changer en quelqu'un d'autre (quelqu'un qui risquait de l'aimer). Moi, je tombais follement amoureuse de certains cadavres et puis pleurais parce qu'ils étaient morts. La différence entre Matt et moi, c'était que j'étais devenue philosophe. J'allais bien.

Je croyais que c'était aussi son cas. Il souffrait, d'accord, mais il semblait ne pas douter que ses souffrances étaient provisoires et non contre nature.

"Je suis excessivement curieux, avouait-il. Ma fascination est celle de tout homme curieux face à l'inhabituel."

Il disait qu'en alimentant son désir par le truchement du mien, il finirait par le saturer et le transformer en dégoût.

Je lui conseillai de ne pas hésiter, d'essayer. Il se mit alors à éplucher les journaux pour y trouver les notices nécrologiques de mes cadavres, à se rendre à leur enterrement et aux messes du souvenir. Il dressait des tableaux de mes préférences et de la fréquence de mes rencontres à la morgue. Il m'y suivait la nuit et attendait dehors pour avoir droit à une rediffusion quand je nageais encore dans une brume érotique. Il flairait ma peau. Il me tirait sous les réverbères et examinait le sang sur mon visage et sur mes mains.

Je suppose que je n'aurais pas dû l'encourager. Je ne peux pas véritablement expliquer ce qui m'y poussa, sauf qu'au début son obsession me semblait marquer les confins de la mienne, un lieu que je n'avais pas à fréquenter tant qu'il s'y trouvait. Et puis plus tard, et malgré son comportement de plus en plus déconcertant, je commençai à douter d'une obsession qui pouvait naître si brusquement et passer à travers moi.

Un soir il m'annonça qu'il valait mieux qu'il l'admette, il faudrait qu'il fasse l'amour à des cadavres, des cadavres masculins. Cette idée lui donnait la nausée, assurait-il, mais secrètement, tout au fond de lui, sans qu'il le sache, faire l'amour à des cadavres masculins était manifestement la cible de son désir. J'explosai. Je lui dis que la nécrophilie n'était pas une chose que l'on se forçait à faire. On brûlait de le faire, on en avait besoin. On était né pour ça.

Il n'écoutait pas. Il avait les yeux rivés sur la glace de la commode. Dans les dernières semaines de sa vie, il s'observait dans la glace sans la moindre gêne. Il se concentrait sur son visage, même si ce qui se passait entre le cou et les pieds était le plus frappant. Il s'était mis à porter des tenues incroyablement étranges.

Capes en velours, culottes, bottines rouges à talons hauts. Quand nous faisions l'amour, il gardait ces tenues. Il plongeait son regard dans mes yeux, fasciné (je le compris plus tard) par son propre reflet.

Matt s'est suicidé, cela n'a jamais fait aucun doute. Quant à la nécrophilie, ce n'était pas un crime, pas il y a quinze ans. Donc même si je fus prise sur le fait, nue et chevauchant un corps indubitablement mort, même si les journaux découvrirent l'affaire et en firent la une de leurs éditions, il n'y avait rien dont la police pût m'accuser.

Ce qui ne m'empêcha pas de passer à des aveux complets. Il était crucial pour moi que le rapport officiel contienne davantage que les mornes observations de l'inspecteur de police. Je voulais que deux choses soient bien établies : primo, que Matt avait été violé par une spécialiste pleine de respect ; deuzio, que son cadavre avait émis l'énergie d'une étoile.

"Cette émission est-elle intervenue avant ou après sa mort ? s'enquit l'inspecteur.

— Après", déclarai-je, en ajoutant très vite que je n'aurais pas pu prévoir pareille émission. La seule zone d'ombre restait la raison pour laquelle je n'avais pas interrompu le suicide. Pourquoi je n'avais pas dissuadé Matt, pourquoi je ne l'avais pas décroché.

Je mentis. Je racontai que dès que j'étais entrée dans sa chambre, Matt avait envoyé valdinguer l'escabeau. Personne ne pouvait prouver le contraire. Mais je me suis souvent demandé combien de temps s'était véritablement écoulé entre le moment où j'avais ouvert la porte et celui où son cou s'était brisé. Dans les moments de crise, une minute n'est pas une minute. Il y a le même chaos qu'à l'instant de la mort, quand temps et forme se libèrent, que tout s'amplifie puis tombe en miettes.

Matt devait être en crise depuis des jours, peut-être des semaines avant qu'il meure. Tout ce temps passé à s'observer dans les miroirs, à penser : Est-ce mon visage ? A le regarder se disloquer en particules infinitésimales, puis se recomposer en un nouveau visage inconnu. La nuit qui précéda sa mort, il portait un masque. Un masque de Dracula, mais il ne plaisantait pas. Il voulait porter le masque pendant que je lui faisais l'amour, comme s'il était un cadavre. Pas question, dis-je. Tout l'intérêt, lui rappelai-je, c'était que *moi* je jouais le cadavre. Il me supplia, et je ris à cause du masque et parce que j'étais soulagée. S'il voulait inverser le jeu, alors tout était fini entre nous, et je prenais soudain conscience à quel point cette idée me plaisait.

Le soir suivant il me téléphona chez mes parents et dit : "Je t'aime", puis il raccrocha.

Je ne sais pas pourquoi je savais, mais je savais. Un pistolet, pensais-je. Les hommes se servent toujours de pistolets. Et puis je pensais : Non, le poison, le cyanure. Il était étudiant en médecine et avait accès aux médicaments. Quand j'arrivai chez lui, la porte était ouverte. Face à la porte, fixé au mur, il y avait un mot :

UN MORT DANS LA CHAMBRE

Mais il n'était pas mort. Il était debout sur un escabeau. Il était nu. Un nœud coulant impressionnant, attaché à un tuyau qui courait au plafond, était passé autour de son cou.

Il sourit tendrement.

"Je savais que tu viendrais, dit-il.

— Alors pourquoi ce mot ?

— Retire l'escabeau, roucoula-t-il. Mon adorée.

— Allons. C'est ridicule. Descends."

Je m'approchai de lui et lui frappai la jambe de mon poing.

"Tu n'as rien d'autre à faire que d'ôter l'escabeau."

Ses yeux étaient encore plus sombres et expressifs que d'habitude. L'éclat de ses pommettes semblait avivé. (Je découvris quelques minutes plus tard qu'il était maquillé.) Je cherchai des yeux, dans la pièce, une chaise ou une table que je pourrais tirer jusqu'à lui et sur laquelle je pourrais monter. J'allais lui ôter le nœud coulant moi-même.

"Si tu t'en vas, menaça-t-il, si tu recules d'un pas, si tu fais quoi que ce soit d'autre que retirer l'escabeau, je l'écarterai d'un coup de pied.

— Je t'aime, promis-je. D'accord ?

— Non, tu ne m'aimes pas.

— Mais si !"

Pour avoir l'air convaincante, je dus river mon regard sur ses jambes et les imaginer sans vie.

"Mais si !

— Non, tu ne m'aimes pas, dit-il d'une voix douce. Mais tu vas m'aimer."

J'étais agrippée à l'escabeau. Je me rappelle avoir pensé que si je m'accrochais à l'escabeau, il ne pourrait pas l'envoyer valdinguer. J'étais accrochée à l'escabeau, et puis celui-ci se retrouva contre le mur, renversé. Je n'ai aucun souvenir de la transition entre ces deux événements. Il y eut un craquement sonore et un jaillissement d'eau. Matt tomba avec grâce, à la manière d'une fille qui s'évanouit. De l'eau du tuyau crevé

lui coulait dessus. Il flottait une odeur d'excré-
ments. Je le traînai par le nœud coulant.

Dans la salle de séjour, je le tirai sur le tapis
vert à longues mèches. J'ôtai mes vêtements. Je
m'agenouillai au-dessus de lui. J'embrassai le
sang à la commissure de ses lèvres.

La véritable obsession dépend de l'absence
totale de réaction de l'objet. Quand autrefois je
tombais amoureuse d'un cadavre en particulier, j'avais l'impression d'être un instrument
creux, une cloche ou une flûte. Je me vidais.
J'évacuais (c'était involontaire) jusqu'à ce que
je devienne un instrument où le cadavre puisse
enfler et prendre de l'amplitude. Etant l'objet
de l'obsession de Matt, comment pouvais-je être
autrement qu'impassible, tant qu'il était vivant ?

Il jouait avec le feu, jouait avec moi. Pas simplement parce que je ne pouvais pas l'aimer,
mais parce que j'étais irradiée. Tout le temps
de ma relation avec lui, je faisais l'amour à des
cadavres, absorbant leur énergie, la restituant
dans un embrasement. Dans la mesure où cette
énergie provenait de l'acte de vie se muant de
façon alchimique en mort, il n'est pas impossible qu'elle fût elle-même alchimique. Et même
si elle ne l'était pas, je suis sûre qu'elle donnait
à Matt l'impression que j'avais le pouvoir de le
transformer d'une incommensurable et dangereuse façon.

Je crois désormais que cette dépendance à
mon énergie était en réalité une soif dévorante
d'une telle transformation. En fait, je pense que
tout désir est un désir de transformation, et que
toute transformation – tout mouvement, tout processus – a lieu parce que la vie se change en mort.

Je suis toujours nécrophile, de temps à autre, et avec imprudence. Je n'ai rien trouvé qui remplace la torride sérénité d'un cadavre.

LA CHAIR DE MA CHAIR

Le lit dans lequel est couchée Marion a une énorme tête en skaï rouge en forme de cœur. Marion se souvient de la tête de lit du temps où elle est venue ici avec John Bucci. Elle se souvient que le papier peint – dans cette chambre, en tout cas, la suite nuptiale – était semé de tourterelles. Ce sont des tours Eiffel à présent, apparemment pour s'accorder au nouveau nom, *Brin d'Paris*, sauf que personne ne l'appelle ainsi. Tout le monde continue à dire le motel des Prés, et quand Marion est allée à la salle de bains, elle a vu qu'ils n'ont pas changé les anciennes serviettes avec le M et le P entrelacés.

Il y a la télé par câble, pourtant – ça c'est nouveau. Et la couette rouge paraît tout juste sortie de son emballage. Marion s'est enroulée dedans parce qu'elle soupçonne qu'elle est en état de choc. Etant propriétaire d'une animalerie, elle sait que lorsqu'un animal est en état de choc, la première chose à faire est de le couvrir avec une couverture ou avec son manteau. Ensuite on soulève l'arrière-train pour neutraliser l'hémorragie interne.

"Pas que je risque l'hémorragie interne, songe Marion. Grand Dieu."

Elle laisse échapper un rire bref et incrédule. Le chaton sur son ventre suit le mouvement. Il est entièrement noir, bouche et coussinets noirs, et noir à l'intérieur des oreilles. Toutes les trois heures, Marion lui donne du lait en poudre à l'aide d'un compte-gouttes oculaire, puis elle le pose dans la baignoire et essaie de lui faire faire pipi. C'est Sam qui a insisté pour qu'ils l'emmènent.

"Tu ne peux pas t'attendre à ce que qui que ce soit d'autre se lève deux fois par nuit", a-t-il souligné.

Et elle a pensé : Quel homme merveilleux. Maintenant elle pense qu'il sautait simplement sur l'occasion d'une diversion.

Où est-il ? Il y a presque deux heures qu'il est parti, mais elle n'a pas entendu démarrer la voiture. Elle l'imagine campé sur le pont de bois où ils sont allés après le dîner, et d'où ils ont salué de la main leurs ombres voltigeantes, en bas sur la rivière. Elle demande au chaton : "Tu crois qu'il va bien ?" et passe un doigt le long de son échine. Il lèche avec frénésie l'endroit qu'elle a touché. Même sa langue est marquée de noir – deux taches noires, et le bout noir.

"Dans le film de ma vie, lui déclare-t-elle, tu peux croiser mon chemin."

Marion venait d'avoir dix-neuf ans quand sa mère a été assassinée. Environ une semaine après l'enterrement, une secrétaire à cheveux blancs, avec dans les mains deux tourtes au lapin, était arrivée de l'école où la mère de Marion faisait la classe aux neuvièmes.

"Rien d'aussi affreux ne t'arrivera jamais", avait alors déclaré cette femme, avec une telle conviction que la crise de nerfs de Marion s'était arrêtée net et que depuis, aussitôt qu'elle se trouvait confrontée à un risque mortel, elle avait tendance à le prendre.

Si elle avait fait une crise de nerfs, c'était qu'au moment où elle posait les tourtes, elle avait aperçu un lambeau de peau collé au flanc du réfrigérateur. Elle avait su immédiatement ce que c'était, bien que jusqu'à cet instant son imagination se fût tenue à l'écart des mille morceaux dans lesquels sa mère avait volé. Elle était absente quand c'était arrivé, elle rendait visite à ses grands-parents à Ayleford, et le temps qu'elle rentre à la maison, la police et les inspecteurs étaient venus et repartis, et la cuisine avait été récurée par Mrs McGraw, qui avait entendu les coups de feu à trois champs de là et prétendait savoir, au son, qu'il ne s'agissait pas d'un fusil ordinaire.

L'assassin était un dénommé Bert Kella. C'était le concierge de l'école où travaillait la mère de Marion. Vers onze heures, le dimanche matin, quand le père de Marion était à Garvey à marquer les prix sur des brouettes, Bert Kella était arrivé à la maison dans la Mustang de soixante-sept de son neveu, avait ouvert la porte d'un coup de pied, tiré sur la mère de Marion deux fois, dans le dos, alors qu'elle pelait des pommes de terre devant l'évier, puis était sorti comme une flèche par une fenêtre de la salle de séjour pour retourner à l'école vider une bouteille de whisky et faire un somme. Quand il s'était réveillé, il avait volé un magnétophone au bureau et s'était rendu en voiture au cimetière catholique sur la route 10. Là, il s'était garé et mis à avouer. Marion n'avait jamais écouté la bande, mais son père si, et certains extraits étaient passés dans les journaux. C'était principalement un radotage de fou sur toutes les "salopes" coincées et cruelles que Bert Kella avait rencontrées. Apparemment il avait écrit une lettre d'amour à la mère de Marion, dont elle n'avait jamais parlé à personne et que, le matin du meurtre, il avait découverte déchirée en mille morceaux dans l'une des poubelles de l'école.

"Ç'a été la goutte qui a fait déborder le vase, avait-il déclaré sur la bande. C'était comme un traumatisme, en vérité. J'ai un peu peur maintenant."

Puis venait l'explosion, c'était lui qui se tirait une balle dans la bouche.

La semaine précédente, Marion avait signé un dossier d'inscription pour une université du Sud-Ouest, que sa mère avait rempli et pour lequel elle avait aussi plus ou moins rédigé le mémoire. Son père avait annoncé qu'il se déferait de plusieurs hectares de terre pour payer les frais de scolarité. Son frère, Peter, sorti diplômé de la même université deux ans plus tôt, et qui était désormais vétérinaire à Morton, avait téléphoné pour annoncer qu'il lui ferait visiter le campus.

C'était le programme prévu, mais après le meurtre personne n'en avait plus reparlé. Marion n'avait même pas reçu de réponse de l'université, et aucun de ses professeurs n'avait essayé de la convaincre de retourner au lycée et de finir son année de terminale. En d'autres termes, et pour des raisons qui n'étaient pas claires à ses yeux, elle était tirée d'affaire, bien qu'elle eût du mal à l'admettre jusqu'à ce qu'elle se retrouve en train d'emballer pour l'Armée du Salut les tailleurs et les corsages de sa mère.

"Ils n'auraient pas été à ma taille, de toute façon", s'était-elle dit en pleurant, comme si, dans le cas contraire, elle se serait réinscrite à l'université. Comme si la seule chose qui se

dressait entre elle et une vocation professionnelle était, purement et simplement, que toutes
ces tenues de femme ambitieuse étaient deux
fois trop petites pour elle.

Ne pas aller en classe signifiait qu'elle n'avait
pas à se lever à six heures et quart pour attraper
le bus qui allait en ville. A présent, elle dormait
jusqu'à sept heures et quart, l'heure à laquelle
elle entendait son père cracher à la salle de
bains. Elle descendait au rez-de-chaussée et faisait sortir les chiens. Après le petit-déjeuner, elle
lavait la vaisselle, préparait deux sandwiches
pour le déjeuner de son père, puis prenait sa
douche. A huit heures et quart, elle était dehors.
A seize heures trente, elle rentrait à la maison
et faisait un brin de ménage. Parfois elle sellait
la jument de sa mère, Daphné, descendait jusqu'à la grand-route et revenait. A dix-sept heures
trente, elle commençait à préparer le dîner. Le
mardi soir, son père allait au Legion Hall, donc à
un moment ou un autre, le mardi, elle lui repassait une chemise convenable. Après le dîner, les
autres soirs de la semaine, elle s'installait dans le
fauteuil relax de sa mère, et son père et elle
regardaient la télévision. Quand il y avait une
publicité, son père se levait parce que rester
assis était mauvais pour son dos.

"Ta mère était née avec un trou dans le dos,
lui avait-il révélé un soir. De la taille d'une
pièce de monnaie.

— Je ne le savais pas.

— Au-dessus de la hanche." Il avait indiqué
l'endroit sur son propre dos. "Pile là où la
deuxième balle est entrée, en fait."

Quelques minutes plus tard, après s'être ras-
sis, il avait ajouté :

"Par un hasard extraordinaire."

C'était un homme de grande taille, à la mine endormie, doué avec les machines et les animaux et pas très bavard. (Evidemment, la mère de Marion ne l'avait jamais laissé parler. Elle disait : "Vas-y, raconte, Bill", et puis elle continuait à raconter l'histoire elle-même.) A cause d'une légère paralysie agitante, sa tête remuait, d'habitude juste un petit peu, mais à l'enterrement elle remuait avec tant d'énergie que le pasteur s'était interrompu dans son éloge funèbre et avait lancé :

"Bill, reprenez-moi si je me trompe.

— Vous vous en sortez très bien, Herb", lui avait répondu le père de Marion d'une voix calme, et depuis lors il avait toujours parlé calmement. Marion avait beau se consacrer tout entière à empêcher qu'il ne s'effondre de chagrin, elle s'y attendait à tout moment. Elle l'avait vu un matin planté au milieu de la cour, la tête penchée, les mains sur les joues, et elle avait pensé : Ça y est. Puis il avait laissé retomber sa main gauche, et elle avait aperçu la cigarette qu'il avait allumée contre le vent. Elle avait relâché son souffle et s'était remise à lui préparer ses sandwiches, ce que sa mère aurait été en train de faire à l'instant même. La police, lui avait raconté Mrs McGraw, avait dessiné à la craie sur le sol de la cuisine les contours de la dépouille de sa mère, et de temps à autre Marion était frappée par la sensation curieusement réconfortante que ces contours suivaient sa propre peau.

Pendant les heures où sa mère aurait été à l'école, elle tuait le temps en roulant dans la Toyota de celle-ci sur les routes du lotissement, remontant une route, descendant la suivante, feignant que c'était un travail, une terrible responsabilité. Elle s'y employait, jour après jour. Parfois elle roulait à dix à l'heure. Parfois (se souvenant de ce qu'avait dit la secrétaire à cheveux blancs qui avait apporté les tourtes au lapin) elle fonçait à cent cinquante.

Deux fois par semaine elle passait voir Cory Bates, qui elle aussi avait lâché le lycée et vivait avec ses parents, à Garvey, dans un appartement au-dessus d'une animalerie. Après avoir remarqué : "Je ne vois vraiment pas ce que Bert Kella trouvait à ta mère", Cory n'avait plus jamais mentionné le meurtre, et témoigner la moindre commisération à Marion était bien le dernier de ses soucis. Au contraire. "Toi, au moins, tu as une voiture", disait-elle avec envie. Et aussi : "Toi, au moins, tes parents ne sont pas là à se bagarrer toute la nuit."

Les parents de Cory dormaient toute la journée. De temps à autre, l'un d'eux se levait et allait aux toilettes ou mangeait un morceau debout devant le réfrigérateur. Leurs cheveux roux clair, la grande taille et les yeux verts fuyants de Mrs Bates semblaient devoir démentir la conviction de Cory qu'elle était adoptée, mais comme elle le soulignait, les infirmières en pédiatrie sont douées quand il s'agit de trouver une bonne ressemblance. Deux ans plus tôt, Mrs Bates s'était mise à s'occuper de personnes âgées, et à présent elle travaillait deux nuits par semaine dans une maison de retraite. Mr Bates était en invalidité. En présence de Marion il ne disait jamais un mot, mais Mrs Bates se plaignait tout le temps.

"La vaisselle n'est pas faite, disait-elle.

— Je la ferai plus tard !" hurlait Cory, de cette étonnante et furieuse voix de tonnerre qui était la sienne.

Marion admirait Cory de ne pas dormir elle aussi toute la journée, puisqu'elle n'arrêtait pas de répéter qu'elle était absolument crevée.

"Je suis une insomniaque, disait Cory. Ça m'a prise quand j'étais enceinte."

Son bébé, un garçon né un an plus tôt, avait été confié à un couple qui, par pure coïncidence, s'appelait également Bates. Quand il grandirait, disait Cory, elle irait le voir et lui raconterait quel imbécile était son père. Bien qu'elle ignorât où habitait le bébé, elle voulait lui envoyer le chiot berger allemand de l'animalerie au rez-de-chaussée.

"Un garçon a besoin d'un chien", assurait-elle.

Le chiot était l'avorton de la portée, le seul qui restait. La nuit, quand le père et la mère de Cory se disputaient, il aboyait et pleurait.

"Sa cage est juste au-dessous de mon lit, disait Cory. Et je jure devant Dieu qu'à la seconde où il se met à geindre, mon lait maternel se met à couler."

Avant de sortir, en général elles s'arrêtaient pour le voir.

"Il est à croquer, non ?" disait Cory.

Marion glissait deux doigts dans la cage et lui grattait la tête.

"Il n'est pas à écrabouiller jusqu'à ce que mort s'ensuive ?" disait Cory, en passant sa main longue et fine tout entière à travers le grillage et en secouant l'arrière-train du chiot.

Elles prenaient la voiture pour aller au nouveau centre commercial de Garvey. Vingt-cinq boutiques coincées entre un Woolworth's et un supermarché. Au Snack Track, elles commandaient des Coca et des frites et les emportaient jusqu'à l'espace restauration du centre commercial. La plupart des tables étaient occupées par des agriculteurs à la retraite qui fumaient des cigarettes et faisaient durer une seule tasse de café tout l'après-midi. Marion en connaissait quelques-uns. En temps normal ils lui auraient demandé si elle tenait le coup, mais un regard à Cory et ils se contentaient d'un signe de tête. Cory était théâtralement grande et maigre, elle portait des cuissardes en cuir noir et un jean si moulant qu'elle devait ouvrir sa braguette pour s'asseoir. Quand il n'y avait pas une seule table libre, elle disait "Putain !" assez fort pour que les têtes se retournent. Marion imaginait Mr Grit, qui chaque printemps empruntait le moto-culteur de son père, rentrant chez lui et disant à Mrs Grit :

"La fille de Bill Judd file un mauvais coton."

Marion ne s'en souciait pas. Au contraire, elle était touchée d'imaginer que ces hommes honnêtes se désolaient pour son avenir. Elle en était réconfortée. C'était l'un des réconforts simples du centre commercial, avec le lent et murmurant défilé de clients, la musique joyeuse et le grondement intermittent des voix des hommes. D'habitude cette atmosphère la plongeait dans la même douce extase que lorsqu'elle se faisait couper les cheveux, aussi remarquait-elle à peine le cruel commentaire de Cory sur la plupart des femmes qui passaient. La seule fois où elle avait vraiment fait attention était celle où Cory l'avait prise comme point de comparaison... "Oh, mon Dieu, je n'en crois pas mes yeux... cette fille porte le même horrible pull que toi"... et même là (parce qu'une beauté extraordinaire aux yeux de tout le monde était une horreur pour Cory), elle ne se sentait jamais suffisamment provoquée ni vexée pour réagir.

Elles restaient assises là deux bonnes heures. Parfois elles se levaient et se promenaient au hasard dans le Woolworth's et les boutiques de prêt-à-porter féminin, mais Cory n'aimait pas ça car elle n'avait pas un sou. Si quelqu'un avait abandonné un journal près de leur table, elle l'ouvrait aux petites annonces et, de sa voix forte, lisait les offres d'emploi.

"Une expérience en comptabilité serait un atout. Doit avoir une personnalité joyeuse. Ouais, d'accord. Pour qu'ils puissent te marcher sur les pieds et te violer à tour de rôle aux fêtes du bureau."

Un jour elle avait ramassé le journal, mais l'avait lâché aussitôt.

"J'aurais dû garder le bébé, avait-elle dit. Au moins je toucherais l'allocation maternité.

— Et pourquoi ne pas travailler pour John Bucci ?" avait suggéré Marion, toujours plongée dans sa rêverie.

John Bucci s'arrêtait à leur table dès qu'il passait par là. C'était le gérant du magasin de chaussures Elite, il était aussi l'associé d'une station-service quelque part sur la route 10, et il avait des parts dans une carrière de pierre.

"Laisse tomber, avait dit Cory.

— Il a l'air d'un type sympa, avait fait remarquer Marion.

— Type sympa, avait singé Cory. Patron mafieux de la drogue, oui. Impossible qu'un type de son âge – quoi, vingt-cinq, vingt-six ans ? –, impossible qu'il soit lié à toutes ces affaires commerciales sans qu'elles soient des façades pour vendre de la drogue."

Voilà qui avait réveillé Marion.

"Oh, arrête, avait-elle protesté en riant.

— D'accord, c'est un baratineur, avait admis Cory. L'un ou l'autre. De toute façon, je ne fais pas confiance aux petits mecs mignons."

Mais une demi-heure plus tard, quand il était passé devant leur table, elle l'avait assis sur un tabouret et lui avait demandé s'il n'avait pas besoin de quelqu'un pour répondre au téléphone à sa carrière de pierre.

"Peut-être, peut-être, avait-il répondu, tout en hochant la tête, en faisant tourner sa bague en or autour de son petit doigt et en regardant autour de lui. Mais seulement après Noël.

— Je me serai déjà ouvert les veines des poignets, avait lancé Cory.

— Hé. La vue du sang me fait tourner de l'œil.

— Bon, alors je ne le ferai pas ici.

— Et pourquoi tu ne travaillerais pas à la boutique ?" avait-il demandé. Il avait les yeux rivés sur la braguette ouverte du jean de Cory. "Ce samedi. Une journée, essaie donc. J'ai besoin de quelqu'un ce samedi. Commission plus salaire.

— Laisse tomber, avait dit Cory. J'ai horreur des pieds des autres.

— Moi, ce sont leurs chaussettes que je ne supporte pas", avait reconnu John. Il s'était tourné vers Marion. "Et toi ?

— Moi, j'aime les chaussettes."

Cory s'était étranglée de rire.

"Mais non, ça te dirait de travailler à la boutique samedi ?

— Oh." Marion était mortifiée par son erreur. "Non, non. Le samedi je ne peux pas. Le samedi…

— Hé." John lui avait tapoté le bras. "C'est pas grave."

Pour la première fois, elle avait remarqué à quel point ses yeux étaient sombres et tristes.

Tristes à cause de la mort de sa mère, avait-elle pensé. Il avait raconté qu'il était venu au Canada avec sa mère et ses sœurs, qu'il avait aidé sa mère à passer le faubert sur le pont du bateau pour payer leur traversée, même si à l'époque il n'avait que cinq ans.

"Arrête tes conneries, avait dit Cory.

— C'est vrai, je le jure devant Dieu. Ma mère avait des bras comme ça – il avait fléchi son bras musclé – à force de récurer les planchers des autres. A mon âge, elle avait l'air d'avoir cinquante ans. Mais elle était belle, belle comme une rose.

— Ils sont tous là à trouver que leur grosse pouffiasse de mère est une beauté", avait lancé Cory.

Il est minuit. Leur voiture est toujours là. A l'autre bout du parking du motel, devant la porte de service restée ouverte du bar, deux serveurs s'envoient des coups de torchons. Un chien essaie de mordre les torchons. Le chien, décide Marion, est un croisement de setter irlandais et de saint-bernard. Elle connaît les chiens. Les chiens, voilà une chose qu'elle connaît.

Elle ferme les rideaux, s'approche de la commode et attrape le compte-gouttes et le biberon de lait en poudre. Dans la lumière de la lampe posée sur la commode, elle voit deux bleus au creux de son poignet. Elle examine l'autre poignet, il porte un gros bleu. Quand Sam et elle étaient debout à cet endroit précis, et qu'elle commençait à déboucler sa ceinture, il avait dit en l'attrapant par les poignets :

"Je n'ai pas un vrai pénis."

Elle avait ri.

"Ecoute-moi !"

Il avait une mine de cinglé tellement fiévreuse qu'elle n'avait plus bougé, et puis, désorientée, elle avait tangué et il avait resserré son étreinte. Elle s'était plainte qu'il lui faisait mal.

"Excuse-moi, avait-il dit, sans lâcher prise.

— Je t'écoute", avait-elle murmuré.

Il avait dit :

"Bon", et avait respiré à fond.

Pendant que les mains de Marion blanchissaient peu à peu, il lui avait raconté toute l'histoire, qui remontait à l'époque où il avait huit ans et habitait le Delaware.

Il l'a mémorisée, pensa-t-elle à un certain moment.

Elle ne comprit pas tout. Restait l'ahurissant moment-clé.

"Attends, avait-elle fini par dire.

— Quoi ?

— Je veux le voir.

— Non, certainement pas.

— Je veux le voir, avait-elle répété calmement.

— C'est un godemiché, d'accord ? Tu as déjà vu un godemiché.

— Je veux le voir."

Il lui avait relâché les poignets, s'était détourné et avait ouvert sa braguette. Elle avait entendu deux clic et puis le bruit de la fermeture éclair qu'il remontait. Quand il s'était retourné, il le tenait le long de sa cuisse, dissimulé par son avant-bras. Elle avait jeté un coup d'œil à son entrejambe, mais il portait un pantalon ample – il n'y avait aucune confirmation à cet endroit-là.

"Fais-moi voir."

Il avait ouvert la main.

Ils l'avaient regardé tous les deux.

"C'est du caoutchouc, avait-elle remarqué.

231

— Du silicone, je crois. En fait, je ne sais pas trop.

— Comment ça tient ?

— Avec une lanière." Il avait refermé ses doigts dessus et laissé retomber sa main. "Je ne le mets presque jamais.

— Je vais vomir", avait-elle murmuré.

Au lieu de cela ses jambes s'étaient dérobées sous elle et elle était tombée à genoux pendant qu'il essayait en vain de la rattraper, d'abord de sa main libre et puis des deux mains, en lâchant le godemiché sur la commode, qui avait roulé et était tombé sur le côté.

"Oh, mon Dieu !" s'était-elle écriée.

Comme la commode était fixée à un panneau par l'arrière et ne pouvait être déplacée, il avait dû détordre un cintre pour ramener le godemiché à portée de sa main, un exercice ridiculement long et énervant qu'elle avait observé en silence de l'endroit où elle avait atterri sur le sol.

Cory n'avait pas travaillé dans la boutique de John Bucci le samedi où il le lui avait demandé, mais le samedi suivant, et puis en août elle avait commencé à y travailler à plein temps. Marion ne la voyait donc que le mercredi après-midi, quand elle venait faire ses courses au centre commercial. En général, John n'était pas à la boutique. En général, il n'y avait personne.

"Je n'y comprends rien", disait Cory.

Marion, si. Cory effrayait les clients, pas volontairement, mais sa grande taille et son côté glamour étaient comme une menace, telle qu'elle était, là, avachie à l'entrée, et quand elle braillait son "Je peux faire quelque chose pour vous ?"

les vieilles dames se retrouvaient à se tapoter le cœur.

Un jour qu'elle rentrait chez elle en voiture, Marion avait compris brusquement que si John ne renvoyait pas Cory, c'était qu'il était amoureux d'elle. Elle avait regardé ses mains courtaudes sur le volant et compris la soif de John pour tout ce qui était élancé. Elle s'était imaginé les enfants de John et Cory, grands et petits, aux cheveux roux clair et aux yeux noirs. Elle avait *vu* ces enfants, prédestinés, splendides. Mais le mercredi suivant, une autre vendeuse flemmardait à la porte, et quand Marion lui avait demandé où était Cory, John était sorti de l'arrière-boutique et avait annoncé qu'elle avait démissionné.

"Elle s'est trouvé un boulot de strip-teaseuse.

— Non, tu rigoles !"

Il avait souri.

"D'accord, de danseuse. Tu veux un boulot ?

— De danseuse où ?

— Pose-lui la question."

Il souriait toujours. Ce n'était pas le sourire d'un homme au cœur brisé.

"Je t'emmène faire un tour en voiture ? avait-il proposé.

— Pardon ?

— Toi et moi. Pour prendre l'air."

Les yeux de Marion avaient plongé vers les chaussures de John. Dans sa tête, un bout noir et pointu jaillissait pour flanquer un coup de pied à un drogué qui n'avait pas de quoi payer.

"Oh allez. On se croirait en été, là-dehors. Superbe. Superbe comme toi."

Elle avait ri.

"Dis donc, tu rougis, avait-il remarqué. Ça me plaît."

233

Il avait un cabriolet rouge à la capote baissée. Sur la grande route, le vent fouettait les cheveux de Marion, mais les cheveux noirs et ramenés en arrière de John ne bougeaient pas. Assis, il n'était pas plus grand qu'elle. Se souvenant qu'il avait raconté qu'il s'évanouirait si Cory s'ouvrait les veines, elle s'était demandé si toutes les vierges saignaient. Son cœur s'affolait au creux de son ventre, mais c'était peut-être le meurtre. Il arrivait que, sans crier gare, son cœur secoue son corps tout entier. Elle attribuait cela au contrecoup. Ce qui l'obsédait, ces temps-ci, c'était la deuxième balle entrant dans un trou avec lequel sa mère était née. Sa mère aurait dû être tournée dans l'autre sens, puisque Bert Kella avait remonté l'allée dans une voiture au silencieux rouillé et avait ensuite enfoncé la porte d'un coup de pied.

"Pourquoi ne s'est-elle pas retournée ?" avait demandé l'inspecteur de police. Personne n'avait de réponse. "Ça, c'est la question à soixante-quatre mille dollars", avait-il ajouté.

John Bucci avait roulé jusqu'au parc de la province, puis ils étaient sortis de la voiture pour gravir la falaise.

"Attends un peu de voir la vue", avait-il lancé, en supposant à tort qu'elle ne l'avait jamais vue.

Elle l'avait suivi sur le sentier qui avait été aménagé avec des rondins pour en faire un escalier. Il avait desserré sa cravate. En haut des marches il avait ouvert les bras à la manière d'un chanteur d'opéra, et décrit un cercle lent et joyeux qui s'était terminé orienté vers elle. Sans sa cravate, elle avait aperçu les deux chaînes en or autour de son cou.

"Ce n'est pas beau ? avait-il dit. Je n'arrive pas à croire que je suis ici, que tu es ici, et qu'il fasse si chaud et si beau."

Elle s'était sentie rougir de nouveau. Elle s'était détournée et avait regardé de l'autre côté de la vallée, là où le toit de tôle d'une maison rehaussait les ors et les verts. Un chien avait aboyé, là-bas probablement.

"Tes cheveux sont comme de la musique, avait dit John.

— Arrête", avait-elle protesté en riant.

Elle avait des cheveux aux boucles serrées couleur bois de grange.

"Comme des pianos, avait-il repris, en lui caressant la tête. Comme des arpèges."

Elle s'était écartée, et s'était avancée vers une profonde crevasse dans le rocher. Sa peau lui semblait cinglée par la pluie. Elle s'était approchée du bord de la crevasse et avait évalué la distance d'un côté à l'autre.

"J'ai vu un porc-épic là-dedans un jour", avait signalé John, en arrivant derrière elle.

Marion avait reculé de vingt pas.

"Hé, ils ne lancent pas leurs piquants, tu sais."

Elle s'était débarrassée de ses sandales.

"Bonne idée", avait-il dit, et il avait entrepris de défaire ses lacets.

Pendant qu'il était encore courbé en deux, elle l'avait dépassé en courant.

Quinze ans plus tôt, elle avait regardé son frère exécuter le même saut. Elle l'avait donc imité, en une longue enjambée, puis en fentes en l'air, pour atterrir sur une langue rocheuse qui dépassait sous le bord opposé de la crevasse.

"Merde !" avait hurlé John.

Elle s'était rattrapée à un jeune arbre pour ne pas tomber en arrière. John avait contourné la crevasse au pas de course et avait tendu la main pour l'aider à remonter.

"Putain de merde. Pourquoi as-tu fait ça ? Je n'arrive pas à croire que tu viens de faire ça." Elle l'avait laissé la hisser sur l'herbe. "Tu aurais pu te tuer, avait-il dit, en se laissant tomber par terre à côté d'elle.

— Non. Je savais que j'en étais capable."

En fait, elle avait envie de recommencer.

"Mais, bon sang, pourquoi ? J'ai cru que brusquement tu te suicidais ou un truc dans ce genre.

— J'en avais envie, c'est tout.

— Tu en avais envie, c'est tout, avait-il dit, avec le sourire, en secouant la tête. En d'autres termes, tu es folle."

Elle était allongée sur l'herbe.

"Je ne crois pas", avait-elle répondu avec sérieux.

Il lui avait caressé le visage. Il avait embrassé les égratignures sur sa main.

"Tu es folle, avait-il répété. Je t'aime."

Il lui avait ôté tous ses vêtements mais n'avait pour sa part enlevé que son pantalon de costume. Le rapport avait été si rapide et indolore qu'elle n'était pas sûre qu'il ait eu lieu jusqu'à ce qu'elle voie du sang sur l'herbe, une tache pareille à une pièce de monnaie, lorsqu'il s'était éloigné pour aller lui chercher ses sandales pendant qu'elle se rhabillait. Elle avait posé une feuille de peuplier jaune dessus. Il était revenu en courant, en tapant les sandales l'une contre l'autre. En rentrant en voiture au centre commercial, il avait dit qu'elle était si belle, une vraie pêche. Il avait répété qu'il l'aimait. Elle n'aurait su dire si elle l'aimait, pas avant le lendemain, quand elle s'était rendue au magasin de chaussures, l'avait vu agenouillé au-dessus du pied d'une vieille dame, et s'était souvenue que lorsqu'il était un immigrant de cinq ans il avait passé le faubert sur le pont du bateau.

Après avoir nourri le chaton, elle le pose dans la baignoire et le tamponne sous la queue avec un gant de toilette chaud et humide. L'animal bondit sur son pipi filant vers le tuyau d'écoulement. Il sursaute en sentant les larmes de Marion sur sa tête. Elle le prend et, aux aguets, il s'assoit dans sa main. Elle le dépose sur l'oreiller, ouvre le tiroir de la table de chevet et en sort la Bible. Ce sur quoi elle tombera sera obligatoirement un message.

"Et une femme, lit-elle, ayant un écoulement de sang pendant douze ans, qui avait passé toute sa vie à voir des médecins, sans jamais pouvoir en être guérie."

"Mon Dieu", dit-elle, et puis elle porte la main à sa bouche parce que la porte s'ouvre.

C'est Sam.

"Je suis revenu", annonce-t-il timidement.

Elle l'examine des pieds à la tête pour trouver un indice qui aurait pu l'éclairer. Ses mains longues et fines. Des mains de musicien, pensait-elle alors. Il s'avance vers le fauteuil et s'assoit, les jambes écartées.

"As-tu toujours eu une pomme d'Adam ?" demande-t-elle.

Il se tâte la gorge.

"Pas comme ça, dit-il.

— Ce sont les hormones ?

— Ouais."

Il ne la quitte pas des yeux. Il a pleuré, elle le voit depuis l'autre bout de la pièce. Elle l'a déjà vu pleurer deux fois – quand Tibor, son chien, a été renversé par une voiture, et quand la fille ramassait le bol à savon à barbe de son père dans *A Tree Grows in Brooklyn*. Ces fois-là, au lieu de penser : Les hommes ne pleurent pas, elle a cru y voir un trait de son tempérament d'artiste.

Elle baisse les yeux vers la Bible, sur le mot "voici". Elle dit :

"Tu sais, je ne te déteste pas. Ce n'était pas ce que je voulais dire.

— Tu en as tous les droits."

Marion a la gorge nouée.

"Sam, c'est ton vrai nom ?

— A présent oui, juridiquement parlant, mais ce n'est pas le nom que mes parents m'ont donné."

Il passe ses doigts dans ses cheveux blonds et fins, un peu clairsemés aux tempes à cause des injections d'hormones. Il a commencé les injections il y a quatre ans. Il y a deux ans, il a subi une double mastectomie. Son torse plat est la deuxième chose dont Marion s'est informée.

"Alors comment t'appelaient tes parents ?" demande-t-elle.

Sa bouche se tord.

"Pauline.

— Pauline ?

— Ouais."

Il a un rire gêné.

"Mais pourquoi tu ne l'as pas changé en Paul ?" demande-t-elle, et l'aspect raisonnable et illogique de sa question lui rappelle la façon dont son père et elle discutaient à n'en plus finir de la raison pour laquelle Bert Kella avait filé par une fenêtre de la salle de séjour plutôt que par une fenêtre de la cuisine, et avant que Sam puisse répondre elle s'écrie :

"Je n'arrive pas à y croire ! Je suis maudite ou quoi !

— Ma chérie, dit-il, en se levant.

— Non."

Elle l'écarte d'un geste de la main.

Il plonge ses mains dans ses poches et se détourne pour regarder par la fenêtre.

"Tu n'as même pas de hanches", dit-elle d'une voix étranglée.

Elle retombe sur le lit. Le chaton bondit et ronronne dans son oreille. Ils n'ont pas de nom pour lui parce que dès qu'il pèsera un kilo, il sera à vendre. Quand elle retrouve sa voix, elle lance :

"Tu aurais dû me le dire.

— Je sais, je sais. Mais je t'aime tant. Et je pensais…"

Du bout des ongles, il pianote sur le bras du fauteuil.

"Pensais quoi ?

— Je pensais que tout serait terminé.

— Comment ça ?

— La chirurgie."

La construction d'un pénis, la dernière d'une série d'opérations.

"Tu veux dire que tu ne me l'aurais jamais avoué ? demande-t-elle, en se tortillant pour le regarder.

— Bien sûr que si." Ses ongles pianotent. "Tu aurais vu les cicatrices, ajoute-t-il.

— Qui d'autre est au courant ?"

Il a l'air surpris.

"Personne. Si, les médecins.

— Est-ce que Bernie le sait ?"

Il secoue la tête.

"Tes parents sont-ils vraiment morts ?

— Ils sont morts, souffle-t-il.

— Tu aurais pu mentir sur toute la ligne."

Il la regarde droit dans les yeux.

"Me présenter comme un mec peut te paraître un mensonge. Mais à mes yeux, je *suis* un mec. En tous points sauf un, et cela va changer.

— Oh, Seigneur.

— Ecoute, je savais que tu serais choquée, reconnaît-il. Je m'attendais à une grosse engueulade. Mais nous nous aimons, non ? Je veux dire, je t'aime, je le sais. Et…" Il bat des paupières et baisse les yeux. "Je peux quand même te donner du plaisir."

Elle enfouit son visage dans l'oreiller. La main qui savait exactement que faire était une main de femme.

"Attendons d'être mariés", répétait-il chaque fois que sa main à *elle* descendait le long de son corps, descendait vers ce qu'elle prenait avec fierté pour une érection.

Elle fond de nouveau en larmes.

"Je croyais que c'était quelque chose de spirituel chez toi, avoue-t-elle. Un vœu de pureté ou quelque chose dans ce genre."

Il pianote avec un ongle, un son régulier et énervant, comme un robinet qui fuit.

"Quelle idiote, ma parole.

— Jamais je ne te battrai, promet-il calmement. Jamais je ne crierai après toi. Je t'aimerai toujours. Je t'écouterai toujours. Jamais je ne te quitterai. Jamais je ne te tromperai."

Elle ne peut pas s'empêcher de rire.

"Un truc qui est sûr, lance-t-elle, c'est que tu ne mettras jamais Cory Bates enceinte."

Elle avait commencé à voir John Bucci deux ou trois après-midi par semaine et aussi le mardi soir, quand son père était au Legion Hall. John vivant chez sa tante, ils ne pouvaient pas faire l'amour chez lui et le faisaient dans sa voiture. John voulait épouser Marion, ou au moins la voir plus souvent, le soir surtout, mais il ne la forçait pas, pas au début.

"Je t'admire de faire passer les sentiments de ton père avant les tiens", disait-il.

Ce qui donnait à Marion la sensation d'être déloyale. Elle ne faisait rien d'autre, en vérité, que d'essayer de tout maintenir en équilibre. Pendant l'été, elle avait cessé de suivre aussi fidèlement l'emploi du temps de sa mère, mais elle était toujours la femme au foyer, et avoir un petit ami lui donnait l'impression d'avoir une liaison.

"Tu pourrais peut-être venir nous voir dans deux mois", avait-elle proposé à John, en pensant qu'à ce moment-là sa mère les aurait quittés depuis un an.

Sa famille à lui, elle l'avait vue souvent – sa tante, ses deux sœurs, ses quatre nièces et ses trois neveux, ses beaux-frères – parce que le mardi soir, après l'amour, il l'emmenait chez lui manger un morceau, et il y avait toujours foule à la cuisine. Ses sœurs s'extasiaient sur elle tout comme lui. Elles lui disaient qu'elle avait une peau de bébé et, ajoutaient-elles, elles espéraient que les enfants qu'elle aurait avec John hériteraient de ses yeux bleus et de ses fossettes. Elles supposaient tout simplement que John et elle se marieraient et bâtiraient une maison sur la propriété de la tante, comme elles l'avaient fait. Elles la poussaient à demander à John d'engager un dénommé Marcel pour creuser les fondations. Elles lui recommandaient affectueusement de tabasser John s'il n'ouvrait pas le bal.

"Frappe-le avec un bâton ! criaient-elles. Frappe-le là où tu sais !"

Avec les sœurs de John, Marion parlait de sa mère, puisqu'elles parlaient si facilement de la leur. Elle savait par John que leur mère était morte dans un accident de voiture, mais elles lui racontèrent comment elle était passée à travers le pare-brise et comment dans le cercueil son visage ressemblait à celui de Dracula, tout recousu qu'il était. Elles pleuraient, et Marion pleurait. "Tu es notre sœur", assuraient-elles, ce qui, plus que tout ce que disait ou faisait John, lui donnait des rêves de mariage.

La tante avec laquelle vivait John, tante Lucia, n'était pas aussi chaleureuse. Déjà, elle ne parlait pas anglais. De son coin à côté du fourneau, elle lançait des regards furibonds et désignait la chaise sur laquelle Marion devait s'asseoir. Si Marion mangeait trop lentement, elle se passait un poing furieux autour de la bouche. Quand Marion s'apprêtait à partir, tante Lucia lui fourrait dans les mains un bocal quelconque – de condiment ou de sauce tomate – avec l'air de la défier de le prendre, l'air de savoir que Marion mentirait à son père sur sa provenance.

"De la part de la mère de Cory", voilà ce que lui disait Marion.

Son père n'avait jamais rencontré Mr ou Mrs Bates et ne les rencontrerait probablement jamais, vu leurs horaires, c'était donc un mensonge sans danger. Marion leur avait téléphoné trois ou quatre fois pour avoir des nouvelles de Cory, mais ça ne répondait jamais. Elle s'était finalement rendue à l'appartement, avait sonné puis frappé à la porte. Toujours rien.

"Si, si, ils sont là, avait assuré Mrs Hodgson, la vieille dame qui tenait l'animalerie au rez-de-chaussée. De temps en temps, on entend un coup sourd." Elle avait ajouté que Cory était partie un matin prendre le bus Greyhound pour

Toronto. "Attifée comme une putain, avait-elle précisé sans méchanceté. Tu sais, à sa manière.

— Qu'est-il arrivé au chiot ? avait demandé Marion. Le berger allemand ?

— Oh, il est mort. Quand j'avais le dos tourné quelqu'un lui a jeté un biscuit pour chien trempé dans de, euh, du truc, euh…" Elle avait claqué des doigts. "De l'arsenic.

— Mais c'est horrible, avait dit Marion.

— Oui, avait admis Mrs Hodgson d'un air vague.

— A-t-on attrapé le coupable ?" s'était informée Marion.

Mrs Hodgson avait remué sur son tabouret.

"Arrête tes jacasseries !" avait-elle hurlé au perroquet dans la cage derrière elle. Elle s'était retournée. "Le poison est une horrible façon de mourir. Convulsions, bave aux lèvres. Mais tomber de très haut, c'est ce que je détesterais le plus. Savoir que dans quelques secondes on va s'écraser. J'ai entendu un type, on aurait dit un savant fou. Il jetait des animaux vivants du haut de balcons d'appartement pour voir comment ils atterrissaient. Naturellement, les chats avaient tendance à atterrir sur leurs pattes, même s'ils mouraient. Mais je vais te dire le plus intéressant. Plus les chats tombaient de haut, plus ils avaient de chances de vivre. Parce qu'un chat doit se remettre à l'endroit dans les airs, et ça prend du temps."

Deux semaines plus tard, en passant en voiture devant l'animalerie, Marion avait aperçu dans la vitrine une pancarte "On demande vendeuse". Sans réfléchir, elle était entrée et s'était renseignée. C'était un mi-temps, les lundis, mercredis et vendredis matin, et puisque de toute façon elle ne retrouvait jamais John avant le déjeuner, elle avait décidé d'accepter. Elle était préparée à se retrouver seule dans la boutique (Mrs Hodgson avait pour projet de s'occuper chez elle de la comptabilité et des corvées), mais bien souvent à l'arrivée de Marion Mrs Hodgson était assise sur le tabouret, et elle n'en bougeait pas jusqu'à son départ. Pendant qu'elle nettoyait les cages, nourrissait les poissons et les oiseaux et jouait avec les chiots, Mrs Hodgson rendait la monnaie et racontait à Marion – et à tout client qui se trouvait là à l'écouter – ses histoires macabres. La plupart, elle les lisait dans *Coroner's Report*, un magazine pour lequel son défunt photographe de mari avait pris des photos et auquel elle était toujours abonnée, mais elle avait aussi une quantité d'histoires personnelles, dont beaucoup concernaient des animaux. Chats mis au four, fourrés dans des sèche-linge et des lave-vaisselle. Hamsters avalés par des aspirateurs. Un chien attaché à l'arrière d'une voiture et forcé à courir jusqu'à la mort.

Un jour, après avoir décrit le meurtre-suicide d'un mari et d'une femme, elle avait ajouté :

"Tu connais probablement l'histoire de cette institutrice de l'école de Marley Road, celle qui avait une liaison avec le concierge qui l'a tuée ?"

Et puis, avant que Marion ait pu parler, elle avait remarqué :

"Ce qui me la coupe, c'est qu'il s'appelait je-ne-sais-plus-quoi Killer. Bart ou Tom Killer. En tout cas, le mari commençait à nourrir des soupçons, et elle avait décidé d'en rester là. Ce qui a fait péter les plombs à Mr Killer. Voilà qu'il la poignarde quarante-sept fois, je crois que c'était le chiffre. Puis il roule jusqu'au cimetière de la route 10, s'assoit sur la tombe de sa mère et se tire une balle entre les deux yeux.

— Dieu du ciel, s'était écriée Marion.

— Pour un concierge, il a vraiment fait un sacré désordre", avait conclu Mrs Hodgson.

Ce qui avait frappé Marion, c'était que Mrs Hodgson n'avait pas songé un instant qu'elle pût être la fille d'Ellen Judd. Elle aurait cru que tout le monde, à Garvey, faisait le rapprochement ou ne tardait pas à apprendre toute l'histoire. C'était donc une surprise, que Mrs Hodgson n'y eût pas songé. Quant à la liaison entre sa mère et Bert Kella, on y avait fait quelques allusions, mais personne qui eût connu ne fût-ce qu'un tout petit peu sa mère, ou Bert Kella d'ailleurs, n'y avait cru une seconde.

Marion avait décidé de ne pas détromper Mrs Hodgson. Tôt ou tard quelqu'un s'en chargerait, bien que ce ne fût pas là sa raison pour s'en garder. Et ce n'était pas non plus parce qu'elle était trop troublée ou abattue. En fait – et c'était nouveau pour elle –, elle se sentait pleine de mépris.

"La poignarde quarante-sept fois", avait dit Mrs Hodgson, en se trompant du tout au tout sur ce fait essentiel, et Marion avait pensé : Personne n'est au courant.

C'était une révélation excitante, pour elle toute seule.

Ils finissent par s'endormir, Marion au lit et Sam assis dans le fauteuil. A l'approche de l'aube, des pneus qui crissent les réveillent tous les deux.

Sam se passe une main sur le visage.

"Ça ne rime à rien de rester ici", dit-il.

Marion se tourne vers lui. Sa chemise bleue garde sa couleur dans l'obscurité. Il a de larges épaules. On pourrait dessiner sa silhouette et la faire circuler, tout le monde jurerait que c'est un homme. La veille au soir, elle croyait qu'elle n'avait pas d'autre choix que de divorcer. Maintenant elle n'est pas sûre qu'elle a le cran suffisant pour renvoyer tous les cadeaux, encore moins pour expliquer pourquoi le mariage n'a pas duré au-delà de la lune de miel.

"Je suppose que nous devrions tout simplement rentrer à la maison, dit-elle, en lançant ses jambes vers le sol.

— D'accord, répond-il, prudent.

— Glenda va penser qu'on ne lui fait pas confiance avec les chiens", remarque-t-elle.

Glenda est l'attardée mentale qui travaille pour elle à mi-temps.

"Mais non, dit Sam en riant.

— Rien n'est réglé", lance-t-elle d'un ton sec.

Il se lève et passe à la salle de bains. Il y reste un long moment dans un bruit de robinets qui coulent. Elle nourrit le chaton. Quand Sam en sort, elle file à la salle de bains avec le petit chat. A force de cajoleries, elle réussit à lui faire faire pipi, puis elle s'assoit sur les toilettes et tire la chasse pour couvrir le bruit. Sam crie qu'il va à la réception payer la note, elle décide donc de prendre une douche rapide. La vue de sa poitrine dans la glace lui tire des larmes. Tout en elle, du cou jusqu'aux pieds, semble être du gâchis à présent, et pervers, comme si c'était *elle* qui n'avait pas le bon corps.

Le temps qu'il revienne, elle est habillée et en train de ranger les quelques affaires qu'ils avaient déballées. Il dit qu'il pense à prendre une douche, lui aussi. Elle s'installe dans un transat devant leur porte et mange du gâteau de mariage jusqu'à ce que la pensée qu'il est en train de laver ses organes génitaux féminins lui traverse l'esprit, ce qui l'oblige à cracher ce qu'elle a dans la bouche. Quelques minutes plus tard il marche dedans, en sortant avec les valises.

"Prêts ?" demande-t-il.

Dans la voiture, ni l'un ni l'autre ne souffle mot. A un moment il se racle la gorge, avec un son efféminé semble-t-il à Marion, et pour la première fois depuis qu'il le lui a dit, elle a l'horrifiante pensée que les gens pourraient avoir des soupçons. Elle se souvient de Grace remarquant : "Ce qu'il peut avoir de grands cils !" Elle se tourne vers lui, il cligne beaucoup des paupières. C'est qu'il est anxieux. Avant, elle pensait qu'il avait un tic.

Les yeux de Marion s'emplissent de larmes. Le "il" qu'elle aimait n'est plus là. Il n'a jamais été là, voilà ce qui est renversant. Et pourtant elle l'aime toujours. Elle se demande si, de manière subconsciente, elle est bisexuelle. A moins que ce ne soit vrai, l'amour la rend aveugle. Parce qu'elle continuait à jurer qu'elle aimait John Bucci – des années après le divorce –, son amie Emma, qui cherchait toujours à lui faire rencontrer des hommes, lui avait raconté une expérience dans laquelle un chimpanzé nouveau-né était placé dans une cage, avec un cintre couvert de feutrine dispensant du lait en poudre, et que le chimpanzé s'était tellement attaché à ce truc à donner la tétée que lorsque enfin on avait laissé entrer sa vraie mère dans la cage, il avait refusé de s'en approcher.

Le jour de la Saint-Valentin, John Bucci lui avait offert des chocolats dans une boîte en velours noir aussi grosse qu'un carton à pizza.

Et puis une carte gigantesque avec la photo d'une horloge de parquet et le message "Le temps ne changera jamais notre amour". Elle avait déposé les chocolats à l'animalerie, pour que Mrs Hodgson les offre aux clients. La carte, elle l'avait rapportée à la maison dans un sac à provisions et cachée dans le tiroir où elle rangeait ses dessous. Le lendemain soir, pendant le dîner, son père lui avait demandé si elle sortait avec l'Italien qui vendait des chaussures au centre commercial, et sa première et stupéfiante pensée avait été qu'il avait fouillé dans ses tiroirs, mais il s'était avéré que Mr Grit l'avait aperçue dans la voiture de John.

"Oh, eh bien, je déjeune avec lui de temps à autre, avait-elle reconnu, ce qui était vrai. C'est un ami de Cory, avait-elle ajouté, ce qui était également vrai, ou l'avait été.

— Il m'a vendu les mocassins marron. Il y a bien trois ans de ça. Un vendeur hors pair, je dois l'admettre."

Elle n'avait su que répondre.

"A-t-il un rapport avec la station Esso sur la route 10 ? s'était informé son père. Je l'y ai vu au téléphone, un jour. Dans le bureau.

— Je crois que c'est un associé ou un truc dans ce genre."

Son père avait repoussé son assiette et pris une cigarette dans la poche de sa chemise. Quand sa tête remuait autant que ce soir-là, il n'allumait pas ses cigarettes dans sa bouche. Il tenait l'allumette sous l'extrémité de la cigarette jusqu'à ce que papier et tabac s'enflamment tout seuls.

"Autrefois c'était une station Shell, avait-il rappelé, en glissant la cigarette entre ses lèvres et en tirant une longue bouffée.

— Oui, c'est vrai.

— Elle appartenait à Jack Kreutziger."

Elle avait hoché la tête.

"Et avant, c'était les Diehl. Et encore avant, mais ça remonte loin, c'était un restaurant. Je me souviens qu'on pouvait se payer deux grosses tranches de rosbif, une montagne de purée et une assiette de petits pois frais en sus pour un dollar quarante-neuf.

— Un dollar quarante-neuf, avait-elle dit, émerveillée.

— Oui, m'sieur."

Elle aurait pu tout lui raconter – avec ce brusque élan de conversation il lui avait déroulé le tapis rouge, avait fait de son mieux pour être à la fois sa mère et son père. Mais non, elle s'était levée pour débarrasser la table. Non pas qu'elle pensât qu'il serait furieux ni même particulièrement inquiet à son sujet, cela n'avait jamais été le problème. Sa mère aurait pu trouver à redire à un Italien catholique qui roulait en cabriolet rouge et portait des bijoux en or, mais Marion ne pouvait imaginer son père disant autre chose que :

"Tu devrais l'inviter à dîner un soir."

Pourtant elle ne lui avait rien confié, et bien qu'elle fût touchée par sa tentative et craignît qu'il s'en aille en pensant qu'il n'avait pas le contact avec elle, c'était vis-à-vis de John qu'elle se sentait coupable. Depuis Noël, John la harcelait pour qu'elle lui donne la date exacte où elle avait l'intention de le présenter à son père.

"Pas avant la fin février", avait-elle commencé par répondre, le 2 février étant le jour où sa mère était morte. Maintenant qu'on était presque à la mi-février, elle pensait qu'elle ferait mieux d'attendre que le mariage de son frère, en avril, soit passé.

"Si tu me fais tourner en bourrique…, disait John, en secouant la tête.

— Tu n'auras qu'à venir le lendemain du mariage. Le 23 avril.

— Tu sais, si tu essaies de me faire passer un message…"

Ces derniers temps, il l'accusait d'avoir des motifs cachés. Quand elle s'était fait couper les cheveux court, il en avait conclu que c'était par vengeance parce qu'il flirtait avec la Française qui travaillait dans son magasin.

"Je ne savais pas que tu flirtais avec elle.

— Ce n'est pas vrai !" avait-il hurlé.

Il l'accusait de penser que vendre des chaussures faisait prolo. Sinon, disait-il, si elle avait voulu travailler dans une boutique, elle se serait adressée à *lui* pour trouver un boulot.

"Mais c'est mieux pour notre relation que je ne sois pas ton employée. En plus, j'adore les animaux.

— Je déteste que tu travailles là-bas. Cette vieille peau de bique t'empoisonne l'esprit."

Elle ne relevait pas, car c'était probablement vrai. John avait beau dire : "Je ne veux pas en entendre parler", elle ne résistait pas à l'envie de répéter les effroyables histoires de Mrs Hodgson, en général à ses sœurs, absolument captivées, pendant qu'il était dans une autre pièce, mais il semblait toujours arriver pour entendre le pire moment. Il prétendait qu'elle le faisait exprès, que c'était une autre façon de le torturer. Elle embrassait son poing serré. Elle se tenait pour responsable de sa paranoïa, la mettait au compte du secret dans lequel elle l'obligeait à vivre. Et le sentiment de culpabilité qu'elle éprouvait était encore aggravé par un doute, qu'il n'y avait pas véritablement de raison de le présenter à son père, qu'il n'y avait jamais eu aucune raison. Ce soupçon, et la perspective de le perdre, faisaient passer à Marion quelques mauvais moments, mais pas au point d'avancer la date du 23 avril.

Ce qui avait précipité les choses, c'était un événement sans aucun rapport. Le dernier mardi de mars, elle était rentrée tôt à la maison pour s'occuper du repassage. Son père l'attendait avec la photo d'une grosse femme qui semblait rire comme une folle.

"Elle s'appelle Grace Inkpen, avait-il annoncé. Elle arrivera vendredi pour passer quelques jours."

Il s'était avéré qu'il lui écrivait depuis cinq mois. Il avait un trieur accordéon bourré de lettres qu'elle lui avait envoyées, toutes écrites à l'encre mauve sur un papier jaune pâle.

"Tu vas adorer l'en-tête", avait-il dit, en lui montrant le dessin d'un encrier et d'une plume d'oie avec, au-dessous, une adresse dans le Michigan.

"Salut Bill !" avait lu Marion avant qu'il retourne la lettre et lui laisse lire l'annonce du journal, qu'il avait découpée et collée au verso. "Vaste veuve sans-souci, disait-elle. Vraie fille de la campagne, cinquante-quatre ans, cherche monsieur enclin au mariage. Age et physique indifférents, mais genre nounours apprécié. Déménagement envisagé. Pas sérieux s'abstenir !"

"Evidemment, j'aimerai toujours ta mère", avait promis son père.

Marion avait de nouveau regardé la photo. Lunettes, cheveux blonds crêpelés. Bermuda jaune laissant échapper des genoux potelés. Si différente de sa petite et svelte mère qu'elle avait dit, pour tenter de mettre les choses au clair :

"Mais tu ne vas pas l'épouser."

Son père avait fait une pile des lettres, en avait tapoté les côtés pour aligner les bords.

"C'est pour voir ça qu'elle prend l'avion", avait-il répondu, mais il semblait désespéré, comme si toute l'affaire lui avait totalement échappé, et Marion avait laissé fuser un rire, puis fermé les yeux, saisie par un sentiment de l'absolue solitude qui avait dû le pousser à ces extrémités.

"Attends, écoute. Ici, c'est chez toi. Si elle ne te plaît pas…

— Non, ça va, papa." Et elle avait ajouté, rien que pour le rassurer : "Parce que moi aussi je crois bien que je vais me marier."

John était donc venu dîner le lendemain soir. Il avait apporté deux bouteilles de vin rouge, un carton de boîtes de cirage marron et une pile de coupons d'essence. Il portait son costume en peau de requin. Il avait proposé que son entreprise de gravier vienne niveler leur allée, et le père de Marion l'avait pris au mot. John parti, il avait remarqué : "Il a le cœur là où il faut", pour dire qu'il était prêt à voir au-delà du costume et des belles paroles. Ensuite, au bout d'une minute, il avait ajouté : "C'est ce qui compte", et Marion avait eu le sentiment qu'il ne pensait pas à John à ce moment-là, il pensait – il se vendait – à Grace Inkpen.

Il avait pris la voiture pour aller chercher Grace à l'aéroport. Il portait le costume anthracite qu'il avait acheté en confection pour l'enterrement. Pendant son absence, Marion avait changé les draps du petit lit bas à roulettes dans l'ancienne chambre de son frère. La veille au soir, elle avait proposé de laisser sa chambre à Grace, où il y avait un lit double, mais son père avait lancé, un peu affolé :

"Elle n'est pas aussi grosse que ça."

Mais si, elle l'était. Dès que Marion l'avait vue sortir de la voiture, elle avait filé à l'étage et ramassé sa brosse et son peigne, sa chemise de nuit, ses pantoufles, son oreiller et la photo de sa mère qu'elle gardait sur sa table de nuit, et elle les avait jetés sur une chaise dans la chambre de son frère. Puis elle avait attrapé l'oreiller du petit lit et le bouquet de lilas dans son vase sur la commode, et les avait portés dans sa chambre.

Quand elle était redescendue au rez-de-chaussée, son père et Grace remontaient toujours l'allée, Grace s'arrêtant toutes les deux enjambées pour regarder autour d'elle et s'extasier. Elle portait un ondulant manteau rose et tenait un petit sapin de Noël artificiel dans chaque main.

"Vilain !" s'était-elle écriée, en riant, quand Sophie, leur *colley* qui attendait des petits, avait bondi sur un des fils électriques qui pendaient à l'un des sapins de Noël. Son père, qui portait les valises, avait essayé d'écarter Sophie d'un coup de pied dans le derrière, mais avait manqué sa cible. Une cigarette non allumée pendait à ses lèvres et sa tête remuait terriblement. Marion avait ouvert la porte, et Grace, qui paraissait au comble de la joie, était venue droit vers elle.

"Tiens, tiens, tiens", avait dit Grace, qui se précipitait hors d'haleine en haut des marches. Marion avait reculé un peu. "Tu t'en sors avec les valises, Bill ?" avait encore crié Grace, mais ses yeux extasiés continuaient à transpercer Marion.

Elle l'avait serrée dans ses bras. Sans lâcher les sapins de Noël.

"Je sais qui tu es, toi", avait-elle lancé. Elle l'avait libérée et avait hurlé par-dessus son épaule : "Pourquoi tu ne m'as pas dit que tu avais une pin-up à la maison, Bill ?" Et puis : "Tu peux l'allumer maintenant !" Elle s'était retournée vers Marion. "Je dégueule si quelqu'un fume dans la voiture."

Elle avait ri.

"Je vous comprends", avait dit Marion.

Grace avait remonté ses lunettes sur son nez avec la cime de l'un des arbres.

"Ça, avait-elle dit, en posant les deux arbres sur le plan de travail, c'est pour toi, Mary Ann.

— Marion, avait dit Marion timidement.

— Hors saison, avait reconnu Grace, mais zut, je les ai fabriqués moi-même. C'est mon boulot, de fabriquer des sapins de Noël. Où y a-t-il une prise électrique ? Où y a-t-il une prise électrique ?" Elle avait ramassé l'un des arbres et s'était précipitée vers la cuisinière. "Voilà, avait-elle dit, en le branchant.

— Que c'est beau", s'était exclamée Marion. Les lampes minuscules projetaient un arc-en-ciel de couleurs sur les franges métalliques brillantes dont l'arbre était composé. "Regarde, papa.

— Hé, c'est joli", avait reconnu son père.

Il s'était avancé vers Grace, et celle-ci lui avait passé un bras autour de la taille.

"Maintenant il est temps que je te le dise, Bill, avait-elle annoncé, en le regardant d'un air radieux. Maintenant que tu m'as fait venir ici pour mon physique et ma personnalité."

Son père était planté là, raide comme un piquet, adressant à Grace un sourire qui ne parvenait pas jusqu'à ses yeux.

"Je suis une femme riche, avait-elle déclaré. Oh, oui, oui, oui. Tu as une pile de bibles que je jure dessus ? Ces arbres, là, c'est une mine d'or. J'ai un siège social et cinq succursales. Je suis pleine de sous."

Marion vit seconde après seconde. Demandera-t-elle à Sam de ne pas monter à l'appartement ? Une seconde plus tard, le laissera-t-elle défaire ses valises ? Pendant qu'elle se pose la question, il va de l'avant. Dans l'intervalle entre une seconde et l'autre, il emménage.

Un matin elle se réveille, il y a deux semaines qu'ils sont mariés. Elle n'arrive pas à y croire. Elle vit dans la stupeur, perpétuellement dans le premier moment de choc. Elle nage dans une sorte de torpeur, dont Sam et elle feignent de croire que ce sont les prémices du consentement. Qui sait ? Avant d'aller dormir sur le divan, il dépose un baiser sur ses lèvres et elle laisse faire.

"Je t'aime", dit-il.

Elle respire à petits coups et pense : Et si on continuait simplement comme ça ?

Ils n'en parlent jamais. Elle ne cherche pas à savoir s'il porte toujours le godemiché sur lui. Elle évite de regarder son entrejambe. Le reste de son corps, elle se surprend à l'examiner pour déceler des cafouillages, comme si le véritable Sam était ailleurs et que celui-ci était un faux. Elle l'observe avec froideur et parfois avec dégoût et étonnement, en se disant :

"Ceci est une épaule de femme. Ceci est un bras de femme."

Et pourtant, quel qu'il soit, elle sait qu'il est celui qu'elle aime. Elle sait que si elle ne l'aimait pas, elle ne saurait pas qui *elle* est. Il l'écoute.

Il est le seul qui l'ait jamais fait, même si avant lui elle l'ignorait. Depuis le tout début, dès qu'elle lui racontait ce qu'elle pensait ou éprouvait, elle avait la sensation très réelle que le souffle de la vie entrait en elle, exactement comme si elle était une poupée gonflable aplatie qui prenait forme. Quand il quittait la boutique, elle se sentait toujours plus légère et plus ronde, et un peu déboussolée. Elle se souvient qu'elle tapait sur les touches de la caisse enregistreuse et que les bouts de ses doigts semblaient assez mûrs pour éclater.

A présent, elle se sent tout le temps flasque, malgré l'amour qui est là. Pour elle c'est un miracle, son amour. C'est comme l'unique chose, l'unique petit arbre, qui survit à la dévastation autrement totale d'une tornade. Elle passe devant le restaurant où il travaille, et le voit dans la vitrine jouant de la guitare pour les deux serveurs et personne d'autre (il s'occupe de l'animation quand ce n'est pas le coup de feu), elle voit la courbe étroite de son dos, elle s'interposerait encore entre lui et une balle de revolver.

La seule personne qui semble avoir la moindre idée que quelque chose cloche, c'est son amie Emma. Tous les autres lancent des blagues pour jeunes mariés, demandent comment s'est passé le mariage. Glenda la harcèle pour savoir quand elle aura un bébé.

"Jamais", dit Marion.

Glenda sourit, avec l'air de ne pas être dupe.

Emma, de son côté, recommande :

"Quoi que tu fasses, ne tombe pas enceinte." Ceci après avoir lancé : "Ça va ? Tu es sûre ? Tu as une mine de déterrée." Un jour, elle va jusqu'à signaler : "Un contrat de mariage n'est pas gravé dans la pierre", et Marion se met en rogne.

"Mais qu'est-ce que tu racontes ? lance-t-elle. Je couve une grippe et toi tu me pousses vers le tribunal des divorces."

L'idée de le raconter à qui que ce soit, même à Emma, l'épouvante. Ici à Colville, elle n'a pas de réputation. C'était le miracle de vivre à Colville. Quand elle a quitté Garvey pour venir vivre ici, on savait simplement d'elle qu'elle était assez riche pour acquérir le vieux bâtiment de fournitures de plomberie et le transformer en animalerie et en appartement. Elle pouvait rire et personne ne pensait : Comment peut-elle rire ? Finalement, elle avait pu parler de son divorce d'avec John Bucci parce que d'autres gens divorçaient. Jusqu'à ce qu'elle parle du meurtre à Sam, pas une âme ne savait qu'elle avait le cran d'ouvrir une boutique en temps de récession du petit commerce, d'aller patiner sur la Grand River en période de dégel, et de raconter les histoires macabres de Mrs Hodgson sans ciller parce qu'elle avait survécu à l'événement le plus terrible qui lui arriverait jamais.

Elle pense que le raconter à Sam, c'est ce qui a provoqué cet autre terrible événement. Que parler du meurtre ici, à Colville, où elle l'avait caché pendant dix ans, revenait à libérer un virus mortel. S'il n'avait pas aussitôt transformé Sam en transsexuel (et qui sait ? elle n'ignore rien de la fragilité des lois naturelles), alors c'est ce qui l'a fait tomber amoureuse de lui, le premier homme depuis John avec qui elle sorte et dont elle tombe amoureuse.

Avant, elle n'aurait pas songé qu'il fût pour elle. Il était le nouvel homme en ville. Le mystérieux inconnu, la proie. Et puis elle commença à le voir bras dessus, bras dessous avec

Bernie, une serveuse seins nus du Bear Pit. Un jour elle les aperçut tous les deux s'embrassant dans la file d'attente de la banque, mais la première fois qu'il l'embrassa, elle, Marion, et qu'elle demanda :

"Et Bernie, alors ?" il rit et dit : "Oh là, non. Bon, elle est formidable, mais…"

Elle attendit. Elle voulait l'entendre – ce qu'elle pouvait bien avoir de plus qu'une bombe sexuelle telle que Bernie. Mais elle n'eut droit qu'à un "Ce n'est pas toi", prononcé d'ailleurs avec tant de vénération qu'elle l'embrassa et lui confia qu'elle aussi elle l'aimait, une réponse à retardement à la déclaration qu'il lui avait faite une minute plus tôt.

Elle en était encore sidérée. S'il avait sorti quoi que ce soit d'autre, elle aurait fondu en larmes. Elle venait juste de terminer de lui raconter l'assassinat. Le nom de Bert Kella n'avait pas franchi ses lèvres depuis longtemps, et il flottait encore dans l'air tel un gaz toxique qui lui piquait les yeux.

"Il s'est tué d'une balle quelques heures plus tard, conclut-elle. Mon frère dit toujours : «Il m'a évité ce boulot.»

— Je t'aime", dit Sam.

Elle le regarda. Il battait des paupières comme s'il avait un tic.

"Pardon ?" fit-elle.

Il posa ses boîtes de pâtée pour chien, contourna le comptoir, prit le visage de Marion entre ses mains et l'embrassa à la façon d'un homme qui attaque un repas. Entre les baisers, il ne cessait de répéter qu'il l'aimait, mais d'une voix si lugubre qu'elle supposa qu'il devait avoir dit la même chose à Bernie.

Ce ton lugubre et tout ce qui allait avec – les mines vaincues, l'humilité, l'anxiété, l'hésitation, les réponses circonspectes, le repli sur soi, la pudeur physique (il ne voulait même pas ôter son maillot de corps !) –, elle avait eu faux sur toute la ligne. Avec Bernie sur la touche, sa première impression était qu'un manque affectif, très probablement la mort de ses parents, avait laissé Sam avec l'idée qu'il ne méritait pas d'être aimé. Son travail, donc, sa joyeuse croisade, devint de le convaincre qu'il le méritait. Il soupirait sans raison et elle disait : "Je t'aime." "Je t'aime", disait-elle quand elle décrochait le téléphone et que c'était lui. Il avait une fragilité qu'elle n'avait jamais vue chez un homme adulte, mais pas tant pour une question de physique, même si c'était un homme mince aux grands yeux, et pas non plus parce qu'il semblait avoir peur de l'aimer. C'était quelque chose d'autre – son côté rêveur, en partie, dont elle sentait qu'il avait un rapport avec une inclination spirituelle, une pureté intime. De la même façon que les dangers d'une pièce vous sautent aux yeux quand vous y entrez avec un bébé, tout ce qui était ordinaire et pénible dans la vie à Colville lui paraissait plus visible dès que Sam était là. La toute première fois où il entra dans la boutique et où ils se mirent à bavarder, elle se demanda comment une personne à l'esprit aussi ouvert pourrait s'en tirer face à l'entêtement et à la rigueur des gens d'ici. Quand elle commença à le voir avec Bernie, elle confia à Emma :

"Ce genre de fille piquante lui brisera le cœur."

Sa candeur ! C'est ce qui la terrasse à présent.

"Et si je me souciais comme d'une guigne que tu me respectes ou non ? avait-elle demandé un jour.

— Je ne me respecterais pas moi-même.

— Alors prenons la fuite tous les deux.

— On a dit qu'on attendrait que j'aille voir ma famille.

— Et si je t'arrache tous tes vêtements ?

— Ecoute, attendons." Il détache la main de Marion de son genou, se lève. "D'accord, ma douce ? Je ne suis pas fait pour ce genre de choses."

Ce sont ses termes exacts – il n'était pas fait pour ce genre de choses. Six mois plus tard, il pensait l'être. Ensuite il y aurait les mois nécessaires à la guérison. Il lui disait qu'il voulait se rendre sur la tombe de son père et de sa mère dans le Delaware, puis passer voir quelques parents dont il avait eu brusquement des nouvelles, faire leur connaissance, les inviter au mariage, et après il comptait partir camper tout seul dans le Vermont. Il serait absent trois, quatre mois, disait-il.

Mais il avait mal saisi la complexité de l'opération. Quand il eut les faits en main, il ne parla plus que de remettre le mariage de quelques mois (il disait que sa famille risquait de ne pas être là au printemps et qu'il vaudrait mieux lui rendre visite en été), elle était tellement sûre qu'il ne faisait rien d'autre que dresser des obstacles entre lui et son propre bonheur qu'elle refusait de l'écouter. Elle lui couvrait la bouche de sa main.

Parfois elle a l'impression que sa main n'a pas bougé. Oh, ils continuent à *parler*. Ils se racontent leur journée, ce genre de choses. Mais alors qu'auparavant elle lui racontait des choses

260

qu'elle n'aurait jamais imaginé de dire à qui
que ce soit d'autre (même avant qu'ils s'avouent
leur amour, elle reconnut avoir simulé ses orgasmes avec John), à présent ils parlent comme si
leur conversation allait être rejouée à l'église.
Ni l'un ni l'autre ne *s'approche* de mots tels
qu'"orgasme" ou "sexe". Elle n'arrive même pas
à dire "amour". Elle est incapable de lui signaler
que le furet est en chaleur. Elle préfère annoncer : "Il va falloir que je mette la main sur Arnie",
sans lui rappeler qu'Arnie est le type sur la
route 10 qui a une ferme d'élevage.

Elle ne cesse de se demander combien de
temps cela peut durer. Le mariage, certes, mais
surtout s'ils pourront maintenir cette paix fragile beaucoup plus longtemps. Puis arrive une
lettre portant le cachet de la poste de Boston.
Elle le regarde la lire.

"Alors ?" demande-t-elle avec un calme dont
elle sent qu'il laisse rapidement place à... une
fureur absolue ou une totale apathie, elle ne
saurait le dire.

"Je crois que ça y est.

— Tu ne vas pas continuer, dis ?"

Il lève les yeux, étonné.

"Mais si. Evidemment. Ecoute, je croyais que
c'était ce que tu voulais."

C'est de la fureur. Elle jaillit en elle tel un
geyser.

"Ce que je voulais ! hurle-t-elle. Pourquoi
voudrais-je une chose pareille ?"

Il la regarde, sans plus.

"Qu'est-ce que tu crois ? Que tout ce temps
j'ai retenu mon souffle dans l'attente d'un pénis ?"

Il commence à parler mais elle l'interrompt.

"Ce ne sera pas un vrai !

— Ce sera un vrai. On va utiliser ma peau et...

261

— Oh, pour l'amour du ciel, rien que d'y penser ça me rend malade.

— Il n'éjaculera pas de sperme...

— Ferme-la !"

Et elle lui envoie un coup de poing.

"Mais il se dressera, continue-t-il du même ton pédagogue. Ça peut se faire."

Elle s'effondre sur le petit tabouret où ils enfilent leurs bottes.

"Et si je perdais une jambe et qu'on m'en mettait une artificielle ? Oui, si j'avais un œil de verre, ou je ne sais pas, moi, une moumoute, ou si je me faisais refaire le nez ? Et les femmes qui ont des implants mammaires, alors ?"

Elle secoue la tête.

"Et les gros qui avant étaient minces ? Et Grace ? Tu sais ce qu'elle a dit au mariage ?" Sa voix se fait plus douce, plus pressante. "Elle a dit : «Je ne sais pas qui est cette grosse dondon.» Elle a dit : *«Ce n'est pas moi.»*"

Marion déglutit autour de ce qui lui semble être une noisette dans sa gorge.

"On ne peut pas venir au monde en étant une femme et décider d'être un homme. Voilà le problème. On ne peut pas."

Il continue comme si elle n'avait pas parlé.

"Grace vit le même dilemme que moi. Elle sait qui elle est."

Il abat son poing là où elle l'a frappé, sur son cœur. "Mais elle est dans le mauvais récipient."

Marion laisse échapper un rire morose. Grace, un récipient.

"Je croyais être tombée amoureuse d'un homme, dit-elle. Je croyais épouser un homme.

— C'est le cas. C'est le cas."

Elle lève les yeux vers lui. Contre toute évidence visible, elle lance :

"Tu n'es pas un homme."

Il se met à battre des paupières. Il baisse la tête. Il replie soigneusement la lettre et la remet dans l'enveloppe. Quand il la regarde à nouveau droit dans les yeux, Marion pense qu'il va la tuer.

"Qui es-tu pour dire une chose pareille ?" demande-t-il calmement. Ses pupilles ne sont pas plus grosses que des trous d'épingle. "Qui es-tu pour me dire qui je suis ?"

Il avance la main et elle tressaille, mais il prend simplement sa veste au portemanteau.

Son père et Grace s'étaient mariés en mai, à Detroit, mais ils étaient revenus vivre à la ferme. Ce fut un gigantesque mariage, payé par Grace, qui avait écarté d'un geste les protestations du père de Marion, en décrétant : "C'est la future mariée qui paie ! C'est la future mariée qui paie ! C'est la tradition !" et organisé tout si vite et avec une efficacité si décapante, fulminant au téléphone contre les traiteurs tout en piquant sa robe de mariée à une vitesse supersonique (elle la cousait elle-même, sur l'antique Singer de la mère de Marion), que le père de Marion n'avait rien d'autre à faire que de lui laisser le champ libre.

Après sa seconde visite, début avril, elle avait emménagé. Elle avait fait installer sa ligne téléphonique personnelle dans la chambre d'amis, et commencé à diriger toute son affaire de sapins de Noël depuis cette pièce, assise au petit bureau à cylindre de Peter. Quand elle n'était pas au téléphone – ou en train de coudre, ou de taper à la machine –, elle préparait des gâteaux. Elle montra à Marion comment confectionner des gâteaux roulés et des soufflés. Elle peignit aussi la chambre principale en jaune pâle. Elle ne prit pas la peine de consulter le père de Marion, elle se contenta d'acheter la peinture et de s'y mettre. "Le vert, ce n'est pas ma couleur" fut son explication, non pas que le père de Marion en exigeât une. Avec le reste de peinture, elle appliqua une couche sur un mur de la chambre d'amis. "J'ai la bougeotte, expliquait-elle. Je ne peux pas rester tranquille." Après le dîner, devant la télévision, elle tricotait des pulls pour le père de Marion, des points de torsades multicolores qui redressaient la silhouette de celui-ci, tant il les portait avec fierté.

Il avait fait beaucoup de chemin depuis la première visite, quand les façons autoritaires de Grace, sa taille spectaculaire et surtout la nouvelle qu'elle était cousue d'or avaient paru le terrasser. Pendant tout ce week-end-là il avait porté sa minerve pour empêcher sa tête de s'agiter furieusement, et quand Grace fut partie il s'effondra sur une chaise de cuisine et gémit :

"Mais que suis-je allé faire dans cette galère ?

— Moi, elle m'a plu", dit Marion.

C'était vrai. Elle aimait la lucidité bon enfant de Grace. Quand celle-ci avait surpris le père de Marion observant avec des yeux ronds la façon dont elle enfournait la nourriture, elle avait lancé : "Ce n'est pas un problème hormonal, Bill. C'est purement et simplement de l'appétit."

"Son rire m'a plu", avoua Marion.

Son père hocha la tête.

"Elle va m'apprendre à tricoter.

— Sans blague ?" dit son père. Il fronça les sourcils et se gratta sous la minerve. "Tout cet argent ça fait réfléchir, ajouta-t-il mal à l'aise.

— Pour l'amour du ciel, papa. Et si elle avait des milliers de dollars de dettes ? La plupart des gens diraient que tu as touché le gros lot.

— Voyons, je ne sais pas…"

Quelque chose le fit changer d'avis, pourtant, quelque chose que Grace avait dû écrire dans les lettres quotidiennes qu'elle continuait à lui envoyer. Car elle était revenue. Elle était revenue avec deux malles de vêtements, une machine à écrire et huit cartons de dossiers professionnels. Et aussi trois boîtes de faire-part de mariage, déjà imprimés.

Toute la famille et six des amis de son père étaient descendus dans un avion privé pour la cérémonie. John les avait accompagnés, au titre de fiancé de Marion. Il ne cessait de demander combien avait dépensé Grace – il comparait avec ce qu'ils comptaient dépenser en juin pour leur propre mariage, même s'il avait accepté l'idée d'une cérémonie intime dans la salle de séjour de chez Marion, où les parents de celle-ci s'étaient mariés trente ans plus tôt.

"Quelle importance ce qu'elle a pu dépenser ?" avait dit Marion.

Finalement, John s'était penché au-dessus de l'allée centrale de l'avion et avait questionné Grace. Marion aurait voulu rentrer sous terre, mais Grace s'en fichait pas mal.

"La navette, là, avait-elle demandé, ou tout le tralala ?"

Tout le tralala s'élevait à presque trente mille dollars. C'était une somme qui avait obsédé John et plus ou moins gâché leur mariage. Il avait procédé à des changements de dernière minute, engagé un duo percussions et guitare électrique qui jouait si fort que les gens devaient se réfugier à l'étage pour bavarder. Il avait fait dresser un pavillon en toile derrière la maison, un parfait gaspillage dans la mesure où l'après-midi était frais et pluvieux et où il n'y avait de toute façon pas assez d'invités pour se disperser dehors. Parce qu'il offrait l'alcool, il en avait apporté des caisses entières et braillait au nez de tous de boire, boire, boire. A la fin de la soirée, on faisait la queue devant les toilettes pour vomir. Le batteur s'était bagarré avec l'accordéoniste que le père de Marion avait engagé des semaines à l'avance. Le dernier souvenir de Marion, avant de tomber ivre morte sur le petit lit à roulettes, avait été le ventre nu de tante Lucia... tante Lucia avec sa robe en soie rouge remontée sur son soutien-gorge noir, désignant un enchevêtrement de cicatrices violacées sous son nombril et murmurant : *"Guarda ! Guarda !"* et Marion pensant que les cicatrices avaient un rapport avec la naissance des bébés, qu'il y avait une malédiction des bébés chez les Bucci et que tante Lucia la mettait en garde.

Apparemment, John et son frère Peter l'avaient portée jusqu'à la voiture, puis John l'avait portée tout seul pour franchir le seuil de la suite nuptiale du motel des Prés. Ils y avaient passé trois nuits, une mini-lune de miel que John avait promis de compenser par un voyage en Italie dès qu'il pourrait se permettre de prendre des congés. Du motel ils avaient emménagé directement dans leur nouvelle maison, une bâtisse à deux niveaux construite deux ans plus tôt au milieu de cinq hectares de terrain, avec cinq chambres, trois salles de bains et une façade arrière en stuc blanc. Des colonnes encadraient la porte d'entrée, il y avait un garage pour quatre voitures, une baignoire en ébène encastrée dans le sol, et des hectares de moquette blanche dans laquelle l'empreinte d'un pied demeurait imprimée toute la journée.

John n'avait jamais eu la moindre intention de vivre sur la propriété de sa tante Lucia. Il avait acheté la maison en avril, avec une hypothèque si élevée que Marion avait laissé de côté un des zéros quand elle en avait parlé à son père, qui en était quand même resté comme deux ronds de flan. Grace et lui leur avaient offert les cinq principaux appareils ménagers. Le canapé en cuir noir, les deux fauteuils en velours rouge, le bois de lit et la salle à manger en placage noir, John les avait achetés avec l'argent que ses associés avaient envoyé, glissé dans des cartes de félicitations. Il voulait que tout soit moderne et noir ou rouge. Dans un magasin de linge de maison à Ayleford, Marion avait trouvé un couvre-lit rouge et des taies d'oreiller à rayures noires et rouges. Elle était à la recherche de dessous de verre, de serviettes, de vases, de lampes et de cendriers en rouge ou noir. Elle avait entièrement capitulé face au goût de John parce qu'elle n'en avait aucun. Montrer la robe qui lui plaisait, dans la vitrine d'un magasin ou dans un catalogue, avait toujours été le plus sûr moyen de faire rire sa mère.

Elle avait planté des œillets rouges et blancs devant la façade de la maison. Fait un potager. Et trois matinées par semaine, elle continuait à se rendre à l'animalerie. John voulait qu'elle démissionne, mais il acceptait de laisser courir jusqu'à ce qu'elle tombe enceinte. Maintenant qu'elle était sa femme, il était plus coulant, il était redevenu l'homme chaleureux et rempli d'adoration qu'il avait été. Il lui apportait de longues roses et des sacs de raisins sans pépins. Il n'était pas souvent à la maison – il aimait fermer lui-même le magasin de chaussures les soirs de nocturnes, et il fallait toujours qu'il passe à la carrière ou à la station-service pour régler un problème – mais quand il *était* à la maison il la suivait partout, l'embrassait, la déshabillait, lui disait combien elle était belle. Il lui faisait couler des bains moussants dans la baignoire en ébène, et lui lavait les seins et le ventre. Certains matins, elle se réveillait et le trouvait en train de la regarder, presque nez à nez avec elle, et elle sursautait parce que ses yeux étaient si grands et d'un noir d'encre. Emue par ce qu'elle croyait être sa reconnaissance et sa stupéfaction qu'elle fût enfin sienne, elle l'enlaçait et lui promettait de l'aimer toujours.

Deux fois par semaine, quand il travaillait tard, elle se rendait à la ferme en voiture, regardait la télévision avec son père et Grace, et lui tricotait un pull. Le vendredi soir, elle allait chez tante Lucia voir ses sœurs. Tante Lucia la foudroyait toujours du regard, mais à présent elle l'entraînait aussi hors de la cuisine et lui faisait tâter la boule dure dans son sein gauche, avec l'air de lui demander si elle pensait qu'elle grossissait. Un soir elle exécuta même deux ou trois flexions pour que Marion entende tous les points où ses articulations craquaient – genoux, hanches, chevilles, pieds. On aurait cru quelqu'un qui cassait du petit bois.

"Ton frère est vétérinaire, lui avait expliqué John. Pour elle, c'est un docteur.

— Oui, mais moi je ne suis pas vétérinaire."

John avait haussé les épaules.

"Un frère, ce n'est pas bien loin.

— Elle devrait peut-être voir un vrai docteur, avait suggéré Marion.

— Jamais de la vie elle n'ira. Ecoute. Elle est vieille. Elle va mourir bientôt. Fais-lui plaisir."

Marion ne s'était pas fait prier. Elle était ravie d'être une Bucci, d'appartenir à cette grande famille passionnée. Elle était ravie de pouvoir leur échapper, aussi, de rentrer sur ses cinq hectares, dans son énorme maison blanche avec ses pièces silencieuses et presque vides. Sa nouveauté et sa splendeur. Elle aurait voulu que sa mère ait pu voir ça, ait pu voir son père et elle vivant comme des pachas. Mais ils le lui devaient peut-être. Cette pensée traversait très souvent l'esprit de Marion. Que sa mère continuait à diriger leurs vies mais avec le pouvoir, enfin, de mettre le paquet.

L'anniversaire de sa mère tombait le 15 octobre. Le matin de ce jour-là, Marion, son père et Grace s'étaient rendus sur la tombe, et Grace y avait déposé une guirlande de roses blanches ornée d'un ruban rouge où était inscrit "Partie mais pas oubliée". Ils avaient pleuré tous les trois. "Elle avait un si gentil petit minois", chialait Grace, et Marion s'était demandé d'où elle sortait ça – sa mère avait eu une bouille plutôt ronde, comme elle.

Dans l'après-midi, alors que Marion était assise dans sa cuisine à feuilleter ses vieux albums de photos, il s'était mis à pleuvoir. Elle s'était levée pour fermer la fenêtre au-dessus de l'évier et avait remarqué que les gouttes d'eau étaient de petites sphères alignées en un motif écossais tellement précis qu'on eût dit de la chenille. Le genre de message méthodique que l'esprit de sa mère aurait pu envoyer.

Marion avait à peine eu cette pensée que le téléphone avait sonné.

"Allô ? avait murmuré Marion dans le combiné.

— *Tu es là ?* avait beuglé une voix. *Allô ?*"

C'était Cory Bates.

Elle était de retour à Garvey et appelait d'une cabine. Elle n'avait nulle part où aller parce que ses parents avaient déménagé dans le Manitoba sans la prévenir. Elle était sans un sou. Elle avait un œil au beurre noir.

"Bon sang, s'était écriée Marion. Ecoute, tu peux rester ici le temps de trouver un toit. Nous avons plein de place.

— A ce qu'on m'a dit. Je n'arrive pas à croire que tu l'as épousé. Ça alors, John Bucci ! Bon sang ! Est-ce qu'il garde ses chaînes en or au lit ?"

Marion n'avait pu s'empêcher de sourire.

"Alors, tu crois qu'il piquerait une crise si je restais ? avait demandé Cory.

— Oh, non, avait assuré Marion, en sautant sur l'occasion pour chanter les louanges de John. Il est vraiment généreux. Il adore être entouré de gens.

— Ouais, pour mieux la ramener. Ecoute, je n'arrive même pas à croire que tu sois sortie avec lui. Mais tu as un manoir et probablement une voiture neuve, hein ? Tu peux venir me chercher ? J'ai les pieds trempés."

Marion lui avait donné la seule autre chambre qui ait un lit. Elle était aussi avec salle de bains complète. Cory avait pris une douche d'une demi-heure, puis appelé Marion pour qu'elle vienne voir ses deux robes étriquées, ses deux jeans et trois débardeurs suspendus dans le placard qui occupait tout un mur de la chambre.

"Pathétique, non ?"

Elle était retombée sur le lit. Elle était si grande que même avec la tête sur l'oreiller, ses pieds touchaient le bout du lit. Elle avait soulevé la tête une seconde pour passer ses doigts dans ses cheveux mouillés. Ils étaient noirs de jais à présent, et coupés ras partout.

"Passe-le-moi, tu veux ?" avait-elle demandé, en désignant le paquet de cigarettes posé sur le plan de la salle de bains. Sa large manche pendait avec élégance de son poignet. Elle portait un peignoir orange au drapé ouvert sous le pubis, dévoilant des jambes minces et blanches qui évoquaient à Marion les longs pistils obscènes des fleurs tropicales. Elle avait donné les cigarettes à Cory, qui lui en avait offert une.

"Non, merci.

— Toujours une sainte, hein ? avait lancé Cory. Enfin – elle eut un petit sourire narquois – pas tout à fait", et elle avait promené son regard autour d'elle, laissant entendre que Marion était une aventurière.

Alors Marion lui avait parlé de Grace, de tout l'argent qu'en réalité elle avait quitté pour s'installer ici.

"Que tu veuilles le croire ou non, je suis vraiment folle de John.

— Doux Jésus, s'était écriée Cory, en secouant sa cendre sur le tapis. Alors je quitte cette ville de merde pour gagner un peu d'argent, avoir une vie meilleure. Je me casse le cul à travailler..."

Elle s'était arrêtée pour se mordiller la lèvre inférieure.

Marion ne savait que dire.

"Au moins, tu ne risques plus rien côté Rick, était tout ce qu'elle avait trouvé.

— Rick la bourrique.

— Je suis quand même triste pour les lézards", avait remarqué Marion.

Cory s'était étranglée de rire.

"Moi, je suis triste de ne pas avoir aplati leurs petits corps pleins de verrues avec un marteau, et de ne pas les avoir fourrés dans une boîte de céréales."

Dans la voiture, en revenant à la maison, Cory avait raconté à Marion qu'elle avait dégoté un boulot au night-club chez Rick, près de l'aéroport. Un endroit très chic, avait-elle précisé. Pas de nu intégral, pastilles et strings de rigueur. Grâce à ses talents d'ancienne majorette, elle avait monté un numéro dans lequel elle rebondissait sur un petit trampoline, en exécutant des sauts périlleux et le grand écart en l'air, puis faisait la roue jusqu'à une barre fixe où elle donnait un numéro d'équilibriste. Deux semaines plus tard, elle menait la revue et avait emménagé chez Rick, dans son appartement en terrasse au vingt-cinquième étage d'un immeuble.

Rick avait deux aquariums où il gardait des lézards dont les paupières crachaient du sang quand ils avaient peur. Cory les détestait, même si elle adorait les piquer avec un crayon. Des traces de sang dans les aquariums étaient les seuls sujets de discorde entre Rick et elle, pendant les six premiers mois, s'entend. Puis Rick avait reconnu qu'il avait des fantasmes, qu'il rêvait de lui taillader le visage pour qu'aucun autre type ne la désire. Cory pensait qu'il plaisantait, jusqu'au soir où, dans une fête, il l'avait poursuivie avec un épluche-légumes. Elle lui avait pardonné parce qu'il était ivre et qu'il l'avait manquée dans les grandes largeurs. Mais il y avait deux soirs de cela, alors qu'elle faisait un innocent petit baiser d'anniversaire au barman, Rick avait essayé de la brûler avec son briquet. Alors elle s'était enfuie et avait couru dans la rue, vêtue seulement de son string et de ses pastilles, avait pris un taxi pour rentrer à l'appart. Sa première préoccupation avait été d'attraper les lézards avec des pinces à hot-dog et de les jeter par la fenêtre. Puis elle avait volé l'argent qui traînait sur la commode – deux cents dollars – et avait passé deux nuits dans un hôtel avant de prendre le car pour Garvey. Elle avait raconté à tout le monde qu'elle était de la côte ouest, elle pensait donc qu'à moins d'un miracle Rick ne la retrouverait pas.

"Tu sais, avait-elle dit, en passant un doigt sous son œil au beurre noir, ici c'est encore plus joli que l'appart.

— Oui, on est aux anges.

— Ça me plaît, avait ajouté Cory. Rester ici pour toujours, je ne dirais pas non."

Ce qu'elle avait fait, elle était restée pour toujours. D'abord, ce devait être pour quinze jours. Dans le seul but qu'elle quitte la maison, John l'avait réengagée au magasin de chaussures, le plan étant qu'elle mettrait son salaire de côté pour louer un appartement, mais elle n'avait pas tenu trois jours. Vendre des chaussures était une trop grande humiliation après avoir été meneuse de revue dans un night-club, avait-elle assuré. John avait laissé courir. Il voulait simplement qu'elle s'en aille. Il pensait que c'était une salope et qu'elle gâchait leur vie amoureuse. Plus de bains moussants, plus de baise aux quatre coins de la maison, ce qui manquait aussi à Marion, mais ni l'un ni l'autre n'avait le courage de dire à Cory de s'en aller. Elle n'avait personne d'autre. Elle n'avait rien. John lui avait donné de l'argent pour s'acheter des vêtements avec lesquels se présenter pour des emplois, mais elle l'avait dépensé pour se payer un blouson de moto et un pantalon en cuir noir, puis avait soutenu qu'elle ne savait pas s'habiller comme une péquenaude. Etre serveuse dans l'un des deux bars de la ville semblait la solution évidente, sauf qu'ils étaient country-and-western

et que la musique country-and-western la faisait dégueuler, prétendait-elle. John avait cru
tenir la solution quand l'ouvrier de la centrale
hydro-électrique qui louait l'appartement derrière la station Esso avait déménagé.

"Il est à toi, avait-il annoncé à Cory. Sans loyer
jusqu'à ce que tu trouves un boulot.

— Oh, super, s'était écriée Cory, les larmes
aux yeux. Un trou en plein désert où je peux
me faire violer par tous les Latinos du coin. Merci
beaucoup."

Et elle s'était précipitée dans sa chambre en
claquant la porte.

Ses insomnies avaient disparu. Elle allait se
coucher à neuf ou dix heures du soir et dormait jusqu'à midi. En général, elle était encore
au lit quand Marion rentrait de l'animalerie. Elle
prenait des douches interminables, regardait la
télévision et se rendait au centre commercial
avec la voiture de Marion, où elle harcelait John
pour qu'il lui donne de l'argent pour ses cigarettes. Pendant que Marion préparait le dîner,
elle fumait à la table de la cuisine et taillait en
pièces les gens qu'elle avait pu voir ce jour-là,
au centre commercial ou à la télé. C'était comme
au bon vieux temps, sauf qu'elle s'en prenait
parfois à John, à ses sœurs ou à Grace, et Marion
avait beau comprendre que Cory essayait simplement de lui casser les pieds, elle était tout
de même blessée et ne pouvait s'empêcher de
monter au créneau, mais autant lancer des boîtes
de conserve sur un tireur d'élite.

Avec Grace et les sœurs de John, il arrivait
que sa férocité laisse Marion pantoise. A l'égard
de John, pourtant, elle faisait preuve d'une certaine retenue. Elle n'oubliait pas l'autre côté de
la médaille. D'accord, reconnaissait-elle, John

était généreux et beau… un généreux branleur, un beau nabot. Un jour, elle avait lancé :

"Je parie qu'il a une petite bite en tire-bouchon.

— Pas du tout ! s'était récriée Marion. Elle est parfaitement normale.

— Comment le saurais-tu ? Tu as déjà vu une autre bite ?

— Oui, sur des animaux."

Cory avait éclaté de rire.

"Ah, c'est vrai, tu travailles dans une animalerie. Mais, arrête, je ne dis pas que dans un défilé de gerbilles il n'aurait pas sa place."

Marion était hors d'elle.

"Je parle de chevaux", avait-elle lancé avec violence.

Silence. Une branche de forsythia était venue frapper la fenêtre de la cuisine.

"Tu plaisantes", avait dit Cory sur le ton de la conversation.

Peu après la neige avait fondu sous les buissons, et l'air chaud qui soufflait sur les champs s'était mis à apporter l'odeur du fumier et de la boue. Cory avait commencé à se lever plus tôt pour se dorer au soleil sur la pelouse, en string à paillettes roses et débardeur.

"Ooouuuuuuh, maman", lui hurlait John au passage quand il allait à sa voiture ou en revenait. Il était soudain toujours en train de filer quelque part, jamais assez longtemps à la maison pour se préoccuper de savoir si Cory cherchait du travail. Du coup, Marion avait renoncé elle aussi à s'en inquiéter. D'ailleurs, avec John si souvent absent, il fallait bien reconnaître qu'elle était reconnaissante à Cory de sa compagnie.

Cory l'accompagnait désormais dans ses sorties pour acheter des trucs rouge et noir. Elle était d'une aide phénoménale.

"John va détester", disait-elle avec assurance, et Marion réfléchissait et se rendait compte qu'elle avait raison. Après les courses, elles allaient déjeuner au Bluebird Café.

"Sur le compte de John", comme le soulignait Cory, en commandant un dessert et un irish coffee. Elle prenait du poids, mais Marion trouvait qu'elle pouvait se le permettre. Ses cheveux repoussaient et retrouvaient leur jolie couleur pêche. Dans ses yeux brillait la sournoiserie d'autrefois. Elle semblait s'être consolée de Rick et, un après-midi, Marion s'était hasardée à le lui faire remarquer.

"*Consolée* de lui ! s'était écriée Cory. J'ai détesté ce connard dès le premier jour. Tu sais, ce n'est pas parce que tu vis avec un type qu'il faut que tu l'apprécies.

— Moi si, avait protesté Marion.

— Toi, c'est toi", avait dit Cory.

Elle avait avalé son verre de vin, allumé une cigarette et regardé au-delà de la vitrine.

"Les imbéciles n'ont que ce qu'ils méritent", avait-elle conclu d'un ton féroce.

Marion avait supposé qu'elle parlait de Rick.

"Je n'ai pas de pitié pour les imbéciles, avait-elle repris. Je ne peux pas me le permettre."

Deux jours plus tard, pendant l'un des rares dîners que John prenait avec elles, Cory avait interrompu une histoire qu'il racontait sur un homme qui avait des pieds comme des battoirs avec des oignons aussi gros que des œufs.

"Je m'excuse, John, mais il faudra bien qu'elle l'apprenne tôt ou tard." Elle s'était alors tournée vers Marion et avait annoncé : "Je suis enceinte, et John est le père.

— Bon Dieu", s'était écrié John, en laissant tomber son couteau par terre.

Des aveux complets.

Marion l'avait regardé ramasser le couteau. Sa nuque était rouge betterave.

"Pourquoi ai-je l'impression d'être déjà au courant ?" avait-elle demandé, avec une curiosité sincère.

Elle avait examiné sa ligne de vie. Elle était longue mais se divisait en deux.

"Ecoute…, avait dit John.

— Je ne me ferai pas avorter, et je ne le donnerai pas à adopter", avait déclaré Cory.

John avait posé ses mains à plat sur la table. "D'accord."

Il avait respiré à fond.

"Pas question que je le donne, avait décrété Cory. Pas cette fois-ci.

— Excusez-moi, avait dit Marion, en repoussant sa chaise.

— Hé ! s'était écrié John. Où vas-tu ?" Il l'avait suivie dans l'entrée. "Allez, viens. Bon sang. Où vas-tu ?

— Laisse-la", avait dit Cory.

Marion ne l'avait plus jamais revu. Il avait téléphoné à la ferme trois fois ce soir-là, mais elle avait refusé de lui parler. Le lendemain matin, alors qu'elle était couchée sur son ancien lit, en larmes, ne s'autorisant à gémir vraiment que lorsque la scie électrique démarrait (Grace faisait rénover la cuisine), son père et Grace avaient pris la voiture pour aller le voir à la station-service. Ils ne lui avaient rien appris qu'elle ne sût déjà. John était déboussolé. Il l'aimait toujours. Il voulait faire ce qu'il fallait pour le bébé.

"Comment sait-il que c'est le *sien*, c'est ce que je n'ai pas cessé de rabâcher, avait expliqué Grace.

— C'est bien le sien", avait assuré Marion.

N'avait-elle pas eu le présage des enfants de John et Cory ?

Et pourtant elle attendait qu'il vienne enfoncer la porte, qu'il la supplie de revenir. Quand il téléphonait, il disait qu'il l'aimait, puis se mettait à pleurer et ne pouvait plus parler. Elle raccrochait. Un jour elle était restée en ligne pour demander :

"Et Cory, tu l'aimes ?

— Pas… pas… pas…"

Elle avait attendu.

"Pas autant que toi."

Elle avait lâché le téléphone, s'était réfugiée à la salle de bains et avait songé à la bouteille de codéine. Ce n'était pas pire que lorsque sa mère était morte. Son corps ne lui donnait pas cette sensation mince et creuse d'être en papier crépon. Et la douleur n'était pas continue. Il y avait des heures d'affilée où elle se sentait bien, et même soulagée. Comparée à la mort de sa mère, cette histoire pouvait paraître une broutille, mais pouvait aussi lui *rappeler* la mort de sa mère. L'obliger – surtout quand elle s'endormait ou se réveillait tout juste – à voir les lambeaux de peau sur le réfrigérateur, et les jupes et chemisiers tassés dans des cartons pour l'Armée du Salut. C'était comme d'être alcoolique et qu'on vous offre un verre.

Ce qui l'aidait, c'était d'aller travailler six jours par semaine. Elle s'asseyait avec les chiots beagles sur les genoux, et s'efforçait de ne pas prier pour que ce soit John à chaque fois que la clochette de la porte annonçait un client. Quand elle avait fini par avouer ce qui n'allait pas à Mrs Hodgson, celle-ci avait lancé :

"Tiens, en voilà une qui va te dérider", et elle lui avait raconté l'histoire d'une femme qui avait volé le mari de sa meilleure amie, s'était installée au domicile conjugal et, une semaine plus tard, avait fini frite comme une chips quand la chaudière avait explosé.

Ensuite, pour lui remonter le moral, Mrs Hodgson n'avait rien trouvé de mieux que de lui signaler toutes les fois où elle apercevait Cory en ville. Cory avait été vue chez le marchand de vins et spiritueux en train de "faire le plein". A la pharmacie, en train d'acheter un tube de rouge à lèvres avec un billet de cent dollars. Un jour, Marion l'avait vue de ses propres yeux. Cory avait traversé devant sa voiture, à un feu rouge. Elle portait un short en jean et la chemise écossaise rouge et bleu de Marion, avec les manches roulées et les pans noués sous le délicat renflement de son ventre.

Ce soir-là Marion avait appelé John au magasin, c'était la première fois qu'elle lui téléphonait. Elle pleurait. Elle ne savait pas ce qu'elle allait dire.

Mais Cory avait décroché.

"C'est toi, Marion ?" avait-elle crié après avoir répété "allô" trois fois.

Marion avait couvert le combiné avec sa main.

"Ecoute, Marion, avait crié Cory. Tu sais, s'il ne se tapait pas déjà toutes les minettes du coin, ce serait différent !"

Soudain une autre voix avait crié.

"Tu mens, et tu le sais bien !" C'était Grace, sur l'autre téléphone. "Tu es une menteuse et une briseuse de ménages, voilà ce que tu es !"

Marion avait raccroché. Quelques minutes plus tard, Grace avait descendu bruyamment l'escalier.

"Je n'écoutais pas ta conversation, avait-elle assuré. Je m'apprêtais à téléphoner." Elle avait le souffle court et son visage était d'un rouge inquiétant. "Saperlotte, quel chameau, celle-là.

— Je veux m'en aller, avait dit Marion. Je veux aller vivre ailleurs.

— Oh", s'était exclamée Grace. Elles s'étaient dévisagées. "Où ça ?

— Je ne sais pas. Assez loin d'ici pour que personne ne sache qui je suis."

Grace avait remonté ses lunettes le long de son nez.

"Voyons, je ne peux pas dire que je ne sache pas ce que c'est."

La nuit qui précède le départ de Sam pour son opération, Marion rêve de quelqu'un qui commence par être sa mère mais semble se transformer en John. Marion enlace cette personne, et fond de tendresse quand elle découvre un trou au bas du dos de l'un ou l'autre. Elle y fourre ses mains, tend le bras et ôte le cœur. Il palpite et roule à demi dans sa paume comme un oiseau à peine éclos. Il est tellement exposé au danger ! Elle le met dans sa bouche et essaie de le faire glisser dans sa gorge jusque dans sa cage thoracique, sans érafler sa fragile membrane ni arrêter son battement. Aux environs de ses cordes vocales, il s'accroche quand même à quelque chose qui ressemble à une dent, et se déchire en deux. Elle le lâche et il file. Elle se met à pleurer. Elle se réveille en larmes.

Elle enfouit son visage dans l'oreiller pour que Sam ne l'entende pas. Elle veut sa mère. Elle n'est pas si bête, mais année après année son cœur continue à pomper et à refouler de l'amour comme s'il ne connaissait rien d'autre que la circulation, comme si la personne bien-aimée était là en face d'elle pour recevoir l'amour, le purifier et le renvoyer d'où il vient. Elle essaie de visualiser le visage de sa mère, en vain. Non, elle voit le cœur qu'elle a extrait dans son rêve. Puis elle voit un pénis en érection, un truc solide, ordinaire, comme un perchoir à oiseau. Puis un visage… le visage de Sam.

Il est debout dans l'embrasure de la porte. Elle sent qu'il y est. Elle ouvre les yeux mais il fait si noir que cela ne change rien. Il s'assoit sur le lit et se met à lui caresser les cheveux et le dos. Sa main aspire le chagrin, l'absorbe, le libère. Quand enfin elle se calme, il se glisse sous les draps et s'allonge à côté d'elle. Le dos nu de Marion frôle son torse nu. Elle ne s'écarte pas. Elle lui est si reconnaissante de sa solide et vivante longueur.

Ils ne parlent ni l'un ni l'autre. Dans la pièce il fait noir comme dans un four et ils respirent à l'unisson. La main droite de Sam est posée, légère, sur la cuisse droite de Marion. Ses doigts sont frais et pas tout à fait immobiles. Il garde longs les ongles de sa main droite pour jouer de la guitare. Avant, elle était excitée de voir cette main sur son sein, le pouce et l'index faisant durcir le mamelon en tirant dessus.

Elle a porté sa propre main à son sein. Elle ne s'en est vraiment rendu compte que lorsque les doigts de Sam sont venus effleurer ses jointures. Quelque chose libère la place dans son cerveau, renonce. Elle se retourne et embrasse Sam sur la bouche.

Il recule la tête d'une saccade.

"Ça va", souffle-t-elle, pour dire que tout va bien. Pour dire que son amour est panoramique, qu'il file telle une mèche enflammée depuis la nuit du mariage jusqu'à cet instant. Elle l'embrasse encore. Elle pousse sa langue entre ses dents. Elle lui lèche les dents, mord sa lèvre inférieure. Elle se laisse rouler sur le dos et le tire sur elle.

Elle continue à s'accrocher à lui tandis qu'il s'assoit. Elle pense qu'il cherche à s'en aller. Mais il s'agenouille entre ses jambes, et écarte ses grandes lèvres avec ses doigts. Puis il la lèche. C'est la première fois qu'on lui fait ça. Elle suppose que c'est un préliminaire. Il continue, pourtant, avec douceur, régularité, zèle, léchant comme un chat jusqu'à ce que le corps de Marion commence à s'abandonner. Ses articulations sortent de leurs jointures. Sa vulve s'échappe et lévite, sa peau s'étale comme de la pâte, une sensation drôle et merveilleuse, puis troublante. Et puis elle ne s'en soucie plus – elle mourrait pour la prolonger.

Son orgasme est pareil à une série d'électrochocs. Son bassin tressaute, et son vagin se contracte de façon presque douloureuse.

"Je t'aime, dit Sam sans plus attendre, comme s'il savait qu'elle était en territoire inconnu. Je t'aime, je t'aime", encore et encore jusqu'à ce qu'elle repose immobile.

"Oh, mon Dieu, finit-elle par murmurer. Oui, je t'aime", souffle-t-elle. Elle ne le lui a pas dit une fois en cinq mois. Au bout d'un moment, elle ajoute : "C'est toi que j'aime."

Vu les circonstances, cela paraît plus précis, plus pertinent. Demain, il entre à l'hôpital. Il prend seul l'avion pour Boston. Puisqu'elle ne voulait pas en parler, ne voulait même pas y penser, il n'a jamais été question qu'elle l'accompagne. A présent, pour la première fois, elle s'autorise à se demander ce qui va se passer. Elle n'est toujours pas prête à entendre les détails, mais elle demande si l'opération est risquée.

"Apparemment non. Disons qu'elle ne met pas ma vie en danger."

Elle se tourne vers lui et pose sa main sur son sexe. Elle sait qu'il porte un sous-vêtement, ce qui facilite les choses.

"Non ! s'écrie-t-il, en s'écartant avec une violente torsion.

— Si, laisse-moi", dit-elle, et elle pose de nouveau sa main au même endroit. Elle y appuie la paume et sent l'élasticité de ses poils pubiens. "C'est exactement comme moi", remarque-t-elle, étrangement soulagée.

Il ne bouge pas.

"C'est toi, dit-elle.

— Oui. Et non."

Il lui prend la main et la porte à sa poitrine. Puis il les recouvre tous les deux avec le drap.

Il lui tient toujours la main quand elle se réveille. Il a la tête renversée en arrière et il ronfle, un bruit de doux ronronnement. C'est le matin. Un rai de lumière grise filtre entre les rideaux, et un autre rai s'évase au plafond.

Si quelqu'un se penchait sur eux pour les regarder, pense Marion – si, par exemple, l'esprit de sa mère était cet évasement net et géométrique –, ils auraient l'air de n'importe quels mari et femme. Ils auraient l'air satisfaits, pense-t-elle. Paisibles, et bien lotis. Deux êtres ignorant le chagrin. Ils auraient l'air de deux êtres parfaitement normaux vivant heureux en ménage.

TABLE

DANS LA SÉRIE *CACTUS*

Stefano Benni
Le Bar sous la mer, 1992.
La Dernière Larme, 1996.
Hélianthe, 1997.
Bar 2000, 1999.
Spiriti, 2002.

Elie-Georges Berreby
L'Enfant pied-noir, 1994.
La Honte à la figure, 1995.

Henri-Frédéric Blanc
L'Empire du sommeil, 1989 (rééd. 1993).
Combat de fauves au crépuscule, 1990 (rééd. 1993).
Jeu de massacre, 1991.
Démonomanie, 1993.
Nuit gravement au salut, 1995.
Extrême-Fiction, 1996.

Sergueï Bodrov
Liberté = Paradis, 1991.

Jean Cavé
Les Applaudissements, 1999.
Corps à corps, 2000.
Les Murs vivants, 2001.
Une femme d'esprit, 2002.

Dagmar Chidolue
Lady Punk, 1990.

György Dalos
La Circoncision, 1992.

Barbara Gowdy
Un lieu sûr, 2000.

Per Christian Jersild
Mon âme dans un bocal, 1989.

Roy Lewis
Pourquoi j'ai mangé mon père, 1990.

Rob Long
Conversations avec mon agent, 1997.

Martin Millar
Le Lait, les amphètes et Alby la Famine, 1989.

Nicole Müller
Ce qui est affreux dans l'amour, 1993.

Tim Parks
Comment peut-on aimer Roger !, 1990.
Cara Massimina, 1995.

Glenn Savan
White Palace, 1992.
L'Anatomie de Goldman, 1995.

Rafik Schami
Histoire de Milad, 1998.

Rolf Schneider
Le Voyage à Iaroslaw, 1989.

Domenico Starnone
Rage de dents, 1996.

Ouvrage réalisé par l'atelier graphique Actes Sud. Reproduit et ach‹
d'imprimer sur Roto-Page en mai 2002 par l'Imprimerie Floch à Mayer
sur papier des Papeteries de La Gorge de Domène, pour le com‹
des éditions Actes Sud Le Méjan Place Nina-Berberova 13200 Ar‹
Dépôt légal 1ʳᵉ édition : juin 2002.
N° impr. : 54346.
Imprimé en France